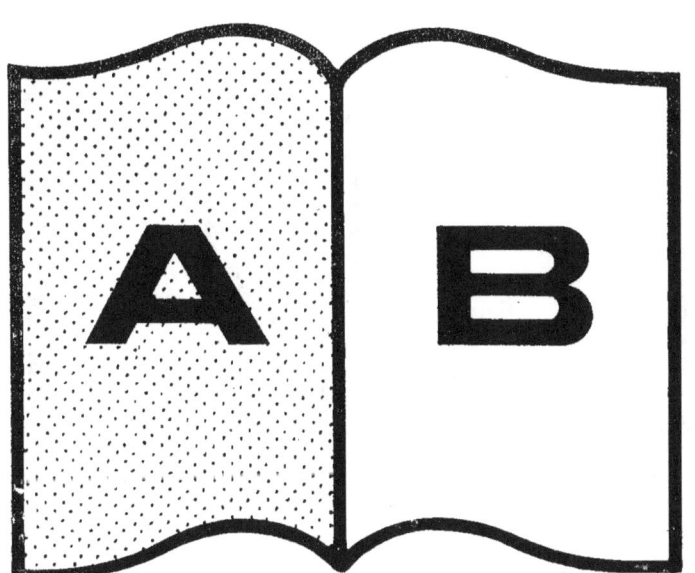

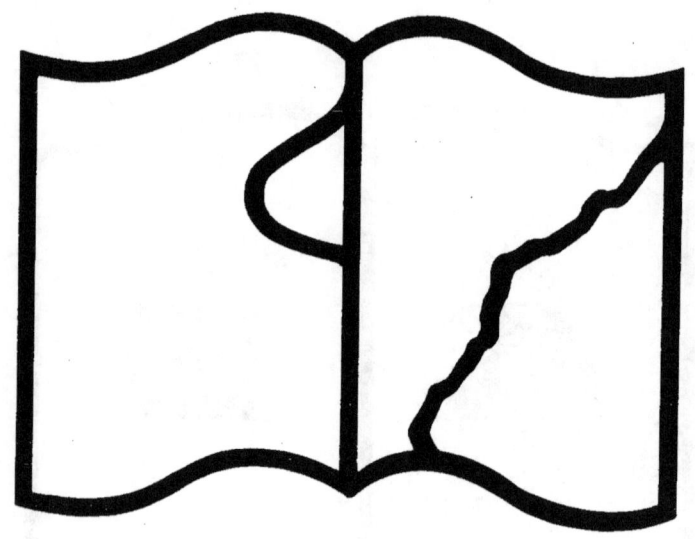

Texte détérioré — reliure défectueuse

NF Z 43-120-11

LA

SŒUR DU KHALIFE

GRAND IN-8° 1ʳᵉ SÉRIE

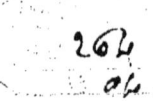

264
04

Sans prononcer une seule parole, Abbassa serrait Noureddin dans ses bras (page 158)

LA
SŒUR DU KHALIFE

SCÈNES DE LA VIE ORIENTALE

PAR

BRASSEUR DE BOURBOARS

Neuf gravures

LIMOGES
EUGÈNE ARDANT ET Cⁱᵉ
ÉDITEURS

Sans prononcer une seule parole, Abbassa serrait Noureddin dans ses bras (page 158)

LA

SŒUR DU KHALIFE

SCÈNES DE LA VIE ORIENTALE

PAR

BRASSEUR DE BOURBOARS

Neuf gravures

LIMOGES

EUGÈNE ARDANT ET Cie

ÉDITEURS

LA SŒUR DU KHALIFE

CHAPITRE PREMIER

LE KESROUAN

Le spectacle le plus imposant que puisse admirer le voyageur débarquant en Syrie est, sans contredit, celui de la chaîne étincelante des côtes qui s'étendent de Djébaïl au cap Batroun, entre Bayrouth et Tripoli. Cette portion de la Phénicíe, connue sous le nom de Kesrouan, est l'antique berceau des Maronites, qui se réfugièrent parmi les aspérités gigantesques du Liban, dans le cours du septième siècle. Ces montagnes ont ici un caractère qu'on ne voit point en Europe, et qui leur donne une grande ressemblance avec les cimes élevées des Cordilières mexicaines; c'est le mélange de la sublimité imposante des lignes avec la grâce des détails et la variété des couleurs : c'est, suivant l'élégante expression de Lamartine, une montagne

solennelle comme son nom. Ce sont les Alpes sous le ciel de
l'Asie, plongeant leurs cimes aériennes dans la profonde
sérénité d'une éternelle splendeur. Il semble que le soleil repose
à jamais sur les angles dorés de ses crêtes : la blancheur éblouis-
sante qu'il leur imprime se confond avec celle des neiges qui
couronnent, jusqu'au milieu de l'été, ses sommets les plus
élevés. Cette chaîne se développe à l'œil dans une longueur de
soixante lieues, depuis le cap de Saïde, l'antique Sidon, jusqu'aux environs de Latakié (1), où elle commence à décliner,
pour laisser le mont Taurus jeter ses racines dans les plaines
d'Alexandrette

Tantôt les chaînes du Liban s'élèvent perpendiculairement
sur la mer avec des villages et de grands monastères suspendus
aux flancs des précipices; tantôt elles s'écartent du rivage, formant des golfes immenses, et laissant des plages verdoyantes
ou des lisières de sable doré entre elles et les flots. Des navires
de toute grandeur sillonnent les golfes et vont aborder dans les
rades nombreuses dont la côte est dentelée. La mer y est de la
teinte la plus bleue et la plus sombre, et, quoiqu'elle y soit
fréquemment agitée, la vague, qui est grande et large, roule ses
vastes plis sur le sable et réfléchit les montagnes comme une
glace sans tache. Ces vagues jettent partout sur la côte un bruit
sourd, harmonieux, confus, qui monte jusque sous l'ombre des
vignes et des caroubiers, remplissant la campagne de vie et de
sonorité.

En sortant de Bayrouth, pour entrer dans le Kesrouan, le
Liban se montre aussitôt sous des formes plus austères. La
montagne, toutefois, ne s'élève pas d'un seul jet; elle commence
par d'énormes collines aux formes carrées ou arrondies; un peu
de végétation couvre leurs sommets, et chacune d'elles porte un

(1) Autrefois Laodicée.

monastère ou un village, qui réfléchit la lueur du soleil et attire
les regards du voyageur; leurs flancs, semblables à des murailles
de grès jaunâtre concassées par des tremblements de terre,
offrent, dans leurs anfractuosités, des facettes brillantes qui
réfléchissent au loin la lumière. Au-dessus de ces premiers
monticules, les degrés du Liban s'élargissent; il y a des plateaux
d'une ou deux lieues, labourés de sillons tortueux, creusés de
ravins profonds, de gorges obscures, où le regard se perd dans
les ondes frémissantes des torrents. Après ces plateaux, les
hautes montagnes commencent à se dresser presque perpendiculairement; on voit dans le lointain les taches noires des cèdres
et des sapins qui les garnissent, quelques couvents inacces-
sibles et des villages inconnus qui semblent penchés sur les
abîmes. Au sommet le plus aigu de cette seconde chaîne, des
arbres gigantesques apparaissent comme une chevelure rare
sur un front chauve. On distingue leurs cimes âpres et inégales
qui ressemblent à des créneaux sur la crête d'une citadelle.

Les Maronites occupent les vallées les plus centrales et les
chaînes les plus élevées du groupe principal du mont Liban,
depuis les environs de Bayrouth jusqu'à Tripoli. Les versants de
ces montagnes qui regardent la mer sont fertiles, arrosés de
fleuves nombreux et de cascades intarissables. Ils y récoltent la
soie, l'huile, l'orge et le blé. Les hauteurs sont presque inacces-
sibles, et le rocher nu perce partout les flancs de ces montagnes.
Mais l'infatigable activité et l'industrie de ce peuple, qui n'avait
pu trouver un asile plus sûr pour garder intact le dépôt de sa foi
que les anfractuosités de ces précipices, ont rendu le rocher
même fertile. Il a élevé d'étage en étage, jusqu'aux dernières
crêtes, jusqu'aux neiges éternelles, des murs de terrasses formés
avec des blocs de roche roulante : sur ces terrasses il a porté le
peu de terre végétale que les eaux entraînaient dans les ravines :

il a pilé la pierre même pour rendre sa poussière féconde, en la mêlant à ce peu de terre, et il a fait du Liban tout entier un jardin couvert de mûriers, de figuiers, d'oliviers et de céréales.

Le voyageur ne peut revenir de son étonnement, quand, après avoir gravi, pendant des journées entières, les parois à pic de ces montagnes qui ne forment qu'un seul bloc de rochers, il trouve tout à coup, dans les enfoncements d'une gorge profonde ou sur le plateau d'une pyramide de collines abruptes, un beau village, bâti de pierres blanches, peuplé d'une nombreuse et riche population, avec un château moresque au milieu, un monastère dans le lointain, un torrent qui roule son écume au pied du village, et tout autour un horizon de végétation et de verdure, où les pins, les châtaigniers, les mûriers ombragent la vigne ou des champs de blé et de maïs. Ces villages sont suspendus quelquefois les uns au-dessus des autres à tel point, qu'on pourrait jeter une pierre d'un village dans l'autre : on peut s'entendre même avec la voix ; mais la déclivité de la montagne exige tant de sinuosités et de détours pour y tracer le sentier de communication, qu'il faut souvent une heure ou deux pour passer d'une bourgade à l'autre. Tel est le Kesrouan, que nous avons choisi pour introduire auprès de nos lecteurs le premier personnage de notre histoire.

C'était au commencement du neuvième siècle, au temps où les Abbassides étendaient leur puissance sur les vastes contrées soumises par les armes des successeurs de Mahomet. Le Khalifat, cette expression glorieuse de la civilisation musulmane, était à l'époque de sa plus grande splendeur. Haroun-al-Reschid régnait à Bagdad. Le Kesrouan avait alors moins d'importance que de nos jours, les Maronites comptant à peine deux siècles d'existence. Toutefois, malgré la trahison des Grecs, qui les avaient lâchement abandonnés, après s'être servis de leurs bras, à la vengeance des khalifes ommiades (1), ils avaient gardé leur indépendance; et, s'ils avaient perdu les villes qu'ils avaient possédées originairement sur le littoral de la Méditerranée, ils avaient su du moins préserver des armes musulmanes les villages de la montagne.

Par une belle matinée d'avril, un voyageur sorti de Tripoli s'avançait sur la route du Liban. Son turban et son manteau, d'une apparence commune, étaient souillés par la poussière et par l'intempérie de la saison. A sa tournure on reconnaissait l'Arabe des villes. Son visage, déjà flétri, montrait qu'il avait passé le milieu de la vie : mais sous sa barbe en désordre, sous les traces de la fatigue qui le vieillissaient encore, et sous ses vêtements usés, un observateur attentif aurait deviné que cet homme avait dû appartenir aux classes supérieures de la société. Monté sur une jument du désert, il n'avait d'autres armes qu'un poignard passé dans les plis de sa ceinture.

Absorbé en apparence dans ses pensées, il avait suivi pendant quelque temps les bords du fleuve Kadisha, après sa sortie de Tripoli. Aux premiers coteaux qui, de la plaine, s'élèvent vers le Liban, il prit, au travers d'une vaste forêt d'oliviers, un sentier qui ne tarda pas à le conduire dans l'intérieur de la montagne. Pendant plusieurs heures il continua à marcher, d'un pas assez égal, tantôt dans de profondes vallées, tantôt sur des crêtes presque stériles, jusqu'à ce que sa monture vînt à s'arrêter tout à coup d'elle-même sur le bord d'un torrent, dont la descente paraissait impraticable. Bondissant des sommités voisines, il roulait des monceaux de neige à demi fondue, avec ses eaux bourbeuses et clapotantes. Cependant, à la douce température des bords de la mer de Syrie avait succédé un froid assez vif, et

(1) Les Ommiades régnèrent à Damas, avant que les Abbassides, qui bâtirent Bagdad, leur eussent enlevé le Khalifat, c'est-à-dire le vicariat de Mahomet.

l'Arabe, peu accoutumé sans doute aux bises glacées qui souf-
flent du Liban, au printemps de l'année, s'enveloppait plus
étroitement dans son manteau.

A la vue des difficultés qui s'offraient devant lui, son œil
pensif avait pris une expression plus triste encore. Il voyait
bien le sentier continuer devant lui le long du torrent; mais la
pente était si rapide, les rochers, nus et polis comme du marbre, présentaient un aspect si glissant, qu'il cherchait inutilement à comprendre comment il serait possible de les gravir avec
sa monture. Il aurait pu le faire à pied; mais il fallait abandonner son cheval, le seul compagnon de son voyage et de ses
fatigues; et pour un Arabe se séparer de son coursier, c'est souvent se séparer de son ami le plus cher. Le noble animal semblait comprendre la cruelle situation de son maître, par son
attitude morne et sa tête inclinée. Dans cette dure alternative,
le voyageur songeait déjà à rebrousser chemin, et à chercher un
autre sentier pour entrer dans la montagne.

— Non, non, s'écria-t-il, mon pauvre ami, Safer ne t'aban-
donnera pas. Retournons.

Le cheval l'avait compris. Il releva la tête avec un mouvement de joie. Dans ce moment, deux hommes parurent en haut
du sentier : ils avaient le costume des montagnards du Liban.
D'un clin d'œil, ils comprirent l'embarras du voyageur.

— Où allez-vous? lui crièrent-ils.

— *Saba el Kaïr!* Que le jour soit béni pour vous! mes frères,
répondit Safer. Dites-moi, je vous prie, comment je puis continuer mon chemin dans la montagne. Je désire parler à l'émir
des Maronites, et l'on m'a dit qu'il se trouvait présentement au
village d'Eden.

— On vous a mal renseigné; mais nous vous mettrons sur le
chemin, afin que vous puissiez trouver l'émir.

— Soyez bénis, mes frères, s'écria le voyageur, comme un homme qu'on vient de décharger d'une grande anxiété. Le prophète vous comble de ses faveurs!

Les deux montagnards ne répondirent à cette éjaculation musulmane qu'en se signant avec dévotion. L'un d'eux en même temps donna un coup de sifflet aigu, qui se répéta à l'infini dans les échos du torrent. Quatre autres montagnards parurent dix minutes après; et, en voyant l'embarras du cavalier arabe, ils comprirent aussitôt ce qu'ils avaient à faire pour le tirer de ce mauvais pas.

— Voici un seigneur qui désire parler à l'émir, dit celui qui avait sifflé; vous allez le conduire dans la vallée des Saints : l'archimandrite Théodore aura soin de lui pour ce soir.

Safer les considérait encore avec inquiétude, non qu'il redoutât rien de leur part; car l'hospitalité des Maronites était proverbiale, même parmi les musulmans. Mais il ne comprenait pas encore comment ils s'y prendraient pour faire avancer son cheval.

Son inquiétude ne fut pas de longue durée. Les quatre montagnards l'entourèrent, et, soutenant ensemble la jument de la main et des épaules, ils commencèrent ainsi à lui faire gravir le sentier. L'animal se laissa conduire intelligemment par cette route affreuse et raide, et, après deux heures de fatigue, ils se trouvèrent sur le sommet d'un vaste plateau. De cette hauteur, où il était arrivé d'une manière si extraordinaire, Safer plongea avec étonnement son regard sur une grande vallée intérieure.

— Eden! s'écrièrent les quatre guides en montrant à l'Arabe un village bâti à l'extrémité la plus élevée de la vallée.

— *Allah Kérim!* Dieu est grand! Dieu est grand! répondit Safer en considérant avec admiration la disposition merveilleuse des lieux où ce village était situé.

C'était une des crêtes les plus élevées du Liban, dans la région des neiges, et il n'y avait au-dessus qu'une immense pyramide de roche nue, dernière dentelure de cette partie de la montagne, sur laquelle un pieux ermite venait de construire une petite chapelle.

Safer comprit, en jetant ses regards autour de lui, qu'il avait surmonté une des plus grandes difficultés de son voyage. Trois de ses guides le quittèrent alors, et retournèrent sur leurs pas, sans doute pour aider à d'autres cavaliers à gravir ce passage dangereux. Le quatrième continua à marcher à côté du cheval de Safer, tantôt sur des crêtes de rocher dépouillées, tantôt à travers des champs inondés de neige fondue. Ils arrivèrent ainsi sur les bords d'une gorge profonde; près d'eux, un torrent grossi par les neiges descendait avec fracas, à plusieurs centaines de pieds, au fond d'un précipice qui formait l'entrée d'une grande vallée, encaissée entre des montagnes perpendiculaires d'une hauteur prodigieuse. Le guide fit avec satisfaction le signe de la croix; du doigt il montra au voyageur deux grands villages plongés au fond de l'abîme, et dont les maisons se distinguaient à peine des rochers nus roulés par le torrent.

— La vallée des Saints! dit-il, en se tournant vers Safer.

L'Arabe, à ces mots, s'inclina avec un sourire de gratitude. La vallée des Saints était, au moins en partie, le terme de son pénible voyage. Elle renfermait plusieurs des plus beaux villages de la montagne; mais elle était renommée surtout par la multitude de ses couvents, par les innombrables solitaires catholiques qui y vaquaient à la prière, à la contemplation et au travail des mains, et par le monastère de Kanobin, résidence du patriarche des Maronites. Cette vallée d'ailleurs était véritablement le centre du Kesrouan, où Safer espérait trouver les renseignements qu'il venait chercher du fond de l'empire des khalifes.

Tandis qu'il rendait intérieurement grâce à Dieu, le guide avait saisi les rênes de sa monture; il la fit tourner rapidement autour d'un bouquet de sapins, et, descendant avec précaution, il conduisit le cheval et son cavalier par un sentier creusé dans le roc vif, qui ressemblait plus à un escalier qu'à un chemin. Au bout d'une demi-heure de marche, ils se trouvèrent sur une hauteur détachée du massif de la montagne, et qui, s'unissant avec l'extrémité de la vallée, dominait tout l'horizon. Le soleil, qui déclinait graduellement, prêtait à la perspective un charme indescriptible.

La vallée s'abaissait en cet endroit, par des pentes presque insensibles, du pied des neiges et des cèdres, qui ressemblaient à des taches noires sur une nappe éclatante de blancheur. Là, elle se déroulait sur des pelouses d'un vert jaune et tendre comme celui des hautes croupes des Alpes ou du Jura; une multitude de filets d'eau écumante, sortis du pied des neiges fondantes, sillonnaient ces pentes gazonnées, et se réunissaient ensuite en une seule masse de flots et d'écume au pied des premiers rochers. Un peu plus bas, la vallée s'enfonçait tout à coup à quatre ou cinq cents pieds de profondeur; le torrent se précipitait avec elle, et s'étendait sur une large surface, tantôt couvrant le rocher comme d'un voile liquide, tantôt s'en détachant en voûtes élancées, et tombant enfin sur des blocs, immenses et aigus, de granit arrachés au sommet, où il se brisait en lambeaux écumants, avec un retentissement extraordinaire. Le vent de sa chute arrivait jusqu'à Safer, emportant comme de légers brouillards la fumée de l'eau, en la promenant sur toutes les aspérités de la vallée.

En se prolongeant vers le nord, la vallée des Saints, se creu-

sant de plus en plus, s'élargissait dans la même proportion;
puis à deux mille pieds environ du point où se trouvaient le
voyageur et son guide, deux montagnes nues et couvertes d'ombres se rapprochaient en s'inclinant l'une vers l'autre, laissant à
peine une ouverture de quelques toises entre leurs extrémités,
où la vallée allait se perdre avec ses pelouses, ses vignes, ses
peupliers, ses cyprès, et son fleuve écumant. Au-dessus des
deux monticules qui semblaient ainsi l'étrangler, on apercevait
à l'horizon comme un lac d'un bleu plus sombre que le ciel.
C'était une portion de la mer de Syrie, encadrée dans un golfe
fantastique, formé par d'autres arêtes du Liban. Ce golfe était à
vingt lieues de Safer; mais la transparence de l'air lui permettait de le voir comme s'il eût été à ses pieds : son œil perçant
distinguait même plusieurs navires à la voile, suspendus entre
le bleu du ciel et celui de la mer, et qui, diminués par la distance,
ressemblaient à des cygnes planant dans l'horizon. Ce spectacle
sublime le saisit tellement au premier abord, qu'il n'arrêta ses
regards sur aucun des détails de la vallée; mais quand le premier éblouissement fut passé, et que sa vue put percer à travers
la vapeur flottante du soir et des eaux, une scène d'une autre
nature se développa peu à peu devant lui.

A chaque détour du torrent où l'écume laissait un peu de
place à la terre, un couvent de moines maronites se dessinait en
pierres d'un brun rougeâtre sur la teinte grise du rocher, et sa
fumée s'élevait dans les airs entre les cimes des peupliers et des
cyprès. Autour des couvents, de petits champs, conquis sur le
roc et sur le torrent, semblaient cultivés comme les parterres les
plus soignés d'une maison de campagne; çà et là, on apercevait
des moines, couverts de leur capuchon noir, qui rentraient des
champs, les uns, avec la bêche sur l'épaule, les autres, condui-
ant de petits troupeaux de poulains arabes, quelques-uns

tenant le manche de leur charrue et piquant les bœufs entre les mûriers. Plusieurs de ces demeures de la prière et du travail étaient suspendues, avec leurs chapelles et leurs ermitages, sur les caps avancés des deux chaînes de la montagne. On en voyait qui étaient creusées comme des antres de bêtes fauves dans le rocher même, dont on n'apercevait que la porte surmontée d'une ogive vide où pendait la cloche, et quelques petites terrasses taillées sous la saillie du roc, où les moines vieux et infirmes venaient respirer l'air et voir un peu de soleil, partout où le pied de l'homme pouvait atteindre.

Sur certains rebords des précipices, l'œil ne pouvait reconnaître aucun accès; mais là même on voyait encore un couvent, une solitude, un oratoire, un ermitage, et quelques figures de solitaires circulant parmi les rochers et les arbustes, travaillant, lisant, ou priant. Rien, à l'exception du pinceau, ne saurait peindre la multitude et le pittoresque de ces retraites; chaque pierre semblait avoir enfanté sa cellule, chaque grotte son ermite. Chaque source avait son mouvement et sa vie; chaque arbre son solitaire sous son ombre. Partout où le regard tombait, il voyait la vallée, la montagne, les précipices, s'animer, pour ainsi dire, et une scène de vie, de prière, de contemplation, se détacher de ces masses éternelles ou s'y mêler pour les consacrer.

CHAPITRE II.

L'ARCHIMANDRITE DE SAINT-LUC.

C'est sous l'impression de tant d'objets divers que Safer descendit avec son guide au fond de la vallée. Déjà, depuis une heure, le souffle glacé de la région des neiges avait fait place à une brise plus chaude, et les parfums d'une nature plus douce se mêlaient aux aspirations de la montagne. Le cheval de l'Arabe suivait à petits pas la marche du Maronite dans un des nombreux sentiers qui se dessinaient au milieu des orangers mêlés aux oliviers, lorsque tout à coup, à l'un des détours du chemin, un vaste monastère, partie bâti en pierres brunâtres, partie taillé dans le roc vif, se présenta aux regards de Safer.

— C'est le couvent de Saint-Luc, dit le montagnard. C'est ici que vous passerez la nuit. L'archimandrite (1) vous fera conduire demain au lieu où se trouve l'émir de la montagne, car il est instruit de tout ce qui se passe dans nos vallées.

En disant ces mots, il poussait une barrière formée par le tronc d'un olivier, et introduisait le voyageur dans une sorte de cour rustique, qui s'étendait devant la principale entrée du monastère. Il était temps qu'ils arrivassent. Le soleil était tombé entièrement depuis qu'ils étaient descendus dans la vallée; tous les travaux du jour avaient cessé, et les figures noires des solitaires répandus dans la campagne étaient rentrées dans les grottes ou dans les couvents. Les cloches sonnaient de toutes parts l'heure du recueillement et des offices du soir; les

(1) Le lecteur sait sans doute déjà que le titre d'archimandrite équivaut, chez les moines orientaux, à celui d'abbé mitré en Occident.

unes, avec la voix forte et vibrante des grands vents sur la mer, les autres, avec le son argentin et timide des clochettes suspendues au cou des animaux dans les vallons de la Suisse. Toutes se répondaient des bords opposés de la vallée, et les mille échos des grottes et des précipices se les renvoyaient en murmures confus, mêlés avec les mugissements du torrent, le balancement des cèdres agités, et les mille chutes sonores des sources et des cascades dont les flancs de la montagne étaient sillonnés.

Malgré l'aversion fanatique que les musulmans éprouvent pour le son des cloches, Safer se sentait ému de tout ce qu'il entendait et voyait à la fois. La vallée des Saints parlait à l'esprit poétique de l'Arabe, et lui révélait mille sensations inconnues. La porte du monastère de Saint-Luc s'était ouverte pour le laisser passer avec son guide. Deux jeunes religieux se présentèrent à lui, et l'aidèrent à descendre de cheval dans une grande cour environnée de hauts portiques.

On avait à peine eu le temps de prendre sa monture, que déjà l'archimandrite, prévenu de l'arrivée d'un étranger, accourait pour le recevoir. C'était un vieillard d'une taille ordinaire, mais à la démarche imposante, malgré sa simplicité, aux traits délicats et amincis par les austérités. Une grande barbe blanche flottait jusque sur sa poitrine, et, sous un vaste capuchon noir, à demi renversé en arrière, ses yeux brillaient d'une intelligence pleine de bonté. Sa robe, noire et ample, était serrée autour de ses reins par une corde grossière, et il ne portait d'autre marque distinctive qu'une espèce d'étole blanche, en forme de pallium, ornée de croix noires, seul insigne de sa haute dignité.

— C'est l'archimandrite Théodore, dit le guide au voyageur; et, dans le même instant, il s'agenouilla devant le religieux, en baisant avec respect le bord de sa robe.

Safer allait se prosterner comme lui; mais l'archimandrite le prévint en l'attirant avec douceur dans ses bras.

— Béni soit le Seigneur! s'écria-t-il, en lui donnant le baiser de paix en usage en Orient, puisqu'il permet aujourd'hui aux religieux de Saint-Luc de recevoir un étranger dans leur monastère.

— *Allah Kerim!* Dieu est grand et miséricordieux! répondit l'Arabe, car il m'a amené dans une terre hospitalière et généreuse. Mon frère, ajouta-t-il ensuite, en voyant que son guide s'apprêtait à le quitter, que puis-je faire pour vous remercier de la bienveillance avec laquelle vous avez enduré tant de fatigues pour me conduire ici?

— Je me suis acquitté d'un devoir bien doux, imposé par mon prince, répondit le montagnard avec un sourire de satisfaction, en repoussant du geste l'or que Safer retirait de sa bourse. Nous sommes les enfants de l'émir de la montagne, et nous savons qu'en conduisant les voyageurs qui désirent visiter nos villages, nous sommes en même temps agréables à Dieu et à notre prince.

— Qu'Allah et son prophète vous comblent de bénédictions, reprit Safer, tandis qu'une grosse larme roulait sous sa paupière. Je savais que les Maronites étaient des hommes charitables et hospitaliers; mais je vois qu'ils sont aussi les plus généreux des hommes.

Le montagnard avait déjà disparu, après s'être de nouveau incliné avec respect. L'archimandrite avait pris la main du voyageur, qui se laissa conduire par lui dans une vaste salle, éclairée par une lampe brûlant devant une image de la croix. Tout y était préparé pour donner à Safer les soins qu'exigeaient ses fatigues, après le voyage qu'il venait de faire. Théodore le fit asseoir sur un siége d'une grande propreté, et, assisté de deux autres religieux, il lui lava les pieds avec une affection toute paternelle. Ce premier devoir accompli, on approcha de l'Arabe une table couverte de viandes et de fruits savoureux, ainsi que des vins généreux du Liban.

Avant de manger, Safer fit ses ablutions suivant la loi musulmane, et pria tourné vers la Mecque; il ne toucha pas au vin : l'archimandrite le laissa faire librement suivant ses désirs, sans lui adresser une seule parole. Le musulman était visiblement ému de toutes ces attentions. Lorsqu'il eut terminé son repas, Théodore fit signe aux autres religieux de se retirer. Il attendit ensuite que son hôte lui adressât la parole.

Safer parut un moment embarrassé pour rompre le silence.

— Mon père, dit-il enfin, car je ne puis vous donner un nom qui aille mieux à mon cœur, en voyant la généreuse hospitalité que vous accordez à un inconnu; mon père, le guide qui m'a conduit ici m'a dit que vous saviez toutes les choses qui se passaient dans vos vallées. Peut-être alors pourrez-vous me donner les renseignements que je suis venu chercher si loin de mon pays.

— Parlez, mon fils, parlez avec confiance, répondit l'archimandrite. Nous sommes ici entièrement à votre disposition; et, si je puis vous être utile, soyez persuadé que je le ferai de tout mon cœur.

— Je parlerai avec confiance, mon père; car j'aime mieux faire connaître le secret de ma mission à un homme de votre caractère qu'à l'émir de la montagne, à qui j'avais cru d'abord devoir m'adresser...

— L'émir, mon fils, est un homme de cœur et de grande vertu; vous pouvez lui confier votre mission en toute sécurité, si vous croyez qu'il puisse vous servir dans l'accomplissement de vos désirs.

— Je veux, mon père, vous laisser juge de ce que j'aurai à
faire.

— Mon fils, je vous écoute.

— Mon père, je suis à la recherche d'une femme...

— D'une femme! répéta l'archimandrite avec un léger tres-
saillement.

— Oui, d'une femme, mon père; d'une femme non moins
illustre par sa naissance que par ses grandes infortunes. Malgré
la retraite où vous vivez dans vos montagnes, il est impossible
que vous n'ayez pas entendu parler de la princesse Abbassa, de
la sœur du khalife de Bagdad.

L'Arabe, à qui le mouvement de Théodore n'avait point
échappé, s'interrompit alors en le regardant de son œil noir et
perçant. Mais, durant les derniers mots de cette conversation,
l'archimandrite avait insensiblement abaissé son capuchon sur
son visage, et Safer n'avait pu voir qu'imparfaitement l'impression qu'ils avaient produite sur le vénérable chef du monastère
de Saint-Luc. Celui-ci ne répondit qu'avec une lenteur calculée :

— Vous dites vrai, mon fils : malgré notre retraite, nous avons
entendu parler de cette princesse, et des persécutions que le
souverain de Bagdad, son frère, lui a fait souffrir.

Safer s'efforçait de conserver son sang-froid ; mais il résistait
avec peine à l'empressement qu'il avait de continuer à interroger l'archimandrite.

— Je ne suis pour vous qu'un étranger, mon père, reprit-il ;
mais il faut que je remplisse la mission que j'ai acceptée. Vous
me pardonnerez, j'espère, si je mets quelque indiscrétion à vous
interroger.

Théodore continua à garder le silence.

— On dit, mon père, et le bruit en a couru dans quelques provinces de l'empire des Arabes, que la sœur du khalife est venue

chercher un asile dans vos montagnes. C'est cet asile qu'il m'importe de découvrir, et que j'ai promis de chercher partout.

— Mon fils, répondit l'archimandrite, après quelques instants de recueillement, j'ai promis de vous être utile en tout ce qui pourrait vous concerner; je veux l'être encore. Mais il est de ces choses sur lesquelles mon devoir me commande de me taire. Les secrets d'un autre ne sont pas mes secrets, et je ne puis trahir l'un pour complaire à l'autre.

— Ainsi, mon père, si je vous entends bien, reprit l'Arabe avec une exaltation remplie de joie, en se jetant aux pieds du religieux, vous savez où est Abbassa. Vous ne refuserez pas de me faire connaître la retraite qu'elle s'est choisie, et je pourrai lui parler.

— Relevez-vous, mon fils, répliqua froidement Théodore. Et puisque nous en sommes à ce point, je vous le dirai. Oui, je sais où est la princesse; mais vous ne le saurez jamais de ma bouche. Quel intérêt pouvez-vous donc avoir à connaître son asile? Abbassa a perdu tous ceux qui lui étaient chers. Le khalife n'a épargné aucun des membres de la famille de son épouse, elle n'a donc plus que Dieu sur la terre...

— Et de nombreux amis, mon père, interrompit Safer, dont les yeux roulaient de grosses larmes.

— Des amis! s'écria le moine avec amertume. En est-il un seul qui lui ait donné un morceau de pain dans sa détresse, quand son frère, le plus puissant souverain de la terre, la chassait de cité en cité, comme une vile mendiante? Et qui m'assure, ajouta l'archimandrite, en fixant un regard sévère sur le voyageur, que vous que nous recevons ici comme un frère, vous n'êtes pas un de ses ennemis?...

— Mon père! s'écria Safer, frémissant.

— Je ne vous connais point, continua Théodore, et j'ignore si

vous n'êtes pas envoyé comme un espion par celui que vous
nommez le commandeur des croyants, pour dénoncer l'asile de
cette infortunée, après l'avoir cherchée dans nos montagnes et
attirer sur les Maronites la vengeance de Haroun-al-Reschid.

Pendant ces dernières paroles, Safer avait tristement baissé
la tête.

— Ce que vous venez de dire est bien sévère, reprit-il un
moment après : mais, hélas! cela pourrait être vrai. Malheureuse princesse! elle n'a été que trop abandonnée de tous. Mais
vous ignorez peut-être la menace terrible qui pesait sur les amis
de son époux. Il n'y a que bien peu de temps que le khalife a
paru se radoucir à cet égard. Je comprends d'ailleurs que pour
donner votre confiance, il faut que vous sachiez qui vous avez
devant vous, et que vous connaissiez entièrement les motifs de
ma conduite. Je vous parlerai donc à cœur ouvert; et quand vous
saurez toute mon histoire, vous serez à même de juger si je
mérite que vous preniez quelque intérêt à mes recherches.

L'archimandrite fit un signe d'assentiment; et, sans découvrir
davantage son visage, il se disposa à écouter avec attention le
récit de Safer.

CHAPITRE III

HISTOIRE DE SAFER ET DES BARMÉCIDES.

« Mon nom est Safer-ebn-Khaldoun. Au temps de la puissance
des Barmécides, j'étais employé au divan, parmi les plus humbles commis de Yahya-ben-Khaled, le glorieux vizir du khalife
Haroun-al-Reschid. Qui n'a entendu parler dans le monde de

cette noble famille, dont Yahya était le chef? Son père, Khaled-ebn-Barmek, originaire du Khorassan (1), avait été vizir du khalife Aboul-Abbas-el-Safah, et le khalife El-Mahadi avait confié à Yahya l'éducation de son fils Haroun, qui occupe aujourd'hui le trône de Bagdad. On sait tout le dévouement que ce zélé serviteur montra pour la personne de son élève, ainsi que les menaces et les dangers qu'il brava pour lui demeurer fidèle. Aussi, lorsqu'au milieu de la nuit Yahya vint l'éveiller, pour lui apprendre que la mort de son frère le laissait maître de l'empire, Haroun s'empressa-t-il de lui donner le titre de son grand-vizir. C'était, par le choix d'un bon ministre, commencer son règne sous les auspices les plus heureux.

» La famille des Barmécides, a dit un poète arabe, a été pour notre siècle ce qu'est un ornement pour le front d'un roi, une couronne sur la tête. Leurs actions généreuses ont passé en proverbe : on se rendait de toutes parts à leur cour; toutes les espérances reposaient sur eux. La fortune leur avait prodigué tout ce que ses faveurs ont de plus séduisant; elle les avait comblés de ses dons. Toutes les connaissances, tous les talents, se trouvèrent réunis autour d'eux, et les hommes de mérite reçurent toujours des Barmécides un accueil empressé. Le monde fut vivifié sous leur administration, et l'empire porté au plus haut degré de splendeur.

» Chargé de tout le fardeau du gouvernement, Yahya avait apporté dans l'exercice de ses fonctions les talents les plus distingués et les soins les plus assidus. C'est lui qui mit les frontières de l'empire en état de défense, et qui travailla à ce que rien ne manquât à leur sûreté. Malgré la magnificence qui paraissait dans toutes ses actions, il remplit le trésor public, fit prospérer les provinces, et seul fit face à toutes les affaires.

(1) Grande province de la Perse, nommée Bactriane dans l'antiquité.

C'était un ministre éloquent, sage, instruit, ferme, d'un bon conseil, habile administrateur, sachant tenir avec fermeté tout ce qui dépendait de lui, et se rendant supérieur aux affaires dont il était chargé. Aussi généreux que grand, quand il devait monter à cheval, son secrétaire lui préparait des bourses qui contenaient chacune deux cents pièces d'argent, que l'on distribuait à·ceux qui se présentaient à sa rencontre. On aimait à le voir, lorsqu'il allait au palais entre ses deux fils : une suite superbe l'environnait, et l'on n'entendait dans toutes les bouches que les louanges des magnifiques Barmécides.

» Yahya se complaisait à se montrer en public avec ses fils : car leurs personnes et leurs talents répondaient dignement à l'éducation brillante qu'il leur avait donnée. Fadhel, l'aîné, était de l'âge du khalife, et, dès l'avénement de Haroun, Yahya lui avait confié la direction d'une partie des affaires publiques. Le second était Djafar; il était plus jeune que son frère; mais il était l'intime ami du monarque, à qui l'égalité de son humeur, ses manières douces et faciles, son caractère enjoué, plaisaient infiniment. Aussi le khalife désirait-il l'associer aux affaires, comme il l'associait à ses plaisirs. Il arriva un jour que Fadhel ayant été désigné en sa présence sous le nom de sous-vizir, le prince demanda à son père pourquoi on ne donnait pas aussi ce titre à Djafar? — Commandeur des croyants, répondit Yahya, c'est que mon fils Fadhel me sert de lieutenant, tandis que l'assiduité de Djafar à vous faire la cour, son empressement à vous suivre en tout lieu, ne me permettent pas de le charger des soins de l'administration. — Eh bien ! répliqua le khalife, j'exige que Djafar partage le pouvoir, ainsi que le fait son frère.

» Yahya se rendit aussitôt à un désir si formellement exprimé : mais voulant donner à Djafar une charge qui ne l'éloignât pas du khalife, il le nomma à la surintendance du palais. La faveur

de Djafar ne fit qu'augmenter dans l'intimité que ses nouvelles
fonctions établissaient entre lui et le khalife; Haroun voulut lui
donner les sceaux de l'Etat, dont Fadhel avait la charge : mais
ce changement était si peu justifié par la conduite de Fadhel,
qui s'acquittait de ses fonctions avec une grande régularité, qu'il
ne savait comment lui annoncer cet acte arbitraire. Il envoya
chercher le grand-vizir, à qui il exprima son embarras. Yahya
s'étant alors chargé de la commission, en écrivit à son fils en ces
termes : « Le commandeur des croyants, dont Dieu daigne
» augmenter la puissance, t'ordonne d'ôter ton anneau de la
» main droite pour le mettre à la main gauche. » Fadhel comprit
l'apologue; mais il aimait tellement son frère, qu'il répondit
aussitôt : « J'ai obéi à l'ordre que le prince m'a donné au sujet
» de mon frère; je ne crois pas être privé d'une faveur quand
» elle passe à celui qui m'est uni de si près par les liens du sang,
» et je ne pense pas avoir perdu une dignité quand c'est lui qui
» en est revêtu. »

« Tels étaient les Barmécides, dont le nom doit se représenter
si souvent dans mon histoire. Je vous ai dit, mon père, qu'à cette
époque j'étais employé dans les bureaux du divan. J'avais une
nombreuse famille, et mon emploi me rapportait strictement de
quoi vivre avec elle. Un jour que j'avais travaillé au palais du
vizir plus longtemps qu'à l'ordinaire, je m'étais mis en chemin
pour rentrer chez moi, une heure environ après le coucher du
soleil. La nuit était fort obscure, et je marchais avec précaution
le long du quai du Tigre, où le palais de Yahya était situé.
J'allais passer devant le pont de Bagdad qui réunit les deux parties de la ville, lorsque j'entendis comme des cris étouffés à
quelque distance de moi, sur le pont. Je me mis en devoir d'accourir, en faisant du bruit, pensant que c'était quelqu'un que des
voleurs attaquaient. J'avais raison. Malgré l'obscurité, je vis un

homme qui se débattait en gémissant, et j'entendis les brigands qui disaient : — Allons, maintenant, jetons à l'eau ce chien de chrétien!

» Je ne pus arriver à temps pour empêcher ce forfait; car dans le même moment j'entendis le bruit d'un corps pesant qui tombait dans le fleuve. Les assassins ensuite s'enfuirent. Dans l'espoir que je pourrais encore sauver ce pauvre homme, je me lançai tout habillé dans le Tigre. Une trace de sang qui brillait à la lumière d'une barque, amarrée non loin de là, me découvrit où il pouvait être; ayant plongé deux fois, je finis par le saisir. Je le ramenai au rivage, et, le chargeant sur mes épaules, j'arrivai à ma maison, où je le déposai sur un sofa. En me voyant entrer ainsi, ma femme et mes enfants eurent peur; mais je les rassurai promptement, en leur racontant ce qui venait de se passer. Avec l'aide de mon esclave, je déshabillai celui que je venais de tirer de l'eau, pendant que mon fils courait chercher le barbier. Celui-ci l'examina : lui ayant fait rendre l'eau, il le frotta avec de l'essence et pansa les plaies que les assassins lui avaient faites à la tête. Car le pauvre homme, sans reprendre tout à fait ses sens, était revenu à la vie.

» Il ne tarda pas à se remettre tout à fait; mais il était si faible, que nous l'engageâmes à se tenir tranquille. Le lendemain, se trouvant beaucoup mieux, il se leva : il nous remercia vivement de ce que nous avions fait pour lui, et nous apprit comment cet accident lui était arrivé. C'était un marchand chrétien. Ayant vendu quelques jours auparavant une partie de riches marchandises à un de ses amis, il en avait reçu en àcompte une assez forte somme, après quoi il était resté à souper avec lui. En sortant pour rentrer à son khan (1), il s'était aperçu

---

(1) Le khan, dans les villes de l'Orient, est un grand bazar, où chacun a son logement et sa boutique : ce sont les hôtels et en même temps les magasins des marchands

qu'on le suivait. Il avait derrière lui trois hommes qui savaient apparemment qu'il était chargé d'argent. Il doubla inutilement le pas. Arrivé sur le pont de Bagdad, il fut assailli par ces brigands, qui le frappèrent à coups de bâton, et le jetèrent dans le fleuve après lui avoir enlevé sa bourse.

» Ce brave homme nous raconta tout cela d'un air assez tranquille. Comme il voulait retourner à son khan pour ses affaires, je le ramenai chez lui vers midi. Je repris ensuite le chemin de mon bureau, et me rendis au palais du vizir. Vous savez sans doute que les Barmécides étaient chrétiens : ceci n'empêcha pas plusieurs khalifes de les employer, et ils ont toujours prouvé qu'ils étaient aussi bons ministres que les musulmans les plus zélés. Pour moi, j'ignorais qu'ils fussent instruits du service que j'avais eu occasion de rendre au marchand chrétien. Mais il paraît que le vizir Djafar était en relation avec lui. Ce qui est certain, c'est qu'un bienfait si simple (car je n'avais fait que mon devoir, suivant ce que nous lisons dans le Koran, de faire à d'autres ce que nous voudrions qu'on nous fît à nous-mêmes), me procura toute la fortune qui me vint bientôt après, avec la faveur des Barmécides.

» Un jour que j'étais occupé à écrire dans le divan, Yahya-ben-Khaled, qui ne m'avait jamais adressé la parole auparavant, s'arrêta dans la chambre où je travaillais. Il y avait plus de six mois que j'avais tiré le chrétien de l'eau, et, comme je ne l'avais plus revu, je l'avais totalement oublié. Après avoir pendant un moment examiné mon écriture, à mon grand étonnement, Yahya me dit : — Safer, il faut que tu me donnes à manger chez toi : Fadhel et Djafar m'accompagneront. — Seigneur, lui répondis-

étrangers à la ville. Le caravansérail est un vaste bâtiment public, sans meubles, qui se trouve sur les routes, dans les villes et les villages, destiné à loger les voyageurs qui passent. Il y en a dans toutes les villes de l'Orient.

je, tout plein de confusion, je suis bien au-dessous d'un pareil
honneur, et ma maison n'est pas digne de vous recevoir. —
Qu'importe? dit Yahya, j'ai pris cette résolution; il faut absolument qu'il en soit ainsi.

» J'étais si confondu de cette volonté subite, que je savais à
peine comment répondre. — Dans ce cas, repris-je enfin, vous
voudrez bien m'accorder quelque délai pour que je prenne les
arrangements convenables, et que je dispose ma maison; après
quoi, vous ferez ce qu'il vous plaira.

» Là-dessus il voulut savoir le délai que je désirais. Je lui
demandai d'abord un an : mais ce temps lui ayant paru trop
long, je le priai de m'accorder au moins quelques mois. Il y consentit, et aussitôt je me mis à disposer ma maison et à préparer
tout ce qui était nécessaire pour le recevoir. Quand tous ces
préparatifs furent terminés, j'en fis part au grand vizir, qui me
promit de venir le lendemain même. Retourné chez moi, je
m'empressai de préparer à boire et à manger, et de tenir prêt
tout ce dont on pouvait avoir besoin. Le lendemain, le vizir vint
effectivement chez moi, avec ses deux fils, Fadhel et Djafar, et
un petit nombre de ses plus intimes amis.

» A peine fut-il descendu de cheval, que m'appelant par mon
nom, il me dit : — Safer, dépêche-toi de me faire servir, car j'ai
grand appétit. Son fils Fadhel me dit qu'il aimait beaucoup les
poulets rôtis, et m'engagea à lui faire présenter ceux que j'avais
fait préparer. Je le fis; mais tous ayant mangé fort légèrement,
Yahya se leva, et se mit à parcourir toute ma maison, en me
demandant de la lui faire voir en entier. Elle était fort petite.
— Seigneur, lui dis-je, vous venez de la voir, je n'ai rien de
plus que cela. — Vraiment, répondit-il d'un air que je ne com-
prenais point, je sais fort bien que tu en as une autre.

» J'eus beau protester, au nom d'Allah, que je n'en possédais

Une vue de Bayrouth.

pas d'autre, il ne voulut pas m'écouter. Il fit venir un maçon, et lui ordonna de percer une porte dans le mur. Le maçon se mettant en devoir d'obéir, je pris la liberté de dire au vizir : — Seigneur, peut-on se permettre de faire une ouverture pour pénétrer dans la maison de ses voisins, après que Dieu a commandé de respecter les droits du voisinage? — N'importe, répliqua-t-il, et quand le maçon eut terminé l'ouverture, il y passa avec ses fils.

» Je les suivis, et nous entrâmes dans un jardin délicieux, bien planté, arrosé par des jets d'eau. Dans ce jardin étaient des pavillons avec une maison superbe, ornés de toutes sortes de meubles et de tapis, et des tables magnifiquement servies par des esclaves de l'un et de l'autre sexe, le tout d'une beauté parfaite. — Cette maison, me dit alors le grand vizir, ainsi que tout ce que tu vois, est à toi. Un bienfait n'est jamais perdu; Dieu te récompense aujourd'hui d'une bonne action.

» Je m'empressai de lui baiser les mains et de faire des vœux pour lui. Je compris alors seulement que du jour où il m'avait parlé pour la première fois de le recevoir chez moi, il avait fait acheter le terrain contigu à mon logis, et y avait fait construire cette belle maison, en la garnissant de toutes sortes de choses, sans que j'en susse rien. Je voyais bien que l'on y bâtissait : mais je croyais que c'était quelqu'un de mes voisins qui faisait marcher tous ces travaux. Yahya, adressant ensuite la parole à son fils Djafar, lui dit : — Voilà bien une maison et des domestiques : mais avec quoi fournira-t-il à leur entretien? — Je lui ai donné, répondit Djafar, la ferme d'Abou-Sofian, avec toutes ses dépendances, et je lui en passerai contrat. — Fort bien! reprit le vizir en se tournant vers Fadhel : mais jusqu'à ce qu'il ait reçu quelque revenu de ses terres, où trouvera-t-il de quoi fournir à sa dépense? — Je lui dois dix mille pièces d'or, répliqua Fadhel, je les ferai porter chez lui. — Dépêchez-vous l'un et l'autre, ajouta Yahya, de satisfaire aux engagements que vous avez contractés.

» Djafar me fit effectivement une donation en règle de la ferme, et Fadhel fit porter chez moi la somme qu'il m'avait promise, en sorte que je me trouvai tout d'un coup dans une grande aisance. Avec ces premiers fonds, je gagnai ensuite de grandes richesses : mais la plus précieuse pour moi fut l'amitié des Barmécides, surtout celle de Djafar, à qui je m'attachai avec un entier dévouement. Je sus en effet dans la suite que le marchand chrétien, qui avait une fortune considérable, était un de ses amis, et que Djafar avait été avec lui le premier auteur de la mienne. Quant à lui, il m'admit au nombre de ses amis les plus intimes, et me donna un emploi fort élevé dans le palais.

» J'arrive à l'époque désastreuse qui vit la fin de la faveur des Barmécides. Quelle fut la cause qui changea en une haine implacable l'affection si vive que le khalife avait jusqu'alors montrée à cette famille? C'est là un mystère que j'ignore encore moi-même, malgré la confiance dont Djafar m'honorait, et jamais je n'ai pu comprendre la cause de cette catastrophe. Après l'avoir comblé de tant de faveurs, le commandeur des croyants avait depuis plusieurs années ajouté celle de l'attacher à lui par les liens les plus doux. Attiré par un charme égal dans la société de sa jeune sœur Abbassa, comme dans celle de son cher Djafar, son bonheur aurait été incomplet, s'il n'avait trouvé moyen de les réunir. Les usages du harem (1), ne permettaient pas que la princesse parût sans voile aux yeux de Djafar, qui n'était pour elle qu'un étranger : désireux de respecter les nécessités de la bienséance, tout en goûtant le plaisir de se trouver avec deux

(1) Le harem, en Orient, est l'appartement réservé aux femmes. C'est comme le gynécée des Grecs, et les parents seuls ont droit d'y pénétrer.

personnes si chères, le khalife avait donné à son ami la main de
sa sœur, et depuis plus de dix ans, Abbassa était l'heureuse
épouse de Djafar.

» Cet événement, qui paraissait avoir fondé à jamais la fortune
des Barmécides, contribua au contraire à rendre leur disgrâce
plus cruelle. Un des premiers j'appris à en redouter les symp-
tômes, et voici comment. J'étais assez intimement lié avec
Baktischou, le principal médecin du khalife. Un mois avant
l'époque où la cour devait entreprendre le pèlerinage de la Mecque, Baktischou vint souper chez moi. Après le repas, il me prit
à part et me dit : — Safer, que dit Djafar? est-il toujours content
du khalife? — Vous connaissez Djafar mieux que moi, répondis-
je. Il me semble, d'ailleurs, que la faveur du khalife ne fait que
croître. — Le soleil qui brille est souvent suivi d'un orage, reprit
le médecin : n'avez-vous rien remarqué ou entendu de particulier? — Au nom d'Allah! Baktischou, m'écriai-je, frappé d'une
espèce de pressentiment, que voulez-vous dire? Expliquez-vous.
— Eh bien! écoutez-moi, dit-il d'un ton grave : mais gardez
pour vous seul mes paroles, et profitez-en si vous le pouvez. Il y
a deux mois, j'entrai dans l'appartement de Haroun-al-Reschid,
deux heures avant le coucher du soleil. Il était déjà retourné
alors au palais de Casr-el-Khould, où vous savez qu'il est encore
à présent. C'est juste en face des Barmécides, qui sont de l'autre
côté du Tigre; et, comme vous le savez, il n'y a entre leur palais
et celui du khalife que la largeur du fleuve. Haroun remarquait
la multitude de chevaux qui étaient arrêtés devant leur demeure,
et la foule qui se pressait à la porte de Yahya-ben-Khaled; il se
mit à dire : — « Que Dieu récompense Yahya! il s'est chargé
seul de tout l'embarras des affaires, et, en me soulageant de ce
soin, il m'a laissé le temps de me livrer aux plaisirs. »

— « Mais, mon cher médecin, interrompis-je, je ne vois rien

3

là de bien alarmant. — Attendez un moment, répondit Baktischou, je n'ai pas fini. Hier je me trouvais par hasard de nouveau
chez le khalife, vers la même heure; d'après ce qui se passa,
vous comprendrez vous-même qu'il ne regarde déjà plus les
Barmécides du même œil. S'étant mis à une fenêtre du palais, il
observait la même affluence de chevaux que la première fois :
alors il dit comme en murmurant entre ses dents : — « Yahya
s'est emparé seul de toutes les affaires : il me les a toutes enle-
vées; c'est vraiment lui qui exerce la puissance du khalife, et je
n'en ai que le nom. » — Ne pensez-vous pas, ami Safer, ajouta
alors Baktischou, en me regardant fixement, que ce soit là un
commencement de froideur et l'avant-coureur d'une disgrâce?

» Je fus épouvanté de ce que je venais d'apprendre. Je remerciai Baktischou de sa confiance en moi. Je n'osai cependant en
parler à Yahya; car le khalife n'avait donné extérieurement
aucun signe de mécontentement contre les Barmécides. Mais
Djafar eut vers ce temps-là l'imprudence de désobéir au khalife
dans une des affaires d'une haute importance politique. Haroun-
al-Reschid l'avait chargé secrètement de faire mourir un descendant des Alides dont l'influence pouvait devenir redoutable
à la puissance du prince (1). Par pitié pour cette famille infortunée, Djafar fit évader le malheureux commis à sa garde. Cette
action fut promptement rapportée au khalife, et on l'accompagna
de commentaires qui n'étaient que trop de nature à en aggraver
les conséquences. Le ressentiment du monarque à cette occasion
devint la goutte de fiel qui devait faire déborder la coupe de la
colère.

« J'ai dit que la cour allait entreprendre le pèlerinage de la

---

(1) Les Alides, ou descendants d'Ali, gendre de Mahomet, formaient une faction
puissante dans l'empire, rivale des Abbassides, qui avaient moins de droit qu'eux au
khalifat.

Mecque. Haroun le fit encore sans rien témoigner de ses funestes projets; mais certaines rumeurs qui circulèrent dans le public paraissaient confirmer le récit de Baktischou, et je commençai à craindre véritablement qu'il ne vît plus les Barmécides d'un si bon œil.

» Je ne pus y tenir davantage. Dans mon anxiété, j'allai révéler au grand-vizir tout ce que le médecin du khalife m'avait raconté. Yahya me prit les mains avec tristesse en me disant : — Safer, je te remercie : ce que tu m'apprends confirme mes pressentiments. Que la volonté de Dieu soit faite! Si c'est son bon plaisir de me dépouiller de toutes les faveurs dont il m'a comblé, s'il doit m'enlever mes serviteurs, mes biens, mes enfants, qu'il soit fait suivant sa volonté suprême! J'ai toujours fait mon devoir comme ministre, et comme un fidèle serviteur de mon souverain. Je ne fuirai pas devant la disgrâce. Je prie le ciel seulement d'épargner mon fils Fadhel.

» Mais un moment après : — Safer, ajouta-t-il avec plus de courage, c'est une chose indigne, n'est-ce pas, qu'un homme comme moi fasse quelque réserve avec le ciel? C'est Dieu qui m'a tout donné, il a le droit de tout me reprendre : que sa main soit bénie!

» J'admirai la résignation sublime de cet homme encore si puissant. Hélas! cette puissance dont il avait toujours usé pour faire le bien, et travailler à la gloire du khalife et au bonheur du peuple, était à son terme. En revenant des villes saintes (1) pour retourner à Bagdad, Haroun-al-Reschid se rendit par eau de Hira sur l'Euphrate à Anbar; il s'arrêtait chaque jour sur les bords du fleuve, passant la nuit dans des festins et des plaisirs de toute sorte. Djafar, que j'avais l'honneur d'accompagner, l'avait quitté pour aller dans les plaines voisines prendre les

(1) Les musulmans donnent ce nom aux villes de la Mecque et de Médine.

plaisirs de la chasse; mais les dons du khalife le suivaient partout, et chaque jour je voyais arriver sous sa tente quelque messager du prince, lui apportant un présent précieux, comme une marque de son souvenir. Haroun s'était même en sa faveur privé de Baktischou; il lui avait laissé aussi son poète favori, Abou-Zaccar, l'Aveugle, qui nous égayait tous de ses improvisations au retour de la chasse. Tant de bontés de la part du khalife avaient presque dissipé dans mon esprit les craintes que j'avais conçues, et je commençais à croire que mes pressentiments n'avaient rien de fondé.

CHAPITRE IV

SUITE DE L'HISTOIRE DE SAFER.

« C'était justement à l'heure du repas, continua Safer en s'adressant à l'archimandrite Théodore, et nous sortions d'une partie extrêmement agréable : nous étions, une douzaine d'amis intimes, assis autour de Djafar. Abou-Zaccar chantait quelques vers philosophiques sur l'inconstance du sort, lorsque nous vîmes entrer brusquement dans la tente où nous étions réunis, Mesrour, le chef des eunuques du khalife, qui, contre toute étiquette, se présentait sans s'être fait annoncer. — Je te vois avec plaisir, lui dit Djafar, quoiqu'il sût bien avoir en lui un ennemi; mais je m'étonne que tu ne te sois pas fait précéder de quelque serviteur pour m'annoncer ta visite. — Le sujet qui m'amène est trop grave, répondit Mesrour, pour me permettre de futiles formalités : le commandeur des croyants demande ta tête.

» Ces paroles furent pour tous un coup de foudre. J'en fus

atterré autant que Djafar lui-même. La plupart de ses amis et de ses serviteurs s'éclipsèrent du pavillon, où je demeurai presque seul. Djafar s'était jeté aux pieds de l'eunuque, en s'écriant : — Un tel ordre n'est pas possible, ou bien c'est l'ivresse qui l'a fait donner : retourne auprès du khalife, je t'en conjure, et tu verras qu'il aura déjà révoqué ses paroles. — Je ne puis reparaître en présence du khalife, répondit Mesrour, que ta tête à la main : écris tes dernières volontés; c'est la seule grâce qu'il me soit possible de t'accorder.

» Djafar comprit alors que tout était fini pour lui. Il regarda tout autour avec un calme plein de tristesse. — Sitôt abandonné! dit-il en voyant que j'étais demeuré seul avec deux ou trois vieux serviteurs. Safer, ajouta-t-il ensuite, après avoir écrit quelques lignes qu'il scella de son sceau, monte à cheval sur-le-champ, porte cette lettre à mon père, et tâche de le consoler de ma perte. — Seigneur, m'écriai-je en sanglotant à ses pieds, laissez-moi près de vous. — Non, Safer, il est important que mon père lise aussitôt cet écrit, me répondit Djafar en me lançant un regard dont je compris toute la portée.

» Je pris le parchemin en arrosant de mes larmes les mains de Djafar, et m'élançai hors de la tente. Monté sur le meilleur cheval de ses écuries, je courus à bride abattue sur la route de Bagdad. Mais dans la nuit même une troupe de cavaliers de la garde du khalife m'arrêta. Je crus qu'on allait me jeter en prison, comme on avait déjà commencé à faire des Barmécides; mais on se contenta de me dépouiller des papiers que je portais dans ma ceinture, entre autres, de la lettre de l'infortuné Djafar. On me laissa libre après cela de continuer mon voyage, et je rentrai dans la capitale, sous le poids des réflexions les plus amères. Quelques heures après ma séparation d'avec mon malheureux bienfaiteur, Mesrour, de retour au campement du khalife, entrait sous le pavillon impérial, portant sur un bouclier la tête de Djafar.

» En arrivant à Bagdad, j'appris que l'ordre avait été donné d'arrêter Yahya, Fadhel, et tous les Barmécides qui occupaient des charges ou des emplois; on les plongea dans des cachots, et on les dépouilla de tous leurs biens. Un ordre du khalife chassa de Bagdad et de toutes les villes de l'empire leurs parents, leurs femmes et leurs enfants, ainsi que leurs serviteurs, qui errèrent sans asile dans leur patrie, et ensuite dans les pays étrangers. Dans cette horrible proscription, le khalife, vous ne le savez que trop bien, comprit jusqu'à sa propre sœur, la princesse Abbassa : aussi barbare dans sa vengeance qu'il avait été excessif dans son affection pour Djafar, il défendit, sous peine de la vie, à qui que ce fût, de recevoir sa veuve et de lui donner l'hospitalité. La sœur du monarque, la fille des khalifes, se vit ainsi réduite à mendier son pain sur la route, et à coucher dans les tombeaux de cimetières (1) pour se mettre à l'abri des intempéries du temps.

» Renfermé dans ma maison, où tout me rappelait les bienfaits des Barmécides, j'entendais chaque jour le récit des plus tristes nouvelles, et je pleurais avec amertume en voyant que leurs amis ne pouvaient même pas offrir la consolation d'un asile à leurs enfants et à leurs femmes. Au milieu de mon affliction, j'appris que Yahya et Fadhel étaient morts en prison. Ceux qu'ils avaient obligés dans leur fortune n'étaient cependant pas tous ingrats à leur mémoire. Plus d'un poète chantait leur générosité et leurs malheurs, malgré la défense du khalife, qui, vou-

---

(1) Les cimetières mahométans ne sont pas comme les nôtres. Les tombeaux son de petits monuments ornés souvent d'une coupole, où les pauvres se retirent quelquefois la nuit, ces lieux leur inspirant généralement moins d'horreur que dans nos contrées.

lant anéantir jusqu'à leur nom, avait menacé des peines les plus
sévères tous ceux qui auraient la hardiesse d'en parler dans leurs
discours ou leurs élégies.

» C'est grâce à cette circonstance, cependant, qu'au moment
où je m'y attendais le moins, j'appris que la princesse Abbassa
que l'on croyait morte dans l'empire de Roum (1), vivait retirée
dans vos montagnes, et l'existence du fils qu'elle avait laissé de
Djafar..... »

— Son fils! s'écria alors l'archimandrite en rejetant subitement son capuchon en arrière, et en regardant fixement Safer,
qu'il avait écouté jusque-là sans l'interrompre. Son fils! Et vous
dites qu'il est vivant?... Pauvre femme! Elle croyait que le
khalife l'avait fait mourir comme les autres...

— Non, mon père, il vit encore, répondit Safer. Quant à moi,
je l'ignorais comme vous et comme tout le reste de l'empire.
Une circonstance assez extraordinaire me l'a fait découvrir.....
C'est cette circonstance dont j'allais vous raconter les détails.

— Vous l'avez donc vu, vous le connaissez, ce fils? Où est-il?
continua le religieux en regardant Safer avec un intérêt crois-
sant. Pauvre mère! quelle sera sa joie en apprenant cette
nouvelle!

— Oui, mon père, je l'ai vu, je lui ai parlé, et c'est à cause de
lui, c'est pour chercher à le réunir à sa mère que je suis ici, que
j'ai désiré vous interroger.

— Parlez, parlez! mon fils, reprit Théodore avec feu, je vous
écoute avec le plus grand intérêt; achevez votre récit.

« — Il y avait plus de trois ans, continua alors Safer, que
nous pleurions la mort des Barmécides, lorsqu'un poète que
j'étais allé visiter me communiqua une complainte sur leur

(1) Les Arabes désignaient sous ce nom l'empire grec, dont Constantinople était la
capitale.

triste destinée. J'en pris copie et je me mis en chemin pour rentrer chez moi ; mais je la trouvais si belle, que je la récitais tout haut en marchant dans la rue, sans m'inquiéter davantage de la défense du khalife. En passant devant les ruines d'un palais qui avait appartenu à Fadhel, je m'arrêtai, et commençai à déclamer l'élégie avec tout l'accent que mon affliction pouvait m'inspirer.

« Depuis que le monde vous a perdus, ô fils de Barmek, » m'écriais-je, dans mon enthousiasme, on a cessé de voir les » routes couvertes de voyageurs, au lever de l'aurore et au cou- » cher de l'astre du jour. »

« Je disais ces vers qui avaient amassé autour de moi un certain nombre de personnes, lorsqu'un soldat de la garde du khalife, voyant mes larmes et le papier que je tenais à la main, s'approcha de moi. Comprenant qu'il s'agissait des Barmécides, il m'arrêta et me conduisit au palais. Haroun-al-Reschid, ayant appris l'aventure, me fit comparaître devant lui et me confronta avec mon dénonciateur. — Ne savais-tu pas, me dit-il, que j'avais défendu de réciter aucune complainte sur la famille des Barmécides ? Misérable, je vais te châtier de ta désobéissance comme tu le mérites. — Commandeur des croyants, m'écriai-je en me prosternant au pied de son trône, si vous me le permettez, je vous conterai mon histoire, et quand vous aurez entendu tout ce que je dois aux Barmécides, je serai content de subir tous les châtiments que vous voudrez m'infliger.

» Le khalife m'ayant permis de parler, je lui racontai tout ce que vous venez d'entendre. Lorsque j'eus terminé mon récit, j'ajoutai : Vous comprenez, seigneur, que je n'aie jamais pu manquer, dans la suite, de chanter les louanges des Barmécides et de faire des vœux pour eux, afin de satisfaire à ce que je dois à leur générosité ; car jamais je ne pourrai m'acquitter entière-

ment. Si maintenant vous voulez me faire mourir pour cela,
faites-le suivant votre désir.

» Mais je voyais bien que le khalife avait été attendri par mon
histoire : il me renvoya sans aucun mal, et rendit dès lors à
chacun la liberté de pleurer à son gré sur la fin tragique des
Barmécides.

» Cette aventure ne manqua pas de faire un certain bruit dans
Bagdad, et plusieurs poètes, amis de cette famille infortunée,
vinrent me remercier d'avoir si bien plaidé en leur faveur. Quelque temps après, comme je sortais un matin de ma maison pour
aller à un bazar, une vieille femme, enveloppée dans un grand
voile noir, s'approcha de moi et me dit : — N'est-ce pas vous
qu'on appelle le seigneur Safer-ebn-Khaldoun? — C'est bien
moi, pour vous servir, ma bonne dame, répondis-je : y a-t-il
quelque chose que je puisse faire pour vous? — Venez un
moment à l'écart, reprit-elle en m'attirant dans un coin formé
par le mur de mon jardin. Maintenant, ajouta-t-elle en regardant
tout autour, pour voir si personne ne nous entendait, j'ai à vous
demander si l'on peut avoir confiance en vous et si vous êtes
disposé à rendre service à quelqu'un de la famille des Barmécides! — Des Barmécides! m'écriai-je. Je suis prêt à aller au
bout du monde pour leur rendre service : ma maison, ma fortune, ma personne, tout est à eux. En ce cas, suivez-moi.

» Elle marcha aussitôt devant moi, jusqu'à ce que nous fussions
arrivés devant un vieux caravansérail, dans le faubourg qui est
hors de la porte Bab-el-Issa. Nous entrâmes dans une cour, et
c'est alors seulement que je m'aperçus qu'un esclave de bonne
mine nous avait suivis tout le temps à une distance respectueuse. Devant la porte, je vis une litière et plusieurs chevaux,
avec d'autres esclaves. — Vite, dit-elle alors au premier, vite,
Assad, donne tes vêtements à ce seigneur, et vous, ajouta-t-elle

tout bas en se tournant vers moi, prenez ceux de cet esclave, afin
qu'on ne vous reconnaisse point.

» J'obéis sans mot dire, tant j'avais à cœur de voir et de connaître ce Barmécide qui réclamait mes services : je me retirai
avec Assad dans une petite cour déserte, et, ayant aussitôt
changé d'habits avec lui, je montai à cheval, tandis que la vieille
femme se plaçait dans la litière. Nous partîmes ensuite d'un pas
égal, sans avoir l'air de nous presser, quoique je brûlasse d'impatience de voir la fin de cette aventure. Après environ deux
heures de marche parmi les jardins qui s'étendent autour des
faubourgs de Bagdad, la litière s'arrêta devant une maison de
simple apparence, mais qui commandait par sa position une vue
délicieuse sur le fleuve et sur la campagne. Une porte s'ouvrit,
et je suivis la vieille femme dans un salon meublé avec élégance,
mais sans aucun luxe. — Attendez-moi un moment, dit-elle; et
elle disparut par une portière d'étoffe de soie.

» Un instant après, la portière se souleva de nouveau : à côté
de la vieille femme, je vis paraître un beau jeune homme qui
s'avança vers moi avec grâce. Je jetai les yeux sur lui; mais
jugez de quelle stupéfaction je fus saisi, en reconnaissant en lui
tous les traits de Djafar le Barmécide, mon bienfaiteur et mon
ami. Je courus à lui, et lui baisai les mains, que j'arrosai de mes
larmes. — C'est Djafar, m'écriai-je, mon ami! — Ce n'est pas
Djafar, me dit le jeune homme d'une voix douce et qui avait tout
le timbre de celui que je pleurais; c'est Noureddin, son fils.

» En disant ces paroles, il me relevait avec bonté, et me
serrait dans ses bras en mêlant ses larmes aux miennes. — Son
fils! répétai-je, quoi! le fils d'Albassa, que l'on disait avoir péri
par ordre du khalife. — Oui, dit alors la vieille femme en soule-
vant son voile pour fixer sur lui un regard plein de tendresse et
d'intelligence, c'est Noureddin, le fils de Djafar et de ma pauvre

Abbassa : que Dieu le conserve pour faire notre bonheur! Je comprends votre étonnement, Safer, ajouta-t-elle. Mais lorsque le khalife voulut le faire enlever pour le faire périr avec les autres Barmécides, le fils d'Abbassa était avec moi, je le pressai sur mon cœur, et Haroun n'osa le faire arracher des bras de sa mère. — Sa mère! m'écriai-je en me reculant avec respect. — Oui, Safer, interrompit Noureddin, celle que tu vois est Khaïzaran, la mère du khalife et d'Abbassa, ma tendre mère à moi aussi; car c'est elle qui m'a élevé.

» *Allah Kérim!* m'écriai-je, Dieu est grand! Et je me prosternai devant cette illustre princesse, à qui le monde avait obéi avant qu'il eût pour maître Haroun-al-Reschid (1). — Oui, par égard pour moi reprit Khaïzaran, en me faisant avec bienveillance signe de m'asseoir sur le sofa auprès de son petit-fils, Haroun consentit à épargner cet enfant; mais à condition qu'il resterait inconnu, et que je l'élèverais comme un étranger. Mais il me fut impossible de lui faire oublier sa naissance : malgré son extrême jeunesse, il avait trop bien retenu le souvenir de la splendeur et du nom de son père et de sa mère. Je n'ai pu que lui recommander la discrétion, et, après la catastrophe qui me priva d'Abbassa et de son époux, je suis venue habiter cette retraite, afin de vivre avec lui, à l'abri des soupçons du khalife. Mes esclaves et mes serviteurs savent seuls qui nous sommes, et ils me sont tous dévoués; mais ils sont observés avec soin. Quoique Haroun ne soit pas venu me visiter une seule fois

(1) Khaïzaran était une esclave du harem d'El-Mahadi, père d'Haroun-al-Reschid; suivant la coutume, la naissance de ce prince lui donna la liberté. A la mort d'El-Mahadi, elle conduisit quelque temps les affaires de l'Etat avec autant de talent que d'habileté, au nom du khalife El-Hadi, frère aîné d'Haroun. — Ce prince, fatigué de cette tutelle officieuse, chercha à faire empoisonner sa belle-mère. Mais celle-ci le prévint, et le fit étouffer dans son lit, ouvrant ainsi le chemin du trône à son propre fils, Haroun-al-Reschid.

depuis lors, je sais qu'il a ses espions qui surveillent ma maison.
C'est pour cette raison que je vous ai fait prendre l'habit d'un de
mes esclaves, afin que vous ne fussiez pas inquiété en entrant ici
ou en vous retirant.

» Quand je vis que la princesse avait cessé de parler : —
Madame, lui dis-je, vous m'avez procuré un des plus grands
bonheurs que je pusse espérer dans cette vie, celui de contempler le visage du fils de mon bienfaiteur ; mais quand vous me
prîtes à part auprès de ma maison, vous me fîtes encore espérer
autre chose.....

» Je m'arrêtai un moment, et comme Khaïzaran me regardait
avec une curiosité pleine de bonté, je continuai : — Vous m'avez
fait espérer que j'aurais le bonheur de rendre quelque service
à un Barmécide... — Je vous entends, Safer, répondit-elle : c'est
pour cela précisément que je vous ai amené ici. Seriez-vous heureux de rendre un fils à sa mère, une mère à sa fille ? Abbassa...
— Elle vivrait donc encore ?... Je donnerais tout ce que je possède, ma vie même, pour la remettre entre vos bras... — Nous
n'espérions pas moins de votre dévouement, Safer. Pendant
longtemps, le bruit avait couru que ma fille était morte sur le
chemin de Roum. J'avais inutilement fait prendre des informa-
tions à ce sujet, lorsqu'il y a deux mois j'appris qu'une esclave
chrétienne, venue de la Syrie, avait assuré qu'elle avait trouvé
un asile chez les chrétiens du Liban. Les renseignements que
j'ai recueillis depuis m'ont donné à espérer qu'elle avait dit
vrai. Mon unique désir maintenant et celui de Noureddin sont de
savoir exactement où elle peut s'être retirée, et de lui donner de
mes nouvelles, en lui faisant connaître que son fils, qu'elle doit
croire mort, est vivant, et qu'il est avec moi. L'espionnage dont
le khalife nous environne me mettait dans l'impossibilité d'envoyer au Liban aucun de mes esclaves, et je n'osais me fier à

personne dont le dévouement aux Barmécides n'eût pas été
éprouvé entièrement. Ce n'est que depuis trois ou quatre jours
qu'on m'a rapporté votre aventure avec le khalife, et l'histoire
que vous lui aviez racontée de votre attachement pour Djafar :
il n'était question que de la liberté que vous aviez ainsi procurée
aux poètes et aux amis des Barmécides de célébrer leurs louanges. Alors je résolus d'aller moi-même vous chercher.....

» — Madame, m'écriai-je, plein de gratitude, en me jetant
aux genoux de la princesse, vous m'avez bien jugé. Vous pouvez
éprouver mon courage. J'irai où vous voudrez, et je parcourrai,
s'il le faut, toute la terre, pour découvrir la mère de mon jeune
seigneur.

» Je me concertai alors avec Khaïzaran sur les moyens à employer pour arriver à découvrir la retraite d'Abbassa. Il fut convenu que je laisserais dans une ville voisine du Liban les gens
de ma suite, et que je voyagerais seul dans la montagne, vêtu
comme un des plus simples sujets du khalife, afin d'éviter tout
soupçon. Si je trouvais la princesse et qu'elle consentît à me
suivre, je l'amènerais à ma ferme d'Abou-Sofian, où je la laisserais pour aller en porter la nouvelle à sa mère. Afin de lui
inspirer toute confiance dans ma mission et ma personne,
Khaïzaran me remit son anneau, ainsi qu'une lettre écrite sur
une feuille de parchemin, sans nom ni signature, que je porte
roulée dans les plis de mon turban.

» Après avoir terminé ces arrangements, je pris congé de
Khaïzaran et de Noureddin, qui m'embrassa de nouveau en
faisant mille vœux pour le succès de mon voyage. Je retournai
ensuite au caravansérail. L'esclave Assad, dont j'avais pris le
costume, m'attendait : il me rendit mes habits, et je revins en
toute hâte chez moi. J'annonçai à ma famille que des affaires
m'obligeaient d'entreprendre un assez long voyage; ayant pris

toutes les dispositions nécessaires pour le temps de mon absence, je partis pour Damas avec ceux de mes serviteurs en qui j'avais le plus de confiance. En arrivant dans cette ville, je les installai dans un caravansérail, en leur ordonnant d'attendre tranquillement mon retour. Je me mis ensuite en chemin pour Tripoli, décidé à m'adresser directement à l'émir de la montagne pour en obtenir les renseignements que je désirais. Mais le ciel a déjà béni mon voyage et les motifs qui me l'ont fait entreprendre, puisqu'il m'a conduit à vous, mon vénérable père, et que c'est vous qui paraissez destiné à couronner mon entreprise. »

Safer alors cessa de parler, en arrêtant avec une anxiété mêlée d'espoir son regard sur l'archimandrite de Saint-Luc.

CHAPITRE V.

LA SŒUR DU KHALIFE.

L'archimandrite avait constamment écouté Safer avec le plus vif intérêt. La dernière partie du récit de l'Arabe paraissait surtout avoir ému profondément le saint religieux, qui plus d'une fois avait levé les yeux au ciel avec un sentiment de pieuse gratitude. Mais, avant de répondre à la demande qu'impliquaient ses dernières paroles, il demeura quelques moments encore absorbé dans les réflexions qu'elles avaient fait naître dans son esprit.

Il rompit enfin le silence.

— Je ne puis vous cacher, mon fils, reprit-il, que votre histoire n'ait profondément éveillé mes sympathies; elle est trop touchante, et porte trop les caractères de la franchise, pour que je doute plus longtemps de votre véracité; votre confiance excite complètement la mienne. Je satisferai votre juste impatience, en vous avouant que la princesse Abbassa est dans nos montagnes et que je connais le lieu de sa retraite. Mais je ne puis vous en dire davantage.....

— Mon père! s'écria douloureusement Safer.

— J'ai vu souvent Abbassa, continua doucement Théodore, et c'est à elle-même que j'ai promis de garder le secret de sa retraite. Ce que vous venez de me raconter doit vous convaincre du danger qu'il y aurait eu à le laisser pénétrer. Je ne saurais donc le rompre pour vous que lorsque j'aurai revu la princesse. Confiez-moi la lettre et l'anneau de sa mère, et demain, dans la journée, vous aurez de ses nouvelles.

— C'est tout ce que je désire pour le moment, mon père, répondit Safer, je n'en demande pas davantage.

En disant ces paroles, il déroulait son turban : de ses plis sortit le parchemin que lui avait remis Khaïzaran. Il le présenta à Théodore, avec l'anneau de cette princesse, qu'il ôta de son doigt et que l'archimandrite examina avec autant d'intérêt que d'attention. Il conduisit ensuite Safer dans une salle contiguë à celle où ils avaient passé la nuit, en l'engageant à s'y reposer tranquillement de ses fatigues.

L'espérance de voir Abbassa, et d'être assez heureux pour la ramener dans les bras de sa mère et de son fils, avait été pour Safer un baume consolateur. Il dormit d'un profond sommeil. Les cloches du monastère et des ermitages voisins, appelant au milieu de la nuit les moines à la prière, ne parvinrent point à le troubler, et, lorsqu'à l'aube du jour elles sonnèrent l'heure du travail, il continua à dormir paisiblement. Ce ne fut que quand la lumière éclatante du soleil commença à pénétrer à travers les

étroites lucarnes de sa chambre, qu'il ouvrit les yeux, étonné
d'avoir donné tant de temps au repos.

Après avoir fait dévotement ses ablutions matinales, en remerciant le Prophète de l'heureuse rencontre qu'il avait faite la
veille, il se dirigea vers les cloîtres du couvent, dans l'espoir de
retrouver bientôt l'archimandrite. Les religieux qu'il rencontra
lui apprirent que Théodore était sorti depuis le milieu de la
nuit, et qu'il ne rentrerait probablement pas avant l'heure de
midi. Safer prit son parti en véritable musulman, il attendit
avec une patience entière le retour de celui qui devait, dans ses
prévisions, lui apporter les plus heureuses nouvelles.

Le soleil, à son zénith, couronnait d'un diadème de lumière
les sommités glacées du Liban, lorsque l'archimandrite parut.
Ses traits vénérables rayonnaient d'une douce bienveillance;
avant même qu'il eût parlé, l'Arabe avait lu dans ses yeux la
réponse la plus favorable. Il baisa respectueusement les mains
du religieux.

—J'ai vu Abbassa, lui dit aussitôt celui-ci. Non-seulement
elle consent à vous voir, mais elle a le plus extrême désir de
s'entretenir avec l'ami de son époux. S'abandonnant à la volonté
de Dieu, dont la providence l'a amenée dans nos montagnes,
elle avait fini par se résigner aux malheurs dont elle avait été
frappée dans tous ceux qui lui étaient chers. Uniquement occupée
de la prière et de la méditation des choses saintes, elle avait
pardonné à son persécuteur; mais la nouvelle de l'existence de
son fils a remué ses entrailles maternelles. Dans l'espoir de le
revoir et d'embrasser sa mère, elle a compris que Dieu pouvait
encore lui réserver quelque joie sur cette terre de douleurs.
Venez, mon fils, votre cheval vous attend dans la cour. Nous
allons aussitôt partir ensemble.

Safer s'inclina avec un sentiment de joie et de respect. Quelques instants après, il chevauchait à côté de l'archimandrite ; un seul religieux les suivait, avançant sur sa monture à vingt-cinq pas derrière eux. Après trois ou quatre heures de marche sur les escarpements rapides de la vallée, les beaux villages de l'intérieur de la montagne commencèrent à se montrer. Le fond s'élargissait aux regards épanouis de Safer, qui ne cessait d'admirer l'industrie avec laquelle cette colonie de chrétiens avait su tirer parti de l'âpre contrée où elle s'était renfermée. Les montagnes en s'éloignant perdaient de leur aspérité, et pendant une heure encore, il marcha au milieu des coteaux les plus riants et les mieux cultivés qu'il eût jamais vus.

Partout des murs d'appui soutenaient des terrasses couvertes de terre, où les vignes et les arbres s'entrelaçaient, ombrageant, sans les empêcher de fleurir, des récoltes de tout genre. Des villages où tout annonçait l'ordre, la paix, le travail, la richesse, bordaient les collines, dominées par les maisons ou plutôt les châteaux des scheiks, comme les castels gothiques dominaient en Europe les bourgades du moyen âge. De vastes couvents occupaient les sommets des mamelons semblables à des forteresses. On voyait entrer et sortir les moines qui conduisaient la charrue dans les champs, ou les troupeaux dans les pâturages. Les Maronites, sans distinction de sexe, travaillaient paisiblement dans les enclos, et se prosternaient, en souriant avec bonheur, en recevant le salut de l'archimandrite. Les scheiks et leurs principaux serviteurs étaient ordinairement assis sur un tapis à la porte de leur château, ou sous un grand sycomore au milieu du chemin, semblables aux patriarches de l'ancienne loi. Théodore était connu de tous : chacun lui rendait son hommage particulier ; au musulman, qui marchait à côté de lui, on donnai un salut, en portant la main sur le cœur, avec ces paroles :

— Que le jour soit béni pour vous, voyageur !

4

Tout à coup, au sommet d'une colline couverte de la plus
fraîche verdure, apparaît un vaste château, dont les fortifications
romaines semblaient embrasser dans leurs contours toute la
montagne voisine. Mais au-dessus de cette enceinte qui rappelait
l'époque impériale de Constantinople, on remarquait déjà une
architecture de transition, dans les tours carrées, percées d'ogives
crénelées à leur sommet, et dans les fenêtres accouplées, séparées par d'élégantes colonnettes arabes. Les terrasses, qui servaient de toit et de salons, étaient également couronnées de
créneaux.

— C'est le château de Zaban, dit alors l'archimandrite à Safer.
Il appartient au scheik Daoud, fils de Salem, de la famille de
l'émir de la montagne : c'est lui qui a donné l'hospitalité à la
sœur du khalife de Bagdad.

— Dieu est grand et miséricordieux! répondit Safer avec
attendrissement. Que sa protection couvre à jamais Daoud et les
siens; car ils ont été remplis de charité et de miséricorde comme
Dieu lui-même.

Dans ce moment ils passaient la porte voûtée, flanquée de
deux tours romaines, qui conduisait à la première cour du château. Celle-ci était suivie de plusieurs autres, toutes remplies de
serviteurs, de nobles, de prêtres, ou de soldats, sous les costumes
variés et pittoresques affectés par les populations du Liban. Une
centaine de chevaux arabes étaient attachés par les pieds et par
la tête à des cordes tendues qui traversaient les cours, sellés,
bridés et couverts de housses éclatantes de toutes les couleurs.
A la porte de la dernière cour, Safer aperçut le scheik lui-
même : il descendait le grand escalier à la tête de sa maison.
C'était un vieillard : ses manières distinguées, sa politesse noble
et facile, et son magnifique costume, moitié arabe, moitié grec,
annonçaient sa haute naissance. Son plus jeune fils, marchant

en avant une cassolette d'argent à la main, vint brûler des parfums devant les chevaux des trois voyageurs, tandis que ses frères jetaient des essences odoriférantes sur leurs habits.

Après cette cérémonie, qui rappelait l'antique hospitalité orientale, l'archimandrite et ses compagnons, laissant leurs montures aux serviteurs du scheik, montèrent la première marche du perron, où Daoud les reçut avec une noble déférence. Safer, dans sa gratitude, voulait lui baiser les mains; mais le vieillard le prit dans ses bras et le serra avec une douce affection.

— Les amis de mes amis, dit-il, avec un sourire aimable, sont aussi les amis du scheik Daoud, fils de Salem.

L'intérieur du château offrait, comme l'extérieur, un mélange du luxe romain et de la magnificence de l'Orient, et tout y rappelait en même temps les coutumes des deux nations. Lorsque le scheik eut rempli envers Safer et l'archimandrite les premiers devoirs de l'hospitalité, il les laissa ensemble, prévenu qu'il était du motif qui les avait amenés. Le religieux, qui comprenait, de son côté, le désir que Safer devait avoir d'entretenir Abbassa, lui fit signe de le suivre. Il traversa une galerie qui conduisait à l'appartement des femmes. Un salon s'ouvrait à l'extrémité où l'Arabe aperçut plusieurs suivantes occupées des travaux de leur sexe.

— C'est ici l'appartement des filles du scheik, à la suite duquel se trouve celui de la princesse, dit l'archimandrite; et les femmes que vous voyez sont celles de leur service.

Il fit un signe à l'une d'elles qui s'approcha respectueusement de Théodore, dont elle baisa le manteau. Il lui dit quelques mots, et elle se hâta de sortir pour exécuter ses ordres. Elle revint un moment après, et, s'inclinant devant le religieux, elle précéda les deux voyageurs à travers plusieurs salons jusqu'à celui où ils devaient attendre Abbassa. C'était une pièce meu-

blée à l'orientale, mais sans aucun luxe; elle n'avait d'autre
particularité qu'une large fenêtre à la romaine, couverte d'un
épais rideau, donnant sur un balcon d'où l'on découvrait toute
la campagne. Le seul objet qui excitât l'étonnement de Safer
était un tableau byzantin suspendu au-dessus d'un sofa, repré
sentant la sainte Vierge, tenant l'enfant Jésus dans ses bras,
mais dont il ne comprit point la signification. Il n'éprouva d'autre sentiment que cette répulsion religieuse qu'inspire à tout
dévot musulman la première vue d'une image. Trop discret
néanmoins pour laisser paraître cette impression, il se contenta
intérieurement de faire une pieuse éjaculation en l'honneur de
son prophète.

Dans ce moment, une femme de moyenne taille, vêtue de noir
avec une grande simplicité, entièrement enveloppée dans un
grand voile de la même couleur, s'avança par une portière
entr'ouverte. A la noblesse de son maintien, à la grâce de sa
démarche, Safer reconnut la sœur du khalife. D'un signe de tête
elle salua l'archimandrite et son compagnon. A son aspect, il
avait été saisi d'une profonde émotion; mais, malgré l'épaisseur
de son voile, on s'apercevait que la princesse n'était pas moins
émue que lui. Elle s'assit tremblante, en s'efforçant de calmer
son agitation.

Lorsqu'elle fut parvenue à se maîtriser, elle fit signe à Théodore
et à Safer de s'asseoir près d'elle. Alors seulement elle leva son
voile : pour la première fois, ce dernier put contempler les traits
de celle qui avait été l'épouse de son bienfaiteur, et dont tant de
poètes avaient célébré les charmes, au temps de la faveur des
Barmécides. Abbassa était encore admirablement belle; mais ses
malheurs, et la résignation avec laquelle elle les avait supportés,
imprimaient à cette beauté un caractère indéfinissable dont
Safer chercha vainement à comprendre la nature angélique. Ce

n'était ni l'impassibilité du stoïcisme antique, ni la soumission inintelligente du fatalisme musulman; c'était encore moins l'indifférence : car sous cette expression sereine on lisait une souffrance profonde, et ses yeux étaient pleins des larmes qu'elle versait chaque jour, sans jamais en épuiser la source. C'est que dans ses malheurs, Abbassa avait abandonné la croyance dont son frère était le chef suprême, pour embrasser la foi de Celui qui seul console dans l'adversité, et qui avait adouci les derniers moments des Barmécides dans leur prison. Sa résignation était celle d'une chrétienne qui pleure, mais qui verse ses pleurs dans le sein de Dieu. C'était ce que Safer ignorait, et sur quoi il s'interrogeait sans pouvoir se répondre, en regardant avec une respectueuse compassion cette femme qu'il était venu chercher de si loin.

— Safer, dit-elle enfin en rompant le silence qui s'était établi autour d'elle, j'ai reçu des mains de l'archimandrite l'anneau et l'écrit de Khaïzaran. La veuve de Djafar ne peut assez vous remercier de votre noble conduite et de votre courage. Je reconnais avec joie que la générosité des Barmécides n'a pas toujours fait des ingrats, puisque vous avez pu vous exposer à tant de périls et de fatigues pour m'apporter des nouvelles de ma mère et de mon fils. Dieu veut donc encore me donner des consolations terrestres, puisque je retrouve des amis à Bagdad, et un souvenir vivant de mon malheureux époux.

— Madame, répondit l'Arabe, pouvant à peine maîtriser son émotion, je suis trop heureux de rendre dans votre personne aux Barmécides quelque chose de tous les bienfaits que j'ai reçus d'eux. Tout ce que je possède, ma vie même, seront comptés pour peu de chose, si je parviens à vous conduire dans les bras de votre fils, à vous rendre une partie du bonheur que vous avez perdu.

— Le péril auquel vous vous exposez est peut-être plus grand que vous ne vous l'imaginez, reprit la princesse en jetant à l'archimandrite un regard significatif; et, avant d'accepter vos services, j'ai besoin de vous faire connaître toute ma situation.

— Je n'hésiterai jamais, Madame, quelles que soient les choses que vous puissiez me dire : ma vie et mes biens sont à vous et au fils de Djafar, répéta Safer avec empressement.

— Ecoutez-moi, Safer, répliqua Abbassa en insistant avec une douce fermeté; ce que j'ai à vous dire est trop sérieux pour vous : malgré le désir ardent que j'ai de rejoindre mon fils, je ne profiterai toutefois de vos offres que lorsque je me serai entièrement expliquée avec vous. Si ma retraite dans ces montagnes n'est plus un secret, la manière dont j'y ai trouvé un asile protecteur, quand le khalife me chassait de tous ses Etats, l'est encore, et c'est cela que vous devez connaître. Je veux qu'avant de vous sacrifier pour la femme et pour le fils de Djafar, vous sachiez toute l'étendue de votre sacrifice, et que vous n'ignoriez aucune des circonstances qui m'aliénèrent si cruellement le cœur du khalife. Après cela je vous laisserai encore le maître de choisir : ou de vous retirer tranquillement, ou de vous dévouer pour nous.

CHAPITRE VI

HISTOIRE D'ABBASSA.

« Vous n'ignorez pas, continua Abbassa, en s'adressant à Safer, que Djafar était chrétien, comme la plupart des Barmécides. Mais cette qualité ne pouvait empêcher le khalife d'utiliser leurs services, après la fidélité qu'ils lui avaient déjà montrée,

ainsi qu'aux autres khalifes de la maison d'Abbas. Jamais ni
Djafar ni aucun de sa famille ne trahirent la confiance que mon
frère avait mise en eux. Dans les premiers temps de cette faveur
singulière que rien ne semblait pouvoir détruire, Haroun, pour
rapprocher davantage, s'il était possible, Djafar de son trône,
l'avait introduit au sérail et lui avait donné ma main. Au
moment de notre union, pas le moindre obstacle ne parut
s'opposer à ce qu'elle s'accomplît, et le khalife ne fit aucune
stipulation relativement à la famille qui pouvait provenir de
notre mariage. J'étais heureuse d'être l'épouse de Djafar; au
bout d'une année, la naissance de Noureddin mit le comble à
mon bonheur.

» Sous un prétexte ou un autre, Djafar m'avait transportée
dans une maison de campagne assez éloignée de Bagdad, au
moment où je m'étais trouvée sur le point de donner le jour à
cet enfant; alléguant ensuite la faiblesse de son fils, il avait
défendu qu'on le circoncît suivant l'usage des musulmans, ou
que l'on célébrât sa naissance par aucune des fêtes ordinaires
dans cette circonstance. Remplie de confiance en mon époux, je
ne songeai pas à lui faire d'observation à ce sujet, ne doutant
pas le moins du monde que mon enfant ne dût être élevé dans la
religion de l'islam.

» Noureddin avait atteint sa septième année, lorsqu'une
maladie dangereuse le frappa tout à coup avec tant de violence,
qu'en une heure ou deux il se trouva réduit à toute extrémité.
Baktischou et les autres médecins du khalife, furent appelés en
toute hâte : mais, après avoir été traité pendant le reste de la
journée, l'enfant râla péniblement, se raidit et parut cesser de
vivre. Baktischou le crut mort et se retira avec les autres
médecins. Dans ma désolation, je m'étais jetée sur le corps de
Noureddin, et je l'embrassais douloureusement sans vouloir

m'en séparer. Djafar lui-même, qui aimait avec une profonde
tendresse cet unique fruit de notre hymen, se frappait la
poitrine, et, avec un accent désespéré, répétait sans cesse en le
regardant : — Mort, mort sans baptême, mort comme un
infidèle!

» Je ne prêtais aucune attention à ces paroles, lorsqu'une
esclave chrétienne qui était à mon service, s'étant approchée du
lit où gisait ce pauvre enfant mit la main sur sa poitrine et crut
sentir encore un faible battement de cœur. Elle dit tout bas quelques mots à Djafar, qui, sur le même ton, mais avec beaucoup
plus d'excitation, lui donna un ordre que je n'entendis point.
J'étais trop absorbée dans ma douleur. Moins d'une demi-heure
après, cette esclave reparut. Il faisait nuit; on n'avait allumé
qu'un petit nombre de bougies dans le sérail, et j'appris ensuite
que, d'après les ordres de Djafar, il n'était resté autour de nous
que quelques serviteurs chrétiens de confiance. A la suite de
l'esclave, trois hommes étaient entrés dans l'appartement, vêtus
de longues robes noires : j'appris plus tard que le plus âgé d'entre eux, vieillard vénérable par ses vertus et son extérieur imposant, était l'évêque des chrétiens.

» — Abbassa, ma sœur bien-aimée, mon épouse chérie, me dit
alors Djafar en m'attirant doucement à lui, que donnerais-tu
pour voir revivre cet enfant?...

» — Le voir revivre, m'écriai-je, frappée par ces paroles qui
m'arrachèrent subitement au cours navrant de mes réflexions :
oh! non, Djafar, ne me trompe pas, l'ange de la mort lui a
fermé les yeux. Et je me jetai en sanglotant dans les bras de
mon époux.

» — Tout est possible à Dieu, Abbassa, reprit Djafar. Tu sais
que je ne suis pas de la religion de l'islam. Suivant les préceptes
des chrétiens, mon fils aurait dû être initié aux rites du Chris-

tianisme, et c'est pour me châtier d'avoir négligé mon devoir de père et de chrétien, que la main de Dieu nous a frappés, en nous enlevant notre Noureddin.

» — Oh! Djafar, répondis-je, sans même comprendre la portée de mes paroles, ce n'est pas moi qui me suis opposée à ce que tu fisses ton devoir.

» — Tu consentirais donc, maintenant, ajouta-t-il en me pressant sur son cœur, à ce que les rites sacrés qu'on a omis se pratiquassent sur notre enfant? Qui sait, mon Abbassa, si à cette condition Dieu ne le rendra pas à notre tendresse?

» — Fais ton devoir, Djafar, et que Dieu nous protége.

» Aussitôt l'évêque, assisté de ses prêtres, prépara ce qu'il fallait pour la cérémonie, et commença des prières dont le sens me toucha profondément. Mais, ô prodige que je n'oublierai jamais! à mesure qu'il avançait dans la célébration de ces rites merveilleux, Noureddin, que j'avais pris dans mes bras, revenait peu à peu à la vie. Mon cœur et celui de Djafar se dilataient en même temps, et les serviteurs, agenouillés autour de nous, regardaient avec une pieuse et profonde admiration. La chaleur qui avait quitté le corps de mon fils semblait ranimer de nouveau tous ses membres; et lorsque l'évêque, arrivé au terme de ses invocations, versa l'eau sur sa tête, en prononçant les paroles suprêmes, ô Safer! je crus que j'allais mourir de joie. Noureddin se leva subitement sur son séant, et, m'embrassant avec une tendresse enfantine, s'écria : — Maman, je suis sauvé!... »

Ici Abbassa s'interrompit dans son récit, en jetant un regard interrogateur sur Safer. — L'Arabe était sous le poids d'une impression étrange pour un musulman, inclinant sa raison devant la véracité des paroles de la princesse, et doutant en lui-même si cette guérison miraculeuse, opérée par le baptême, n'était pas une œuvre de magie. Il vit tout ce qu'il y avait dans le regard de la veuve de Djafar, et répondit avec une certaine agitation :

— Je comprends, Madame, je comprends maintenant toute la haine du khalife, du chef de l'islam. Le fils de sa sœur était chrétien. Un traître, sans doute, lui rapporta les événements de cette nuit!...

— Hélas! oui, répondit Abbassa. Mais ce ne fut que plusieurs années après, continua-t-elle, que mon frère eut connaissance de tout ce qui s'était passé. Noureddin avait été sauvé par un prodige de la miséricorde divine; mais, à l'exception de ceux qui avaient été témoins de son baptême, tout le sérail demeura dans l'ignorance de ce qui avait eu lieu, et la guérison de mon fils fut attribuée à une crise heureuse de la nature.

« Un accident tout à fait fortuit en révéla les véritables détails au khalife. Un des serviteurs de Djafar, nommé Zamel, qui avait assisté à la cérémonie, tomba malade, et, dans un accès de fièvre, raconta ce dont il avait été témoin. Un barbier se trouvait là, qui avait été appelé pour le saigner. Dans l'espoir d'une récompense, il s'empressa d'aller en faire part à Haroun, qui, autant pour le punir de sa trahison, que pour empêcher sa langue de répandre un secret dont la connaissance pouvait nuire à la réputation d'orthodoxie de la maison d'Abbas, le fit jeter dans le Tigre, cousu dans un sac. Mais aussitôt que Zamel fut guéri, le khalife le fit prendre secrètement, et, par les menaces de la torture, obtint de lui tout le récit du baptême de Noureddin. Il le relâcha ensuite, en lui défendant, sous peine de mort, de parler à Djafar de son arrestation. C'était environ deux mois avant le pèlerinage de la Mecque, au retour duquel l'infortuné Djafar eut la tête tranchée par ordre du khalife.

» J'étais à Bagdad lorsque cette affreuse nouvelle me parvint. Elle me fut apportée par ce même Zamel, dont le délire nous était maintenant si fatal, et qui m'en raconta les incidents, en

Baktischou, médecin du Khalife (page 33).

me suppliant de lui pardonner. Mais je pouvais à peine l'entendre. Je demeurai plusieurs heures dans un état voisin de la
mort, sans pouvoir verser une seule larme. Des nouvelles non
moins terribles m'arrachèrent bientôt à cet état d'insensibilité.
J'appris à la fois que tous les Barmécides avaient été jetés dans
des cachots et condamnés à mort; que mon fils lui-même avait
péri au palais de Féloudja, où je l'avais laissé quelques jours
auparavant avec ma mère Khaïzaran, et que j'étais dépouillée
de mes biens, chassée de mon palais comme une vile esclave.

» Je ne vous dirai pas toute ma douleur. Un officier du khalife
vint me signifier l'ordre du prince, qui chassait sa propre sœur
de ses villes et de ses Etats, et qui interdisait, sous peine de
mort, à ses sujets de me donner un asile. C'était le soir même du
jour où j'avais appris toutes ces funestes nouvelles. Je ne comprends pas encore comment je ne suis pas morte alors de désespoir. Dieu voulut sans doute me soutenir pour un avenir plus
consolant, mais que je n'entrevoyais alors qu'avec horreur. Je
pris des habits de deuil semblables à ceux d'une servante, et,
avant la nuit, je fus forcée d'abandonner mon palais, au milieu
des pleurs et des gémissements de mes serviteurs et de mes
esclaves, à qui il était interdit de me suivre. Les soldats et
l'officier lui-même, chargés d'exécuter les ordres du khalife, versaient des larmes en implorant mon pardon. Le soir était venu.
Je sortis, couverte d'un long voile; et la sœur du plus puissant
monarque du monde fut condamnée à parcourir seule et à pied
les rues obscures de sa capitale.

» La ville entière était plongée dans le deuil causé par le
désastre des Barmécides. Les habitants, connaissant l'ordre qui
me concernait, étaient rentrés chez eux pleins d'effroi, en sorte
que je ne pus demander à personne mon chemin pour sortir de
Bagdad. Haletante, épuisée, inondée de pleurs, j'étais prête à

succomber, lorsqu'un homme s'offrit tout à coup devant moi. Un
moment j'eus peur : son aspect était dur et féroce. — Qui es-tu,
où vas-tu? me dit-il brusquement en me voyant.

» Hélas! qu'avais-je à redouter? N'avais-je pas épuisé d'un
seul trait la coupe amère de l'affliction? — Qui je suis! répondis-
je d'une voix entrecoupée de larmes, la veuve de Djafar, la sœur
du khalife, qui cherche un abri, sans pouvoir en trouver, ou un
guide pour sortir de Bagdad. — La veuve de Djafar? s'écria cet
homme, dont le cœur se brisa tout à coup en entendant mon
nom, la sœur du khalife! Madame, continua-t-il en se jetant à
mes pieds, tremblant d'émotion et de pitié, je ne suis qu'un
misérable voleur, poursuivi par la justice : je n'ai donc rien à
craindre de plus. Si vous étiez dans votre splendeur, je fuirais
vos regards; mais si la maison d'un homme comme moi
n'offense pas trop votre dignité, ma femme vous donnera le peu
qu'elle possède. Nous n'en sommes qu'à quelques pas, dans le
faubourg du Tigre.

» Je remerciai cet homme, et me laissai conduire dans sa
maison. Il n'eut qu'un mot à dire à sa femme, qui se prosterna
aussitôt devant moi avec les marques de la pitié la plus respectueuse; et, en acceptant ses soins, je remerciai Dieu, d'avoir
trouvé dans ma détresse des cœurs si compatissants. Ainsi la
première nuit de mon bannissement se passa sous le toit d'un
bandit.

» Le lendemain, je le remerciai ainsi que sa femme, et de
bonne heure je sortis de chez eux, en les priant de m'indiquer le
chemin qu'il fallait suivre pour quitter le plus tôt possible les
Etats du khalife. Ils m'indiquèrent la route de Syrie, d'où je
pourrais arriver plus promptement à la mer, et me rendre chez
un prince chrétien de l'Occident. Peu accoutumée à la fatigue,
je ne pus marcher bien longtemps; mais, ne voulant exposer

personne à encourir la colère du khalife, en m'offrant un asile, je m'arrêtai près d'un cimetière et entrai dans un tombeau pour me reposer.

» Je n'y étais encore que de quelques instants, lorsque je vis arriver à moi une femme et deux hommes : je les reconnus aussitôt. C'était Ibrahim le bandit, et sa compagne Naura, qui m'avaient donné asile; l'autre était Zamel, qui, chassé du palais de Djafar, avait passé la nuit à me chercher. Il m'avait vue sortir de la maison d'Ibrahim; d'accord avec celui-ci et sa femme, il s'était proposé avec eux de me suivre de loin, et de me rendre tous les services qu'ils pourraient dans mon exil, tout en cherchant à éviter les soupçons des émissaires que le khalife avait envoyés dans toutes les directions pour voir si ses ordres étaient fidèlement exécutés. Je les remerciai de leur dévouement; mais je m'efforçai vainement de les détourner de leurs généreux dessein : il me fut impossible de les en dissuader. Ils avaient emporté le peu de valeurs qu'ils possédaient, ainsi qu'un tapis et des hardes, avec un panier rempli de vivres. Ils me servirent dans le tombeau où je m'étais arrêtée, s'empressant autour de moi avec plus de respect même que si j'avais été au comble de la prospérité.

» C'est ainsi que je parcourus à petites journées la plus grande partie de la route, marchant seule; mais toujours suivie à une certaine distance par ces fidèles serviteurs, et couchant d'ordinaire dans les cimetières, où nous étions plus certains d'être à l'abri de l'observation. Ce n'est que lorsque nous fûmes près d'entrer dans le grand désert de la Mésopotamie, que Zamel me proposa un chameau pour traverser ces plaines immenses. Il y avait déjà moins de péril, et nous pouvions nous croire presque à l'abri de l'espionnage du khalife. J'acceptai son offre. Il se procura des chevaux et un chameau, et je me plaçai dans un haudag de l'espèce la plus commune (1), avec Naura, dont le mari nous escorta, ainsi que Zamel, jusqu'à Balbek, en évitant de passer par Damas. Celui-ci trouva ensuite des prétextes pour nous faire reposer dans cette ville, et il me demanda la permission de s'absenter pendant quelques jours.

» Il était maronite, circonstance que j'ignorais entièrement, et connaissait particulièrement l'archimandrite Théodore. Il alla aussitôt le trouver au monastère de Saint-Luc, afin de savoir s'il était possible de me procurer un asile convenable dans la montagne. Il lui donna tous les détails de ma triste histoire, et, sur-le-champ, l'archimandrite proposa le château du scheik Daoud, dont il est le parent et l'ami. Ils allèrent ensemble voir le scheik. Avec une générosité et un empressement dignes de son grand cœur, Daoud fit préparer une escorte composée des plus nobles de son territoire, qui fut chargée de venir me chercher à quelques milles de Balbek, où elle s'arrêta pour m'attendre. Zamel revint seul dans cette ville pour me prévenir de la démarche qu'il avait faite. Je remerciai ce zélé serviteur, et je me préparai aussitôt à aller joindre en litière l'escorte que m'avait envoyée Daoul. Mettant le sceau à sa générosité, ce prince, en ordonnant à ses nobles de me recevoir avec tous les honneurs dus à mon rang, avait eu l'attention délicate de leur taire mon nom. Ce n'est qu'à la longue que mon secret a pu transpirer en partie.

» A mon arrivée au château, le scheik s'avança au-devant de moi. En me conduisant dans l'appartement de ses filles, où il avait fait préparer le mien, il me les présenta en me disant qu'elles étaient mes premières servantes, et qu'il serait trop heureux que je voulusse considérer son château comme à moi.

(1) Le haudag est une espèce de palanquin pour les femmes, que l'on place sur les chameaux, et dans lequel deux ou trois personnes peuvent voyager commodément.

Depuis lors il n'a cessé de me combler d'égards et de prévenances, et de me traiter comme la sœur d'un souverain. »

— Que Dieu le comble de bénédictions! s'écria Safer hors de lui, en interrompant la princesse. Ces Maronites ont surpassé en générosité et en charité les plus pieux serviteurs du prophète!

— Dans ce cas, ne soyez pas étonné, Safer, reprit Abbassa, si, après avoir été l'objet d'une telle générosité, la sœur du khalife, méditant durant les longues journées de sa solitude les préceptes d'une religion dont les sectateurs avaient remplacé pour elle les parents qu'elle avait perdus, d'une religion qui avait inspiré à des étrangers des sentiments d'une si noble charité, ait fini par délaisser celle de l'islam, qui ne lui avait offert qu'amertume et douleur, pour embrasser le culte de Jésus de Nazareth, où elle a puisé les seuls motifs capables de la soutenir dans ses tribulations.

Aux premières paroles de la réponse d'Abbassa, Safer, déjà frappé de ce qu'elle avait raconté du baptême de Noureddin, avait compris où elle voulait en venir. Mais, ballotté entre la rigueur des principes du Koran, qu'il voyait si manifestement abandonnés, et l'admiration qu'il éprouvait pour les vertus et l'hospitalité exercées au nom de la religion chrétienne, il baissa la tête sans rien répondre. Après quelques instants de silence, il reprit la parole.

— Djafar était chrétien, dit-il d'un ton pénétré, et il n'en était pas moins mon bienfaiteur et celui de beaucoup d'autres musulmans. Vous êtes chrétienne, Madame, comme votre époux; ce n'est pas moi qui suis établi le juge de vos actions. Mais j'ai promis à la mémoire de Djafar, de sacrifier pour son fils et son épouse, pour tous les Barmécides, ma fortune, et, s'il le faut, ma vie même. Je comprends maintenant le scrupule qui vous empêchait d'accepter mes services avant de m'avoir instruit de votre

situation tout entière : maintenant que je la connais, j'apprécie
toute la délicatesse de vos sentiments, et je vois que je suis
encore plus qu'auparavant le débiteur des Barmécides; je vous
renouvelle donc du fond de mon cœur le désir sincère que j'ai de
vous être utile, et de travailler de toutes mes forces à vous
réunir à votre fils.

— Vous êtes un noble cœur, Safer, répondit Abbassa, je
n'attendais pas moins d'un véritable ami de Djafar. En vous
choisissant, il avait dignement placé ses bienfaits. J'accepte vos
offres avec la même sincérité. Maintenant il se fait tard. Allez
jouir de l'hospitalité de Daoud avec le vénérable archimandrite.
Demain nous nous reverrons, et nous parlerons des mesures à
prendre pour retourner à Bagdad.

La princesse alors, ayant salué Théodore et Safer, se retira
dans son appartement, où l'Arabe la suivit des yeux avec une
admiration pleine de respect. Il demeura quelques instants sans
parler; puis, tout à coup, s'adressant à l'archimandrite :

— Je vous rends grâces, mon père, s'écria-t-il, de toutes les
bontés que vous avez eues pour Abbassa : elle en était digne.
Dieu vous récompensera ainsi que Daoud. Maintenant, dites-
moi, je vous prie, que sont devenus ces deux hommes généreux
et cette femme qui s'étaient constitués les compagnons et les
protecteurs de la sœur du khalife, dans son triste voyage jusque
dans ces montagnes?

L'archimandrite sourit bénignement.

— Zamel est demeuré au service d'Abbassa, répondit-il, et
probablement qu'il l'accompagnera dans son nouveau voyage.
Naura, vous l'avez vue, c'est cette femme qui est venue me
parler quand nous sommes entrés ici. Elle était chrétienne, et
son mari l'est devenu en même temps que la princesse. Vous
l'avez vu également : c'est le moine qui nous suivait; la bonne

œuvre qu'il a faite, en protégeant la sœur du khalife dans le plus triste moment de sa proscription, lui a valu la grâce de la conversion, et de voleur il est devenu un excellent religieux.

— *Saba el Kaïr!* Que le jour soit béni pour eux! reprit Safer avec ferveur, le Seigneur est miséricordieux pour tout le monde, même hors du giron du prophète.

Accompagné de l'archimandrite, il sortit alors de l'appartement des femmes. Les serviteurs de Daoud le conduisirent ensuite au bain, et le firent changer de vêtements, pour assister au festin auquel le scheik l'attendait avec les principaux personnages de sa famille. Un repas magnifique, où le musulman pouvait toucher sans scrupule comme le chrétien, avait été préparé dans un salon étincelant de lumières; les splendeurs byzantines de la cour des Grecs semblaient s'y être réunies pour rehausser l'hospitalité du prince maronite. Après le festin, le scheik, environné de ses fils et de ses serviteurs, portant des torches, conduisit en personne Safer à l'appartement qui lui avait été destiné pour la nuit.

CHAPITRE VII.

DU LIBAN A DAMAS.

Les préparatifs de son voyage occupèrent Abbassa tous les jours suivants. Décidée à revoir sa mère et son fils, elle avait annoncé à Daoud son intention de quitter le Liban. Réunie en conférence avec ce prince et l'archimandrite Théodore, elle leur avait fait part de tous ses projets pour l'avenir.

— Mon fils est jeune, disait-elle : quoique chrétien par son

baptême, j'ignore dans quels sentiments il a été élevé depuis
que le désastre des Barmécides m'en a si cruellement séparée.
Ma mère Khaïzaran est musulmane, et le khalife, sans paraître
se mêler de l'éducation de Noureddin, peut avoir sur lui des
vues particulières, dont le résultat serait de faire un apostat du
dernier descendant de Barmek. Si ma tendresse me rappelle auprès de lui, mon devoir de mère chrétienne demande de moi tous
les efforts dont je suis capable pour arracher le fils de Djafar aux
périls qui environnent son cœur et son âme.

A ces paroles prononcées de l'accent d'une profonde conviction, l'archimandrite inclina la tête avec une approbation respectueuse. Le vieux scheik, se rapprochant avec vivacité de la
princesse, s'écria d'un ton pénétré :

— Madame, vous êtes toujours la femme également admirable
que j'ai connue depuis l'instant que j'ai eu l'honneur de vous
recevoir dans ma maison, mais surtout depuis le jour où, par
votre baptême, vous êtes entrée avec nous dans une même communauté de foi et d'espérance. Je ne puis qu'applaudir à la
démarche que vous voulez faire, malgré le désir extrême que
j'aurais de vous voir toujours ici. Vous allez de nouveau vous
exposer à de grands périls : mais c'est pour le salut de votre fils.
Dieu, j'espère, vous enverra son ange pour vous soutenir et vous
protéger. Songez seulement, quand vous serez loin de nous,
songez que la montagne a été, depuis plusieurs siècles, l'asile
des Maronites qui ont voulu conserver la foi catholique au milieu
des ébranlements de l'hérésie, et qu'elle doit être le vôtre et
celui de votre fils, si la persécution venait encore à vous menacer. Votre frère est habile et astucieux. Au moindre péril,
revenez parmi nous. Un de mes agents restera sans cesse à
Balbek pour recevoir vos communications, et, si vous daignez
recourir une seconde fois à notre hospitalité, ma maison sera

heureuse de vous revoir, et le Liban glorieux de compter parmi
ses princes le fils de Djafar le Barmécide.

— Votre grandeur accoutumée, généreux Daoud, répliqua la
princesse vivement émue, a prévenu le désir de mon cœur.
Malgré le bonheur que j'aurais à demeurer auprès de ma mère,
les rigueurs du khalife m'empêcheront toujours de me réunir à
elle d'une manière stable. Si je cherche à la rejoindre maintenant, c'est pour l'embrasser une dernière fois, et obtenir d'elle
que j'emmène Noureddin. L'amour si vrai qu'elle éprouve pour
lui, et la connaissance qu'elle a de la haine du khalife pour tout
ce qui appartient aux Barmécides, la décideront, j'espère, à se
séparer de cet enfant. Dès que j'aurai son consentement, tous
mes efforts n'auront plus pour but que de retourner avec lui
parmi vous, et d'en faire un véritable serviteur de Jésus-Christ,
comme les chrétiens de la montagne.

Charmé de voir combien Abbassa entrait dans ses propres
vues, le scheik ne songea plus qu'aux dispositions à prendre
pour la conduire en sûreté à Balbek, d'où Safer devait ensuite
l'emmener à Damas. Malgré son calme apparent, celui-ci n'en
éprouvait pas moins d'impatience de quitter la montagne et de
s'acquitter de sa parole envers Khaïzaran et Noureddin.

Au jour fixé pour le départ, Abbassa assista pieusement au
saint sacrifice que Théodore célébra à son intention dans la chapelle du château. Environnée de ses serviteurs et de ses amis,
elle reçut avec ferveur le corps et le sang du Rédempteur, afin
de se fortifier, en mangeant le pain des anges, contre les dangers
auxquels elle allait de nouveau s'exposer. Elle prit ensuite
congé des filles de Daoud, qu'elle aimait avec une tendresse
maternelle, et des nombreux serviteurs de la maison du scheik,
qu'elle s'était attachés par ses vertus et son admirable caractère.
Tous versaient des larmes en la voyant partir, et priaient la

Mère du Sauveur d'intercéder pour elle auprès de son divin Fils. Quelques instants après, elle était assise dans une litière, ayant auprès d'elle Naura, la fidèle compagne de son exil, ainsi que Zamel et Safer, chevauchant sur la route, de chaque côté de la voiture.

Daoud avec ses fils, ainsi que Théodore et Ibrahim, l'accompagnèrent jusqu'à sa sortie du territoire de Zaban, où ils se séparèrent de la princesse, en appelant sur elle et sur son fils toutes les bénédictions d'en-haut. Dans la crainte d'exciter le soupçon ou la curiosité, Abbassa n'avait voulu d'autre escorte que celle de Safer et de Zamel, avec deux des serviteurs de Daoud, qui devaient la suivre jusqu'auprès de Damas.

La petite caravane ne tarda pas à quitter la plaine et à monter par des gorges profondes vers les plateaux qui dominent les vallées où s'engouffre le courant rapide du fleuve Kadisha. Arrivés sur les hauteurs du Liban, d'où le regard plongeait dans la vallée des Saints, qu'ils venaient d'abandonner, ils n'apercevaient déjà plus le fleuve que comme un lit d'écume encadré dans la sombre couleur des rochers; mais ses mugissements arrivaient encore, semblables à un tonnerre éloigné, jusqu'à leurs oreilles. Au sommet d'un rocher où la route s'avançait comme sur un promontoire, Abbassa put jouir d'un coup d'œil admirable sur le vaste monastère de Kanobin, assis tout au fond au bord du torrent : la tradition maronite attribuait sa fondation à la piété du grand Théodore. De cet endroit, la vallée des Saints ressemblait à un vaste temple naturel, dont le ciel était la voûte, et dont les crêtes du Liban semblaient être les piliers.

L'escorte d'Abbassa employa ensuite plusieurs heures à traverser les défilés qui conduisaient vers Balbek. Enfin, après une journée longue et pénible, elle descendait avec plus de rapidité vers la plaine nue et stérile qui sépare le Kesrouan de

la chaîne opposée à celle du Liban. A l'horizon encore éloigné
devant les voyageurs, un groupe immense de ruines blan-.
châtres, doré par le soleil couchant, se détachait de l'ombre des
montagnes, réfléchissant leur éclat sur les derniers degrés de
l'Anti-Liban. Safer considérait avec étonnement le spectacle de
ces débris gigantesques, quand tout à coup Zamel, les montrant
du doigt, s'écria :

— Balbek!

C'était, en effet, l'une des deux merveilles du désert, la
fabuleuse Balbek, bâtie par le sage Salomon, qui sortait éclatante
de son sépulcre mystérieux, offrant de toutes parts les traces des
âges qu'elle avait vécu, et dont l'histoire avait perdu la mémoire.
Les voyageurs n'avançaient que lentement au pas de leurs
chevaux fatigués, les yeux fixés sur les murs énormes, les
colonnes éblouissantes et colossales, qui semblaient s'étendre,
grandir, s'allonger, à mesure qu'ils en approchaient. Tous gardaient le silence, chacun craignant de perdre une impression de
cette scène solennelle, en communiquant celle qu'il venait
d'avoir. Balbek, à cette époque, avait encore de l'importance;
mais c'était déjà une ville bâtie parmi les débris d'une cité plus
antique. Partout les chevaux heurtaient le pied contre des blocs
de marbre, des tronçons de colonnes, des chapiteaux renversés.

La verdure dont le désert environnant laissait voir à peine
quelques traces, commençait à reparaître : de larges noyers
poussant entre les ruines en dérobaient partout l'aspect. Elles se
montrèrent bientôt. Ce n'était pas, à proprement parler, un temple, un palais, une ruine; c'était une colline entière d'architecture qui sortait tout à coup de la plaine, détachée des collines de
l'Anti-Liban. En tournant autour de la ville, l'escorte d'Abbassa
se traînait parmi les décombres. Elle longea un des côtés de
cette montagne architecturale sur laquelle une forêt de gracieuses

colonnes s'élevait, dorée par le soleil couchant, offrant à l'œil
les teintes jaunes et mates des marbres du Parthénon, ou du
travertin du Colysée, à Rome. Un grand nombre de ces colonnes
avaient encore leurs corniches, portant leurs voûtes intactes,
sanctuaires abandonnés d'un culte anéanti; d'autres, en plus
grand nombre, étaient répandues çà et là en immenses morceaux
de marbre et de granit, sur la pente de la colline, dans les fossés
profonds, qui l'environnaient, et jusque dans le lit de la rivière
qui coulait à ses pieds, paisible et tranquille comme au jour où le
fils de David y édifia son premier palais.

Les voyageurs gagnèrent la cour d'un caravansérail extérieur,
où les serviteurs d'Abbassa disposèrent avec promptitude tout
ce qu'il fallait pour passer la nuit. Ils étaient seuls. Rien ne
troubla leur solitude ni leur repos. Le lendemain, avant l'aube
du jour, ils étaient sur pied, préparant leurs chevaux et leurs
bagages pour continuer le voyage. Bientôt après, la litière
d'Abbassa, escortée comme la veille, prenait la route de Damas.

Le jour commençait à poindre, au moment où ils franchirent
la première colline qui montait vers l'Anti-Liban. Elle était
percée d'immenses et profondes carrières d'où étaient sortis les
prodigieux monuments de Balbek. Leurs faîtes, dorés par les
premiers rayons du soleil, et leurs belles colonnades brillaient
aux pieds de la petite caravane, comme des masses ardentes de
métal sur le fond du désert. Ils disparurent bientôt entièrement,
et l'on ne vit plus au-delà que les cimes noires ou neigeuses des
montagnes de Tripoli ou de Latakié, qui se fondaient dans l'azur
du firmament. Toute la journée du lendemain et les jours
suivants se passèrent à voyager, sans autres haltes que celles
de la nuit, entre des montagnes escarpées, séparées seulement
par des gorges étroites, profondément encaissées, où roulaient
des torrents de neige fondue. Ce ne fut que le quatrième jour au

matin qu'ils commencèrent à descendre vers les belles vallées qui annoncent l'entrée des plaines de la Mésopotamie et du grand désert qui s'étend de Damas à Bagdad.

Pendant deux jours encore, ils continuèrent à marcher, en s'éloignant de plus en plus des masses gigantesques de l'Anti-Liban. Ils approchaient rapidement de l'ancienne capitale des khalifes. Dès le matin du sixième jour, Abbassa et sa compagne avaient échangé les vêtements de la montagne contre des habits persans de la classe moyenne ; les deux Maronites prirent alors congé d'elle pour retourner au Liban. Tout annonçait déjà sur la route le voisinage d'une grande ville. De nombreuses files de chameaux, de voyageurs de tout rang, de paysans syriens, et de soldats arabes, cheminaient tranquillement à la suite les unes des autres.

Quelques heures avant d'arriver à Damas, on s'engage dans un défilé profondément encaissé entre de hauts rochers. La descente était rapide, et les pierres roulantes glissaient sous les pieds des chevaux. Tout à coup Safer s'arrête à l'un des détours du chemin : à travers une échappée de bois et de rochers, il jette, avec l'enthousiasme d'un dévot musulman, un regard de pieuse admiration sur le magnifique panorama qui se déroulait à quelques centaines de pieds sous lui. C'était Damas et son désert, qui n'a pour bornes que Bagdad et Bassora, et qu'il faut quarante jours pour traverser.

— Scham ! Scham ! s'écria Safer, en descendant de son cheval, pour se prosterner devant la ville sainte de l'islam, où les khalifes avaient établi pour la première fois la chaire du faux prophète.

Scham était le nom arabe de Damas. Entourée de ses remparts de marbre jaune et noir, flanquée de ses innombrables tours carrées, couronnées de créneaux sculptés en turban, dominée

par une forêt de minarets de toutes formes, sillonnée par les sept
branches de son fleuve et ses ruisseaux sans nombre, cette ville
ie quatre cent mille âmes s'étendait à perte de vue dans un
labyrinthe de jardins en fleurs, jetait çà et là ses bras immenses
dans la plaine, partout ombragée, pressée par une forêt de
cyprès, de palmiers, de sycomores, d'abricotiers, d'arbres enfin
ie toute forme et de toute nuance. Au-dessus de la sombre verdure de ses jardins, les innombrables coupoles de ses mosquées
et de ses palais réfléchissaient les rayons d'un soleil ardent.
Enfin, derrière la ville et ses faubourgs, se découvrait l'horizon
sans bornes du désert, océan de sable, enflammé par la réver-
bération des feux du midi, et sur la droite les hautes croupes de
l'Anti-Liban, fuyant comme d'immenses vagues d'ombre, tantôt
formant comme des promontoires avancés dans la plaine, tantôt
s'ouvrant comme des golfes profonds, où elle s'engouffrait avec
ses forêts, ses grands villages, et les deux grands lacs qui
avoisinent Damas.

Il était nuit, lorsque Safer, qui guidait la marche de la litière
à travers les rues étroites de la ville, arriva au caravansérail où
il avait laissé les serviteurs qui l'avaient suivi de Bagdad. La
longue absence de leur maître commençait à leur inspirer de
l'inquiétude; en le voyant arriver, ils lui témoignèrent vivement toute la joie qu'ils éprouvaient de son retour. Il leur
raconta qu'il avait été jusqu'en Syrie chercher une dame persane, veuve d'un de ses amis, et qu'il la ramenait à Bagdad, où
elle voulait visiter ses parents. A leur tour, ses serviteurs l'in-
formèrent que s'il désirait reprendre le chemin de cette ville, il
fallait qu'il hâtât ses préparatifs, pour profiter du départ d'une
caravane qui allait se mettre en marche sous peu de jours. Le
moment, d'ailleurs, était propice, à cause du printemps où l'on
entrait. Safer se rendit à leurs avis, et l'on prit aussitôt toutes

les dispositions nécessaires pour traverser le désert avec la
princesse.

CHAPITRE VIII

LA CARAVANE DE BAGDAD.

Le jour du départ de la caravane, on quitta le caravansérail
de Damas une heure avant le lever du soleil, afin de la rejoindre
au lieu du rendez-vous, situé à quelque distance de la ville.
Cette fois, tous les serviteurs de Safer formaient l'escorte
d'Abbassa, et plusieurs chameaux de charge précédaient celui
qui portait le haudag où elle était assise avec sa suivante. Ce
haudag, comme ceux des chefs arabes, était soigneusement dou-
blé, couvert de drap, et orné de franges de diverses couleurs; il
pouvait contenir commodément deux femmes, ou une femme
avec plusieurs enfants. La marche était fermée par Safer et
Zamel, qui montaient chacun un cheval de race de grand prix.

Sortis de Damas par la porte de Bagdad, ils longèrent pendant
quelque temps des jardins délicieux, en suivant une route ombragée d'arbres superbes. Safer causait, en marchant avec
Zamel, de la situation magnifique de cette ville qui rappelait si
bien la terre d'Eden, et tous deux comprenaient admirablement
comment la tradition des Arabes y avait placé le paradis de nos
premiers pères. La plaine, vaste et féconde, les sept rameaux du
fleuve qui l'arrose, l'encadrement majestueux des montagnes,
les lacs éblouissants où se réfléchissaient les teintes azurées du
firmament, tout, jusqu'à la position géographique de Damas,
placée, comme un entrepôt, entre la Méditerranée et le golfe

Persique, sous un climat d'une douceur admirable, annonçait
qu'elle avait dû être une des premières villes bâties par les enfants des hommes.

La caravane se réunissait aux environs d'un grand village, à
trois ou quatre lieues de Damas : elle allait se mettre en marche,
lorsque Safer la rejoignit. C'était un spectacle aussi curieux
qu'intéressant, de voir cette multitude de chameaux et de
dromadaires, les uns chargés de marchandises, de provisions ou
d'outres remplies d'eau; les autres portant des haudags de toutes
formes et de toutes couleurs, depuis le simple panier où la femme
du chamelier s'accroupissait avec ses enfants, jusqu'au pavillon
de pourpre et d'or, couvert de broderies, abritant la femme d'un
émir ou d'un gouverneur de province qui se rendait à son poste,
ou cachant dans ses épais rideaux une esclave destinée au harem
d'un grand seigneur, et peut-être du khalife lui-même. Puis ces
innombrables cavaliers de tout âge et de toute condition, les uns
chevauchant paisiblement, les autres caracolant, en brandissant
les armes étincelantes sorties des fabriques de Damas, alors si
renommées; d'autres encore conduisant des troupeaux de moutons destinés à être vendus pour la consommation des voyageurs,
aux diverses haltes où la caravane s'arrêtait chaque jour.

Le printemps était dans toute sa beauté : le désert, naguère
encore si aride, lorsque Safer l'avait traversé pour venir de
Bagdad, s'était couvert tout à coup d'un tapis de verdure et de
fleurs. Ce spectacle enchanteur augmentait encore le tumulte et
le bruit de la marche, par la joie et la gaîté qu'il inspirait à tout
le monde. Cette animation, ce plaisir, ce mouvement, paraissaient d'un heureux augure à Abbassa et à ses compagnons :
elle ne cessait de remercier Dieu du bien-être qu'elle en
éprouvait.

Malgré la longueur de la route, aucun accident ne troubla le voyage de la caravane; rien, durant quarante jours, n'interrompit la monotonie de cette marche à travers le désert, que les haltes de la nuit, quelquefois dans une oasis, comme celle de la plaine de Tadmor, quelquefois près d'une source ombragée d'un petit nombre de palmiers, comme ceux du puits de Jacob; mais le plus souvent sur une vaste étendue de sable sans eau, bornée seulement par les lignes bleues de l'horizon.

On marchait régulièrement de neuf à dix heures par jour. Sur les trois heures de l'après-midi, le chef de la caravane donnait le signal pour interrompre le voyage. Les cavaliers, dispersés dans la plaine, sautaient à terre, plantaient leurs lances et y attachaient leurs chevaux. Les chameliers réunissaient les animaux dont ils étaient les conducteurs, tandis que les esclaves dressaient les tentes de leurs maîtres pour y passer la nuit; quelquefois c'étaient des femmes qui le faisaient pour leurs maris; tous s'en acquittaient avec une adresse et une promptitude extraordinaires. On se trouvait ainsi, comme par enchantement, transporté aussitôt dans une grande ville, ayant ses places et ses rues. On voyait les uns conduire les troupeaux, tuer les bestiaux et les dépouiller; les autres, préparer devant chaque tente des feux pour la cuisine. Après souper, les amis et les connaissances se réunissaient, et l'un d'eux récitait un fragment du poème d'Antar, qui fait encore aujourd'hui les délices des Arabes, ou racontait une des merveilleuses légendes qui composent les *Mille et une Nuits*.

Telle était la vie du désert : malgré sa monotonie, elle offrait encore un charme indéfinissable qui fait qu'on la regrette souvent après qu'on l'a quittée, ou que l'on est arrivé au terme de son voyage. Elle dura ainsi jusqu'aux approches de l'ancienne Babylonie. Là, le désert, arrosé déjà par d'innombrables canaux, commençait à changer d'aspect; le sable disparaissait devant la

verdure d'une campagne fertile, où l'abondance des palmiers à
dattes, des tamariniers et des saules à la tête penchée, annonçait
le voisinage de l'Euphrate. A Hit, qui est l'avant-dernière
station avant d'arriver à Bagdad, la caravane déboucha dans la
vallée marécageuse que féconde ce grand fleuve. Hit est l'ancienne Æiopolis, ville célèbre par ses sources de pétrole blanc et
de naphte; mais dont le sol, essentiellement bitumineux, est
presque entièrement dénué de végétation. Abbassa, du haut de
son haudag, jetait ses regards autour d'elle; elle ne voyait çà et
là qu'un petit nombre de palmiers rabougris, et sur la rive quelques tamariniers, des peupliers, des saules et des câpriers crois-
sant au milieu des champs d'orge et de sésame, comme au temps
de Xénophon.

En se retrouvant dans cette contrée, elle reportait rapidement
ses réflexions aux premiers jours du désastre des Barmécides,
lorsqu'elle quittait sa patrie sous le poids du bannissement, sans
consolation et sans espérance dans l'avenir, dans la persuasion
où elle était d'avoir perdu, avec son époux et ses parents, le seul
gage que Djafar lui eût laissé de sa tendresse. Combien sa condition était changée maintenant! Quoique proscrite comme
auparavant, elle revenait moins malheureuse; elle avait des
amis, un asile sûr; elle allait revoir son fils, qu'elle avait cru
mort, et, plus que tout cela, elle se sentait soutenue par une
religion, si souvent ressource unique des infortunés, et qui
n'abandonne point à un triste et froid fatalisme celui qui a foi
dans ses sublimes croyances.

En descendant des collines calcaires de la Mésopotamie, qui
contrastent si singulièrement avec les plaines basses et maréca-
geuses de la Babylonie, Abbassa cherchait à découvrir dans le
lointain les élégants minarets et les coupoles du palais de
Félondja, où elle avait passé jadis tant de moments heureux

avec Djafar et où, pour la dernière fois, elle avait embrassé son
enfant. La caravane s'en approchait : les rives de l'Euphrate
perdaient leur aspect rocailleux, et, en s'aplanissant, se cou-
vraient d'un terrain gras, alluvionnaire, présentant partout des
champs fertiles et de luxuriantes prairies où paissaient des troupeaux innombrables.

Les dômes de porcelaine de Féloudja sont devant elle. C'est en
cet endroit que la caravane commence à passer lentement le
fleuve pour se séparer ensuite : les uns continuent leur route
jusqu'à Bagdad; les autres, prenant un chemin plus court,
gagnent, chacun de son côté, les lieux de leurs diverses desti-
nations.

La plaine de Bagdad, d'une exubérante fertilité, était comme
celle de Damas, coupée par des canaux nombreux qui réunissaient les eaux du Tigre et de l'Euphrate. Le plus considérable
était, ainsi que de nos jours encore, le *Nahr Issa Saclavidja*,
dont les bords, couverts de kiosques élégants, de pavillons de
toutes formes, et de belles maisons de campagne, voyaient
passer et repasser sans cesse les voyageurs de tout rang qui se
rendaient à Bagdad, ou qui sortaient de cette ville : les uns
faisant leur chemin, à pied; les autres montés sur des chevaux,
des chameaux, des dromadaires ou des ânes; d'autres, naviguant
sur le canal, dans les légers bateaux d'osier, enduits de bitume,
qui sillonnaient les eaux des deux fleuves, chargés de riches
marchandises.

Le delta tout entier de l'Irack-Arabi, connu dans les traditions
mosaïques sous le nom de Sennaar, était couvert d'une forêt
d'arbres fruitiers formant d'immenses vergers; ainsi qu'à
Naples, les vignes s'entrelaçaient, courant en guirlandes parmi
les figuiers, les dattiers, les abricotiers, ombrageant la terre
grasse et fertile toujours arrosée, et donnant annuellement

plusieurs moissons d'orge, de blé, de maïs et d'autres plantes
légumineuses. C'était une succession non interrompue de jardins
et de métairies peuplées de chevaux, de moutons, de chameaux,
d'oiseaux de toute espèce, séparées par des haies vives. Une
multitude de chemins établis en chaussées le long des canaux
circulaient parmi ces jardins, passant d'un village à un autre,
tous conduisant plus ou moins directement jusqu'à l'une ou
l'autre des portes de Bagdad.

Abbassa donna un soupir en voyant s'éloigner sous ses ombrages le palais de Féloudja, dont elle avait entrevu la brillante
toiture. Mais elle savait qu'elle n'était plus qu'à une courte
distance d'Abou-Sofian, où Safer avait promis de la conduire
avant de retourner dans la capitale. Ainsi que beaucoup d'autres,
il avait quitté la caravane avec sa petite escorte, continuant sa
marche au travers de ce labyrinthe de jardins, pour gagner la
rive droite du Tigre, sur laquelle était située la métairie, présent
des Barmécides. Il ne lui tardait pas moins qu'à la princesse et à
son fidèle Zamel d'arriver dans ce lieu qui, pour le moment, était
le terme de leurs désirs.

Depuis le matin ils avaient laissé Féloudja, quand, au détour
d'un bouquet de palmiers, une belle maison se présenta, environnée de jardins et de pâturages. Une grande terrasse, plantée
d'arbres magnifiques, se prolongeait jusque sur le fleuve, et
l'habitation, où tout annonçait la prospérité, le calme et le
repos, située sur une éminence, semblait sortir du sein des eaux.

« C'est Abou-Sofian! dit Safer en s'approchant du haudag
d'Abbassa.

— Dieu soit loué! répondit-elle avec émotion, en considérant
cette maison, gage de la générosité de son époux. — En apercevant cette métairie, ajouta-t-elle, mon cœur souhaitait intérieurement que ce fût là le terme de notre long voyage.

— Le plus dévoué de vos serviteurs, Madame, reprit Safer, espère que vous daignerez regarder cette maison comme la vôtre aussi longtemps qu'il vous plaira d'y demeurer. Mes esclaves sont vos esclaves, et nous sommes tous ensemble trop heureux d'être au service de la veuve de Djafar. »

Tout était prêt pour recevoir la princesse. Safer avait donné ses ordres avant de partir, et les métayers d'Abou-Sofian, prévenus par un des serviteurs de sa suite, parti en avant pour les avertir, se présentaient à leur maître avec toutes les marques de l'affection et du respect.

Quelques instants après, Abbassa était installée dans son appartement dont les terrasses dominaient au loin le delta, avec ses deux fleuves et ses belles campagnes, au-dessus desquelles on voyait surgir la cité superbe dont les khalifes abbassides avaient fait leur séjour. Safer y conduisit la princesse; il lui montra, au-delà du faubourg qui s'étendait au nord sur la rive droite du Tigre, le site où se trouvait la maison habitée par Noureddin et Khaïzaran.

Les yeux d'Abbassa se remplirent de larmes. Trois lieues à peine la séparaient de Bagdad. Dans l'enceinte que terminait ce faubourg, elle découvrait le palais des Barmécides, et reconnaissait la coupole de marbre blanc sous laquelle elle avait pris son dernier repas avec Djafar, avant son départ pour la Mecque, où il accompagnait le khalife. Elle distinguait tour à tour chacun des monuments bâtis par ses ancêtres : les somptueuses résidences des khalifes, les mosquées magnifiques s'élevant du milieu des jardins avec leurs dômes à jour, ou s'étalant le long du fleuve qui circulait comme un large ruban d'argent entre la ville persane, bâtie sur la rive gauche, et cet ensemble de quartiers occupés par des étrangers de toute nation, formant la ville de la rive droite. Les feux du soleil couchant, qui se réfléchissaient

6

dans la faïence étincelante ou le marbre des coupoles, répandaient sur cet ensemble de palais et de jardins, de sombre verdure et de minarets dorés, une vapeur harmonieuse dont la confusion prêtait au coup d'œil un charme indéfinissable.

En se voyant si près de Bagdad, Abbassa se demandait si réellement elle était si rapprochée de son fils, de sa mère, et de ce frère barbare, auteur de tous ses maux : elle repassait dans sa mémoire les cruels événements qui l'avaient séparée d'eux.

— Et cependant, Naura, disait-elle à sa fidèle suivante, lorsqu'elle se retrouva seule avec elle, si j'ai éprouvé tant de revers, après avoir vécu si près du trône, après avoir été si heureuse avec Djafar, je ne puis m'empêcher de rendre grâces à Dieu de m'avoir préparée par tant de malheurs à devenir ce que je suis. Ils ont été pour moi la source de la véritable félicité, puisqu'ils m'ont conduite de l'islamisme à la foi de Jésus-Christ. J'avais perdu mon fils, et je vais le retrouver, et le ciel sans doute ne me ramène maintenant auprès de lui que pour le raffermir dans le chemin du salut et l'arracher aux séductions qui n'auront pas manqué d'environner sa jeunesse.

Tel était le sujet des entretiens d'Abbassa avec Naura et Zamel, depuis leur arrivée à Aï ou-Sofian.

Safer, après avoir pourvu à tout ce qui pouvait être agréable ou utile à la princesse, durant son séjour à la métairie, avait continué son chemin sur Bagdad. Il emportait avec lui l'anneau de Khaïzaran qu'Abbassa lui avait rendu, afin de ne pas éprouver de difficulté à se faire reconnaître de l'esclave que la mère du khalife avait promis d'envoyer chaque jour au caravansérail du faubourg Bab-el-Issa, jusqu'à ce qu'il eût annoncé son retour.

CHAPITRE IX.

LA MORT DE KHAIZARAN.

Safer était enfin rentré à Bagdad. Son premier soin, en arrivant, avait été d'aller rassurer sa famille, à qui sa longue absence avait inspiré de l'inquiétude. Animé par l'espérance, il se rendit ensuite au rendez-vous qui lui avait été assigné hors de la porte Bab-el-Issa. Il trouva au caravansérail l'esclave Assad, avec lequel il avait changé de vêtements le jour où Khaïzaran l'avait introduit auprès du fils de Djafar. Mais, au premier coup d'œil, son air triste et abattu le remplit des plus noirs pressentiments.

— Ami Assad, s'écria-t-il en courant à lui, quelle douleur vous afflige? Votre aspect m'a glacé d'effroi. Serait-il donc arrivé quelque malheur!

— Le plus grand des malheurs, dans les circonstances actuelles, seigneur Safer, répondit le serviteur en le serrant dans ses bras, les yeux pleins de larmes : l'ange de la mort a rempli notre maison de deuil; nous avons perdu la meilleure des maîtresses.....

— Dieu tout-puissant! reprit Safer, la mère du khalife est morte!..... Et Noureddin?...

— Noureddin est au palais, par ordre du khalife..... C'est lui qui m'a chargé de vous rendre compte de ces tristes nouvelles...

— Au palais, par ordre du khalife! répéta douloureusement Safer en se frappant le front avec tous les signes de la détresse,

et cela, au moment où je lui ramenais sa mère.... Oh! que dira
Abbassa, et comment pourrai-je lui annoncer cette terrible
nouvelle?

— Eh! quoi, Abbassa! vous avez donc réussi à la conduire
jusqu'ici?

— Elle est à ma maison d'Abou-Sofian, où elle attend mon
retour avec toute l'anxiété que vous pouvez imaginer..... Mais,
dites-moi, Assad, comment se sont succédé ces fatals événements..... Peut-être trouverons-nous encore quelque moyen
d'instruire Noureddin et de le voir...

Assad secoua la tête avec tristesse; puis ayant fait asseoir
Safer près de lui sur un banc, il rompit le silence, après quelques moments de réflexion.

— « Vous étiez à peine parti depuis trois ou quatre semaines,
dit-il, lorsque Khaïzaran tomba malade. Elle crut d'abord que
sa maladie ne serait rien; mais elle ne tarda pas à prendre un
caractère qui nous alarma tous profondément. Depuis qu'elle
s'était retirée dans la maison où vous l'avez vue, après le
désastre des Barmécides, le khalife avait cessé de voir sa mère,
et ne l'avait pas une seule fois honorée de sa visite. Lorsqu'elle
connut le danger de sa position, la crainte de mourir et de laisser
le fils de Djafar seul et sans protecteur, exposé à la haine de
Haroun, la décida à envoyer un messager au monarque pour lui
faire part de sa maladie. Le khalife était en chemin pour venir
de Raccah, où il avait fixé sa résidence depuis deux ou trois ans,
et il ne devait passer que peu de temps à Bagdad; car les troubles du Khorassan demandent sa présence dans cette province. Il
envoya aussitôt son premier médecin Baktischou, et, quelques
jours après, il arriva lui-même, accompagné seulement de
Baktischou et d'un petit nombre d'intimes.

» Il témoigna beaucoup de respect et de tendresse à Khaïzaran,

avec laquelle il s'entretint fort longtemps en particulier, au sujet
de Noureddin : elle nous en fit part aussitôt après le départ du
khalife. Mais elle se garda bien de lui parler des démarches
qu'elle avait faites pour faire revenir Abbassa. Elle supplia le
khalife, au nom de cette tendresse qu'elle avait eue toujours
pour lui, et des dangers auxquels elle s'était exposée pour lui
faire avoir le trône, de prendre en pitié le fils de Djafar, et de ne
pas lui continuer la haine avec laquelle il avait poursuivi les
Barmécides. Sur l'ordre du khalife, Noureddin alors se présenta.
Il baisa avec respect la robe du monarque, en se prosternant
devant lui. Haroun le releva sans bienveillance ni défaveur : il
parut frappé comme vous de son extrême ressemblance avec
Djafar, et Noureddin me raconta depuis avoir remarqué à des
signes certains l'impression fâcheuse qu'il avait produite sur
l'esprit du khalife. Bientôt après, le commandeur des croyants
prit congé de Khaïzaran. Il y eut beaucoup d'émotion dans ce
dernier adieu du prince à sa mère. Ce fut sans doute le regard
plein d'inquiétude et d'attendrissement que la princesse jeta
dans ce moment suprême sur son petit-fils qui détermina Haroun
à adresser quelques paroles amicales au fils de sa sœur. —
Noureddin-ben-Djafar, dit-il en sortant, rends grâce à ma mère :
à cause d'elle je penserai à toi, si tu sais te rendre digne de ma
faveur.

» Khaïzaran, consolée par ces paroles, nous donna ensuite ses
dernières instructions. Elle engagea vivement Noureddin à se
soumettre à la volonté du khalife, et à faire en sorte de mériter
ses bonnes grâces. Noureddin sentait au fond du cœur quelque
chose qui lui disait de ne point se fier aux promesses de son
oncle; mais il ne crut pas devoir le témoigner à Khaïzaran, dont
il ne voulait pas attrister les derniers moments. Elle me remit
un coffret de bijoux pour Abbassa, dans le cas où vous l'auriez

retrouvée, en me recommandant d'être exact au rendez-vous qui vous était donné au caravansérail; elle me fit promettre de faire tous mes efforts pour instruire secrètement Noureddin de votre retour et du succès de vos démarches, laissant à votre sagesse et à la prudence d'Abbassa, si elle revenait avec vous, le soin de concerter les mesures les plus propres à assurer le bonheur de la mère et de son fils.

» Elle mourut quelques jours après, donnant par son testament la liberté à tous ses esclaves, et à chacun d'eux une somme suffisante pour vivre honorablement, suivant la place que nous avions tenue auprès d'elle. Par ce testament adressé au khalife, elle suppliait le commandeur des croyants d'employer le reste de ses richesses à assurer une situation convenable à Noureddin. Je ne vous parlerai pas de la douleur que nous éprouvâmes et que nous éprouvons encore d'avoir perdu cette excellente princesse. Noureddin, qui ne connaissait qu'elle, fut livré pendant plusieurs jours à une affliction d'autant plus amère, qu'il avait déjà reçu l'ordre du khalife de se rendre auprès de sa personne, après les funérailles de Khaïzaran. Il ne pouvait qu'obéir. Les plus grands honneurs furent rendus aux dépouilles mortelles de Khaïzaran : elle fut enterrée auprès du khalife El-Mahadi, père de Haroun, dans la grande mosquée d'Aboul-Abbas.

» Les serviteurs de la princesse furent tous congédiés par ordre du prince, et une escorte venue du palais amena Noureddin à la cour du commandeur des croyants. Il y a déjà trois semaines, continua Assad en essuyant ses larmes, que ces tristes événements se sont accomplis, trois semaines depuis que j'ai cessé de voir mon jeune seigneur, sans que je puisse m'en consoler, non plus que de la perte de ma maîtresse. Mon seul espoir était de vous revoir bientôt, seigneur Safer, et de pleurer avec vous sur ces lamentables circonstances. J'ai appris indirectement que Noureddin a été aperçu à la cour et qu'il y paraît jouir de quelque faveur. Il habite le palais; mais je doute qu'il puisse faire un pas sans être observé. Je me défie, comme lui, du khalife. Haroun a gardé toute sa haine pour les Barmécides : j'en ai eu la preuve par un de mes amis qui commande à la prison de la mosquée d'Al-Mansour, où Yahya-ben-Khaled, père de Djafar, est mort de chagrin et de misère, il y a bientôt deux ans. Fadhel, son fils, vivait encore...

— Quoi! l'infortuné Fadhel vit encore, interrompit douloureusement Safer.....

— Il vivait, répondit Assad avec amertume. Mais pendant que le khalife, pour obéir extérieurement à la recommandation de sa mère, reçoit Noureddin dans son palais et le traite avec une apparente distinction, il continue à assouvir sa haine contre les Barmécides. Fadhel est mort, il y a trois jours, étranglé par ordre d'Haroun-al-Reschid.

— Dieu tout-puissant! s'écria Safer, quand donc toutes ces cruautés auront-elles un terme?

— Ami Safer, répliqua Assad, elles n'auront d'autre terme que la vie même du khalife.....

— Sa vie, hélas!...

— Oui, mais cette vie ne sera peut-être plus de longue durée. Le khalife est jeune, mais on le dit attaqué d'un mal incurable... Qui sait si jamais il reviendra de ce voyage qu'il doit entreprendre dans le Khorassan!

— Le plus important pour nous, Assad, serait qu'il n'y emmenât point Noureddin, reprit Safer en soupirant.

— Hélas! qui sera assez puissant pour l'en empêcher? car c'est cette semaine qui a été fixée pour le départ du commandeur des croyants.

— Alors, Assad, il faut qu'à tout prix je le voie et que je lui parle de sa mère, ajouta Safer. Vous seul, Assad, vous pouvez par vos connaissances vous informer s'il y a moyen de lui faire parvenir un billet à l'insu du khalife et de ses espions.

— C'est mon devoir de vous aider, répliqua Assad; je l'ai promis à Khaïzaran mourante. Je ferai tous mes efforts pour découvrir quelqu'un qui puisse se charger de cette commission. Venez après-demain me trouver au caravansérail : d'ici là je saurai s'il y a moyen d'agir.

Les deux amis alors se séparèrent. Safer retourna tristement chez lui, en formant mille projets sur les moyens à prendre pour réunir Noureddin à sa mère.

CHAPITRE X

AKHTAL LE CHRÉTIEN ET LE KHALIFE HAROUN-AL-RESCHID.

Depuis la disgrâce des Barmécides, Haroun-al-Reschid n'avait tenu que rarement sa cour à Bagdad. Cette ville, que l'on vantait alors comme la plus belle de l'Orient, comme la rivale de Constantinople, devait ses embellissements à la magnificence et au goût éclairé des Barmécides, dont les qualités brillantes avaient si noblement contribué à la gloire du règne de ce monarque. Leur souvenir se représentait partout dans la capitale des Abbassides; mais il devait être pour le khalife un reproche continuel de son ingratitude. C'est ce qu'il n'avait pu s'empêcher d'exprimer lui-même, lorsqu'il avait abandonné Bagdad pour aller se fixer à Raccah.

— « Il est bien vrai, disait-il, que de l'Orient à l'Occident je ne connais pas de ville plus heureuse et plus riche que Bagdad;

De vastes couvents occupaient les sommets des mamelons
(page 77)

je sais qu'il n'en est pas une dans tout mon empire plus digne
d'être le séjour des nobles fils d'Abbas; mes ancêtres n'ont jamais
eu qu'à s'en louer, et cependant je vais quitter cette heureuse
cité pour aller m'établir là où je ne verrai plus autour de moi
que dissensions, schismes, révoltes et trahisons : mais au moins
je n'entendrai plus parler de cet arbre parasite d'où sont sortis
les fils de Barmek. »

Son cœur néanmoins le ramenait malgré lui à visiter de temps
en temps cette ville magnifique. Déjà plusieurs semaines
s'étaient passées depuis son dernier retour de Raccah; et, quoiqu'il se préparât à quitter de nouveau Bagdad pour le Khorassan,
jamais sa cour n'avait été plus splendide. Les savants, les juris-
consultes, les grammairiens, les cadis, les poètes, les musiciens,
étaient accueillis et encouragés; en répandant sur eux les dons
de sa munificence royale, il cherchait à faire oublier l'époque
brillante où Djafar le Barmécide présidait avec le monarque à
toutes les fêtes du palais, et la cruauté réfléchie avec laquelle il
avait sacrifié ses ministres à son fanatisme et à sa jalousie.

Ainsi qu'autrefois, le khalife tenait sa cour dans sa résidence
favorite de Casr-el-Khould, dont les vastes terrasses descendaient par des pentes insensibles sur les bords enchantés du
Tigre. Au-dessus des palmiers et des sycomores, on apercevait
les dômes dorés de cet assemblage majestueux de palais dont les
traditions orientales célébrèrent tant de fois la magnificence et
les délices. Ses jardins aux ombrages touffus, baignés par les
ondes du fleuve, n'étaient interrompus de distance en distance
que par d'autres palais, des kiosques ou des pavillons, aux portes
sculptées et dorées, qui s'ouvraient sur le Tigre, comme autant
de châteaux flottants. A travers les persiennes de leurs fenêtres
grillées, les rameurs dans leurs kanfas, ou bateaux demi-
sphériques, pouvaient, en descendant le long des rives, voir

étinceler les lustres et les dorures des appartements et admirer
la richesse des salons du khalife. A chaque pas aussi, des cours
formant des quais sur le Tigre étalaient d'élégantes fontaines
moresques dont les jets retombaient dans des conques de marbre
blanc. Le fleuve, en se courbant gracieusement au milieu de la
ville, permettait au monarque de contempler à la fois les deux
bords des fenêtres de son palais, d'observer les kanfas courant
légèrement sur les ondes, et les kelleks ou bateaux marchands
arrivant de Moussoul, et de jouir à la fois du coup d'œil varié
que présentait le pont de Bagdad, toujours couvert de voyageurs
de tous pays, aux costumes les plus pittoresques : Persans,
Arabes, Arméniens, Grecs et Indous, passaient et repassaient
sans cesse d'une partie de la ville à l'autre. Rien n'était animé
comme ce spectacle surtout aux derniers rayons du soleil.

Le jour qu'Assad avait assigné pour son rendez-vous avec
Safer, les deux amis étaient arrivés, en se promenant à travers
les riches bazars de la rive droite, jusque sur le pont de Bagdad.
Après avoir joui pendant quelques instants de cette scène incomparable, ils avaient gagné le milieu du pont. Le soleil en ce
moment achevait de teindre de ses feux les clochetons dorés de
la haute tour d'Adjémi (1).

— Êtes-vous sûr que nous trouverons ce soir Akhtal au
palais, disait Safer. — J'en suis certain, répondit Assad : il m'a
promis positivement de découvrir quelqu'un qui puisse parvenir
à Noureddin et de lui faire remettre votre billet.

— Ne craindra-t-il pas de se compromettre avec le khalife?

— Il n'y a pas le moindre danger, dit Assad en riant. Akhtal
est maintenant le poète favori de la cour, et aujourd'hui même
le commandeur des croyants l'a fait revêtir d'une robe d'hon-

(1) La tour d'Adjémi était la plus haute de la Bagdad d'autrefois : c'est à son sommet qu'on arborait le grand étendard du khalife.

neur et accompagner chez lui par un officier qui répétait à haute voix : Voici le poète du prince des croyants, voici le plus grand des poètes arabes !

— C'est une chose étonnante, repartit Safer : Akhtal qui est chrétien, comment peut-il s'être attiré une si grande faveur?

— Rien que par ses poésies, ami Safer, que le khalife préfère maintenant à toutes les autres. Hier soir encore, continua Assad, il y avait réunion de poètes et de musiciens au palais, comme aujourd'hui. Djérir, le rival d'Akhtal, que Haroun a comblé précédemment d'honneurs et de richesses, prétendait, dans une lutte de poésie, faire l'éloge du prince en trois jours. Le khalife ouvrait déjà de grands yeux.

— Quant à moi, lui dit alors Akhtal, j'ai mis un an à composer pour vous un panégyrique dont je ne suis pas encore content. — Jugez combien ces paroles chatouillaient agréablement la vanité de Haroun.

— Fais-le-moi connaître, dit-il aussitôt. Akhtal obéit, et récite, avec ce talent inimitable que vous lui connaissez, un poème renfermant toutes les grandes actions de Haroun-al-Reschid, modulées avec une grâce si fine, une louange si délicate, que tous les poètes présents, Djérir avec les autres, déclarèrent en applaudissant que c'était le chef-d'œuvre des poèmes arabes. Le khalife se redressait avec orgueil. Veux-tu, s'écria-t-il, quand Akhtal eut cessé de parler, que je publie un manifeste pour te déclarer le prince des poètes arabes?

— Il me suffit, répondit Akhtal avec modestie, que la bouche du commandeur des croyants m'ait rendu témoignage. Une grande coupe se trouvait dans ce moment près du khalife. Il commanda qu'on la remplît d'or et qu'on la donnât à Akhtal. C'est par suite de cette admiration qu'il a fait chercher le poète

ce matin, pour le revêtir d'une robe d'honneur, et c'est à sa
sortie du palais que je l'ai rencontré.

— J'ai connu jadis Akhtal, reprit Safer après un moment de
réflexion... mais j'ignorais sa faveur auprès du khalife... Haroun
n'aime pas les chrétiens, et l'ambassade qu'il a envoyée jadis à
l'empereur des Francs était toute politique. Il craignait son in-
tervention dans les affaires des Grecs de Byzance.

— Cela n'est que trop vrai, répondit Assad... Cependant
depuis quelque temps les chrétiens lui paraissent moins odieux ;
et, pour ce qui est d'Akhtal, je sais qu'il le préfère à tel point,
que bien souvent même il fait plier à ses exigences les préceptes
de la loi du Prophète.

Pendant cet entretien, la nuit avait fini par descendre sur
toute la nature. La ville paraissait plongée dans les plus profondes ténèbres; mais, du pont de Bagdad où les deux amis
étaient restés, on voyait des milliers de lumières scintiller aux
fenêtres du palais de Kasr-el-Khould, en se réfléchissant dans
les eaux du fleuve. Malgré l'éloignement, on sentait je ne sais
quel enivrement de fleurs et de parfums qui annonçaient le plaisir
et la gaieté : la vie de cette vaste capitale semblait réfugiée tout
entière dans les salons resplendissants du khalife. Au-dessus du
bourdonnement sourd et indécis d'une grande ville qui se plonge
dans le repos, où se mêlaient, sans qu'on pût les distinguer, les
bruits mourants du soir, le frôlement monotone des vagues
contre les bateaux dont le pont était formé, et les bouffées du
vent qui courbaient les cimes des cyprès et des palmiers, on entendait de temps en temps le cri des muetzins, appelant, du
haut des minarets, les musulmans à la prière, ou bien un
accord d'instruments qui vibrait doucement dans l'air, pour se
fondre un moment après dans le murmure paisible de la nature.

« La fête a commencé chez le khalife, dit alors Assad, il est temps de nous rendre à la cour octogone où Akhtal nous a donné rendez-vous ce soir. Nous nous mêlerons parmi les serviteurs et les esclaves des convives que le commandeur des croyants a invités et qui attendent sous les galeries le départ de leurs maîtres.

Tous deux alors descendirent sur le quai qui conduisait au palais. Les cours et les jardins étaient illuminés comme l'intérieur des appartements. Ils arrivèrent, en se promenant de péristyle en péristyle, sous une colonnade de marbre blanc qui soutenait la galerie de la cour octogone, découpée à jour comme une dentelle gothique. Un petit nombre de lampes éclairaient ce réduit délicieux, où quelques esclaves, isolés par groupes, jouaient aux dés ou aux échecs, en attendant leurs maîtres.

Assad et Safer s'assirent silencieusement sur un sofa; bientôt la musique et les rires joyeux les attirèrent près d'une fenêtre brillamment éclairée qui donnait sur la galerie. Les persiennes à demi soulevées laissaient voir l'intérieur d'un salon magnifique où un petit nombre de convives semblaient s'amuser seuls, sans s'inquiéter le moins du monde de ce qui se passait dans les salles voisines. Au premier coup d'œil, les deux amis reconnurent le khalife lui-même; il avait autour de lui son vizir Fadhel-ben-Rébi, qui avait succédé aux Barmécides, et un petit nombre d'amis et de poètes, parmi lesquels ils distinguèrent parfaitement le célèbre Akhtal.

Dans la crainte de paraître trop indiscrets, ils s'assirent dans l'ombre, de manière néanmoins à entendre et à voir tout ce qui se passait dans le pavillon. Pendant quelques instants un accord de guitare avait paru préluder, par un air plein de vivacité, à une scène nouvelle. Sur un signe du khalife, qui semblait avoir oublié entièrement sa maladie, tant son visage était radieux, le poëte Abou-Latahia se leva et se mit à déclamer des vers en apparence remplis d'à-propos :

— « Vis longtemps, dit-il en s'adressant au monarque ; vis » longtemps au gré de tes désirs. Vis heureux et bien portant » sous les voûtes élevées de tes riches palais.

» Que tout ce qui t'entoure, quand vient le matin, quand vient » le soir, ne forme d'autre vœu que celui de satisfaire à tes moin- » dre désirs. »

— A merveille ! s'écria Haroun en entendant ce distique ; voyons ce que tu vas nous dire encore.

Le poëte reprit d'un ton plus grave :

— « Au jour cependant où ta respiration haletante luttera » péniblement contre les hoquets de la mort, tu connaîtras, » hélas ! que tout ce bonheur n'était qu'une illusion. »

En entendant ces derniers vers le khalife, à qui ils ne rappe- laient que trop vivement le mal secret dont l'issue menaçait sa vie, fondit en larmes. Le vizir, en les voyant couler, ne put s'empêcher d'adresser des reproches au poëte. Mais Haroun les interrompit aussitôt.

— Il a bien fait, dit-il à Fadhel ; et il mérite des éloges : car il nous a vu dans l'aveuglement, et il n'a pas voulu nous y plonger davantage. A ton tour, maintenant, ajouta-t-il, après quelques instants de silence, en s'adressant à Akhtal ; récite-nous quelque chose d'un peu moins triste.

Akhtal comprit que le moment était venu de découvrir les sentiments du khalife et des intimes du palais à l'égard des Barmécides, et de voir ainsi s'il se trouverait quelqu'un qui fût disposé à servir Safer auprès de Noureddin. Sur-le-champ il im- provisa une strophe pleine d'expression en l'honneur de cette malheureuse famille. Les courtisans se montrèrent indignés de cette hardiesse, et les deux amis, cachés dans l'ombre à quelques pas du salon, se regardèrent avec un véritable étonnement. Mais Akhtal, sans se déconcerter, observait tout le monde; et, tout en continuant son élégie, il remarquait dans un coin du salon un des principaux serviteurs du khalife dont les yeux s'étaient remplis de larmes. Haroun seul, par esprit d'opposition à son entourage, se mit à rire en voyant se rembrunir tous les visages.

— Depuis quand donc, s'écria-t-il en interrompant le poète, es-tu devenu le panégyriste des Barmécides?

— Depuis que j'ai le gosier sec, commandeur des croyants, répondit gravement Akhtal. Les Barmécides donnaient à boire à ceux qui avaient soif. Voici plus d'une heure que nous sommes ici à chanter ou à réciter des vers, et rien encore n'est venu nous humecter. Ordonnez donc qu'on nous apporte à boire, et je chanterai sur un autre ton.

— Qu'à cela ne tienne, répliqua le khalife en faisant signe aux esclaves qui se tenaient prêts à exécuter ses ordres; qu'on lui donne de l'eau.

— De l'eau! s'écria Akhtal, c'est la boisson des ânes; ce n'est pas de cela que je manque chez moi.

— Qu'on lui donne du lait, dit le khalife en riant.

— Du lait! prince des croyants : me prenez-vous donc pour un enfant à la mamelle? Il y a longtemps que je suis sevré.

— Eh bien! qu'on lui donne un sorbet avec de l'eau miellée.

— C'est bon pour un malade.

— Eh! que veux-tu donc, misérable?

— Du vin!

— Comment! contre les préceptes du Prophète, s'écria le khalife en riant dans sa barbe. Suis-je donc dans l'usage de faire présenter cette liqueur maudite aux personnes que je reçois?

7

Sans l'estime que j'ai pour ton talent, je te traiterais comme tu le mérites.

Akhtal savait fort bien que, si Haroun observait devant le plus grand nombre le précepte de la loi musulmane, il était, avec ses intimes, parfaitement en état de vider un flacon de vin de Schiraz, et que ses gens étaient encore bien moins scrupuleux que lui sur cet article. Sous le prétexte de demander du vin aux domestiques du palais, il fit un signe à celui des esclaves qu'il avait vu pleurer en entendant l'éloge des Barmécides, et lui cria :

— Viens ici, et conduis-moi où tu sais, puisque le commandeur des croyants ne s'oppose pas à ce que son poète arrose son gosier de quelques verres de vin.

A peine sorti du salon, il le fixa avec des yeux scrutateurs.

— Comment t'appelles-tu ? lui dit-il.

— Abdallah, seigneur, pour vous servir, répondit l'esclave étonné.

— Pourquoi as-tu pleuré quand j'ai parlé des Barmécides ?

— Djafar m'a sauvé la vie dans un accès de colère du khalife ; sa mémoire m'est chère, seigneur.

— Veux-tu lui rendre service ?

— A lui ? ah ! s'il était possible.

— Son fils est dans ce palais, tu peux lui être utile.

— Le fils de Djafar ici, et je ne le sais pas ? s'écria Abdallah avec un mélange d'étonnement, de plaisir et de chagrin.

— Tu dois l'avoir vu. Après la mort de Khaïzaran, le khalife l'a fait venir ici, et il doit se trouver parmi les jeunes gens de sa suite.

— Quoi ! ce jeune homme ! Oui, je l'ai vu... insensé, ingrat que je suis, et je ne l'ai pas reconnu ! J'avais remarqué son visage ; et son extrême ressemblance avec Djafar m'avait

frappé... Son nom même que j'ai entendu, Noureddin-ben-
Djafar... Mais qui aurait pu penser que le khalife, si cruel pour
les Barmécides, pour sa propre sœur?... Il est vrai qu'on ignore
ici sa naissance... Maintenant que je le sais, je me dévouerai à
le servir...

— Alors, suis-moi; Noureddin a des amis qui redoutent pour
lui la haine du khalife, à cause de Djafar, son père. Ils m'attendent dans la cour octogone, et désirent lui faire passer une lettre;
tu leur serviras d'intermédiaire.

En disant ces mots, Akhtal entraînait rapidement Abdallah
vers la galerie où les deux amis étaient assis. Ils reconnurent
aussitôt dans Abdallah l'esclave qui avait montré tant d'attendrissement au nom des Barmécides.

— Nous n'avons pas de temps à perdre, dit Akhtal à Safer, en
le saluant comme une ancienne connaissance. Voici Abdallah
qui vous servira d'intermédiaire et peut-être d'introducteur auprès de Noureddin; remettez-lui votre missive. Si dans deux
jours il y a du nouveau, venez me trouver chez moi, dans le
quartier des Arabes chrétiens.

Safer mit aussitôt dans la main d'Abdallah la lettre qu'il avait
préparée, et, avant qu'il eût eu le temps de remercier Akhtal, le
poète était disparu, en lui faisant, ainsi qu'à Assad, un signe
d'amitié. Ne voulant pas paraître avoir quitté pour rien la présence du khalife, il demanda ensuite du vin à Abdallah, et en
but plusieurs verres. Les deux amis le virent rentrer dans le
salon, les yeux animés et la démarche en apparence chancelante.
Improvisant alors de nouvelles strophes, il parla des qualités de
Haroun et du lustre que son règne répandait sur l'Orient, avec
tant de chaleur et d'entraînement, que le prince charmé le pro-
clama, comme la veille, le premier des poètes arabes.

Assad et Safer n'ayant plus rien à faire ce soir-là avec Akhtal,

étaient partis au commencement de ce panégyrique, en s'applaudissant du tour ingénieux dont.il s'était servi pour pouvoir leur
être utile. Ils regagnèrent le pont de Bagdad, où ils se séparèrent,
afin de rentrer chez eux.

CHAPITRE XI.

LA PÉNITENCE D'AKHTAL.

Le quartier des Arabes chrétiens était un des plus pauvres de
Bagdad; car ils étaient eux-mêmes des plus pauvres parmi les
nombreux chrétiens qui habitaient cette grande ville. C'était un
labyrinthe obscur de ruelles sales et étroites, de petites maisons
basses, dont les murs de boue semblaient prêts à s'écrouler sur
les passants.

— Est-il possible, disait Safer en traversant à cheval une des
rues qui avait le moins de largeur; est-il possible que le favori
du khalife, que le premier des poètes arabes, ait sa demeure
dans un pareil quartier? N'est-il donc pas encore assez riche
pour sortir d'un si sale cloaque?

—*Allah Kérim!* Dieu est grand, s'écria Assad en riant; si
j'ai bonne mémoire, on a offert pour rien à Akhtal une maison
magnifique, s'il voulait sortir de son quartier; mais ni cette
offre, ni les instances de ses amis, ne l'ont pu décider à abandonner le séjour habité par ses coreligionnaires; il est chrétien
et Arabe, et il veut rester avec eux, dit-il, malgré leur pauvreté.
Je crois, d'ailleurs, que c'est là ce qui l'y retient; car on le dit
d'une grande générosité à leur égard.

En disant ces paroles, les deux amis arrêtaient leurs chevaux devant une porte basse qu'on leur avait désignée comme l'entrée de la maison d'Akhtal. Ils pénétrèrent par une galerie sombre dans une belle cour ombragée de palmiers, ayant au milieu une grande fontaine de marbre blanc. La maison était d'un aspect convenable, annonçant l'aisance. On voyait que le poète, tout en restant parmi les siens, dont il était le bienfaiteur, savait jouir noblement des biens que lui envoyait la Providence. Un serviteur, à qui Assad demanda si Akhtal était chez lui, répondit que son maître n'ayant pu les attendre dans sa maison, l'avait chargé de les prier d'aller le trouver à l'église du quartier.

Instruits de l'endroit où elle était située, ils franchirent, comme pour la maison du poète, un corridor noir et surbaissé, au bout duquel ils découvrirent une cour entourée de galeries persanes; au centre jaillissait un jet d'eau dans un bassin antique. Cette cour servait de péristyle à l'église d'une architecture moitié arabe, moitié persane, dont la porte et les fenêtres en ogives étaient formées de pierres admirablement sculptées. L'intérieur en était simple, mais d'une grande propreté. Un vaste rideau d'étoffe de soie, couvrant tout le fond, comme dans les églises orientales, ne laissait apercevoir qu'imparfaitement le sanctuaire et les images sacrées qui apparaissaient au-dessus de cette espèce d'ambon. Une lampe brûlait solitairement devant un tableau de la sainte Vierge, dont le doux regard semblait sourire de loin à un homme prosterné à l'entrée de l'église, où il paraissait immobile. Cet homme, c'était Akhtal.

Il était seul. En entendant les pas des deux amis, il se retourna. Sans sortir de sa position, il leur fit signe d'approcher.

— Je n'ai pas de réponse écrite à vous donner, dit-il à Safer; Noureddin m'a fait dire par Abdallah qu'il trouverait le moyen de vous recevoir aujourd'hui dans son appartement, et qu'il vous parlerait. Trouvez-vous ce soir avec Assad dans la cour octogone, pendant la fête du khalife, Abdallah vous introduira.

Safer remercia vivement le poète. Mais Akhtal était resté agenouillé. Safer parut surpris qu'il demeurât dans cette position.

— Ne vous étonnez pas si je vous ai priés de venir à l'église, et si je ne vous accompagne pas, ajouta le poète : une peine disciplinaire que je suis forcé de subir me retient ici.

— Forcé de subir une peine! s'écrièrent ensemble les deux amis : qui donc peut exercer un tel pouvoir sur vous?

— Je comprends votre étonnement, reprit le poète. Vous ignorez sans doute que lorsqu'un chrétien a commis une faute publique, son église a le droit de lui infliger un châtiment également public, auquel il doit se soumettre de bon cœur, s'il croit aux doctrines de sa religion.

— J'ignorais ces choses, et vous m'étonnez beaucoup, repartit Safer. Qu'avez-vous donc fait qui soit si grave aux yeux de votre Eglise?

— Qui dit poète, répondit Akhtal, dit babillard et souvent mauvaise langue; j'ai fait des vers mordants remplis de médisance contre mon prochain.

— Je vous comprends. Mais en supposant que vous ayez commis cette faute, malheureusement trop commune, et que vous ne l'ayez pas suffisamment expiée, votre Eglise ne pourrait-elle pas vous remettre maintenant le reste de votre peine? demanda Safer.

— Parfaitement, mon ami; mais le prêtre qui m'a infligé ma pénitence est sévère : car je ne recommence, hélas! que trop souvent. Cependant, si vous avez l'obligeance de monter chez lui, peut-être à votre recommandation m'accordera-t-il l'indul-

gence, en compensation d'un don que je ferai pour l'Eglise ou
pour les pauvres. Voyez à votre gauche l'escalier qui conduit à
sa demeure. Je serais charmé de sortir avec vous.

Assad et Safer, encore sous le coup de la surprise que leur
causaient ces détails montèrent l'escalier qu'Akhtal leur avait
indiqué. Ils se trouvèrent dans une des galeries supérieures de
la cour qu'ils avaient traversée pour entrer à l'église. Au fond,
une porte ouverte, qui leur laissa voir la forme austère d'un
moine de Saint-Basile, leur apprit que ce devait être la demeure
du chef spirituel du quartier des Arabes chrétiens. Le religieux
se retourna au bruit de leurs pas. C'était un homme d'un âge
avancé, vêtu pauvrement, et dont les traits, amaigris par la
pénitence, commandaient la vénération plus encore que son
front et la blancheur éclatante de sa barbe. S'avançant avec
bienveillance au-devant des deux amis, il les pria d'entrer dans
sa cellule, en attendant qu'ils s'expliquassent sur l'objet de leur
visite.

Cette cellule n'avait d'autre ameublement qu'une croix grossière, clouée à la muraille nue, les saintes Ecritures en arabe,
quelques livres en langue syriaque, une cruche remplie d'eau, et
une natte de jonc qui servait à la fois de lit et de siége au vieux
prêtre. Frappés d'un tel dénûment, Safer et Assad demeurèrent
quelques instants silencieux. Quoi! pensaient-ils, est-ce là le
prêtre qui commande et qui inflige des peines à Akhtal, au poète
favori que le khalife comble d'honneurs? Ils n'osèrent toutefois
exprimer tout haut leur pensée; ils se contentèrent de faire connaître le motif qui les avait amenés. Le moine de Saint-Basile
hocha la tête et descendit avec eux à l'église.

— Cet homme est indigne de votre intérêt, disait-il en les
accompagnant; c'est un médisant, un homme rempli de malice,
qui attaque l'honneur de tout le monde par ses satires.

Safer s'étonnait de plus en plus de cette sainte liberté.

— Ne peut-il racheter ses fautes par quelque moyen? demonda-t-il au religieux.

— Le véritable, le seul moyen de les racheter, c'est un repentir sincère, c'est surtout une promesse de faire tous ses efforts pour n'y plus retomber à l'avenir. Ennemi de Dieu, ajouta-t-il ensuite d'un ton courroucé en s'approchant d'Akhtal, diras-tu encore des injures à ton prochain? poursuivras-tu encore de tes satires les hommes et les femmes?

— Je ne recommencerai plus, répondit le poète d'un ton pénétré en baisant avec respect la poussière des pieds du prêtre.

— Eh bien! va donc en liberté, au nom de Notre-Seigneur Jésus-Christ, qui est mort pour nous; fais à tes frères pauvres une aumône proportionnée à ton crime et à la richesse que ton dangereux talent te fait obtenir de ton souverain, et purifie-toi de plus en plus par des œuvres de charité et de miséricorde.

En disant ces paroles, le vénérable vieillard, de qui il avait reçu auparavant l'absolution sacramentelle, en même temps que l'imposition de sa pénitence, le bénissait avec onction, pendant qu'Akhtal prononçait, dans une posture pleine d'humilité, une prière de repentir et d'actions de grâces.

L'étonnement d'Assad et de Safer était au comble. Akhtal leur prit le bras et sortit avec eux de l'église. Safer ne pouvait se contenir. Lorsqu'il se trouva dans la rue, il lui dit :

— Tout le monde, Akhtal, a de l'estime pour vous, le khalife vous comble de ses faveurs, vous avez à la cour une position élevée, et vous vous humiliez devant ce vieux prêtre jusqu'à baiser la poussière de ses souliers.

— Jugez d'après cela, répondit Akhtal, ce que c'est que notre religion.

Les deux musulmans baissèrent la tête sans rien répondre.
Après les avoir laissés quelque temps à leurs réflexions, le poète
reprit :

— Ce que j'ai fait, mes amis, d'aussi puissants monarques que
le khalife l'ont fait avant moi. Bien plus, nous avons un exemple
divin qui nous commande de nous humilier : celui de Jésus-
Christ lui-même, qui est descendu du ciel, s'est fait homme et
est mort pour sauver tous les hommes. Un chrétien, mes amis,
continua Akhtal avec conviction, s'il a seulement un peu l'intelligence de ce céleste modèle, ne se refusera jamais à ce que
l'Eglise demande de sa soumission. Si elle nous force à nous
humilier, nous savons que nous le méritons et que c'est pour
notre bien. Vous en avez été témoins vous-mêmes tout à l'heure.
J'ai beau être le favori du plus grand monarque de la terre, je
n'en suis pas moins toujours un enfant de l'Eglise. Plus je suis
grand et élevé, plus l'exemple de ma soumission édifiera les
petits. Après tout, si le khalife connaissait davantage le véritable
esprit du chrétien, il saurait qu'il n'a pas de plus fidèles sujets à
son service que ceux qui sont fidèles à leur religion.

— Mais, au moins, interrompit Assad, si un homme comme
Akhtal, au lieu de s'humilier devant un vieux moine, pauvre et
presque déguenillé, avait affaire à un métropolitain ou à un
évêque.

— Qu'importe la dignité! ami Assad, répondit en souriant le
poète; pourvu qu'il parle au nom de l'Eglise, cela doit nous
suffire. Pour nous c'est toujours Jésus-Christ qui commande par
sa bouche. Mais si la pauvreté de ce vieillard vous étonne, en
voyant mon humiliation devant lui, vous seriez plus étonnés,
encore, si vous connaissiez son origine.

— Son origine! s'écria Safer, d'un ton qui impliquait un léger
sarcasme, serait-elle donc si illustre?

— Plus illustre que celle du khalife lui-même, si on en excepte sa qualité de descendant de l'oncle de Mahomet.

— Louange à Dieu et à son prophète! répliqua Safer étonné, qui donc est-il?

Akhtal se mit à rire. Un moment après, son sérieux reprenant le dessus, il dit en s'adressant à Safer :

— Il est impossible, ami Safer, que vous ne connaissiez pas au moins de nom la fameuse tribu des Benou-Lakhm, originaire de l'Yémen.

— Qui ne connaît les Benou-Lakhm, répondit le compagnon d'Assad, ces rois de Hira, dont les palais rivalisaient avec ceux des rois de Perse et de l'empereur de Roum?

— Eh bien! ce pauvre prêtre que vous méprisiez tout à l'heure est le plus illustre rejeton de cette race de rois. Il n'y a pas trente ans encore que Firouz, que vous venez de voir, était le prince tout-puissant de Candahar, et le plus riche des fils des rois du monde.

— C'est incroyable! s'écrièrent ensemble les deux amis, ouvrant les yeux avec étonnement : comment donc ce prince si puissant a-t-il pu perdre ses richesses?

— C'est volontairement qu'il les a perdues, en y renonçant, répondit Akhtal. Si vous voulez entendre son histoire, ajouta le poète, entrons dans le bazar voisin, je vous en raconterai les merveilles.

Safer et Assad firent un signe d'adhésion, ils allèrent s'asseoir à l'entrée du khan, et Akhtal, ayant pris place au milieu d'eux, commença son récit.

CHAPITRE XII

HISTOIRE DE BAHRAM LE SOLITAIRE ET DU PRINCE FIROUZ

FILS DE SCHAHZENAN, SULTAN DES INDES.

« Les rois de Hira étaient les plus riches et les plus magnifiques de tous les princes soumis aux monarques de la Perse :
toute la terre de Sennaar, où s'élève aujourd'hui la glorieuse cité
de Bagdad, reconnaissait leur autorité. Lorsque le khalife Omar
y envoya ses lieutenants pour obliger cette contrée à recevoir la
loi de Mahomet, Mondhir, fils de Noman, qui régnait à Hira, s'en-
fuit avec ses trésors et se retira à la cour du sultan des Indes.
Ce prince le reçut avec bonté ; Mondhir lui ayant ensuite rendu
de grands services dans une guerre qu'il eut avec un roi voisin,
le sultan lui donna sa fille en mariage et après sa mort lui laissa
ses Etats. Ainsi le roi de Hira eut la bonne fortune de recouvrer
un royaume beaucoup plus riche et plus puissant que celui qu'il
avait perdu. Il y a environ soixante ans qu'un de ses descendants, nommé Schahzenan, occupait le trône des Indes. Cette
contrée était alors remplie de chrétiens et de moines qui étaient
les descendants de ceux qui avaient été convertis autrefois par
l'apôtre saint Thomas ; mais Schahzenan, qui était païen, les per-
sécuta au commencement de son règne et en força un grand
nombre à se cacher dans les déserts.

» Cependant, ce roi si puissant n'avait pas d'enfants : Dieu
l'affligeait ainsi de sa cruauté par la stérilité de la reine. Enfin il
lui naquit un fils d'une grande beauté, qui fut appelé Firouz. Le

sultan réunit une foule innombrable, pour offrir un sacrifice à ses dieux, à l'occasion de la naissance de cet enfant, et il rassembla cinquante-cinq astrologues, auxquels il recommanda de chercher avec soin quelle serait sa destinée. Ils répondirent qu'il devait être possesseur d'une grande puissance et de beaucoup de richesses; mais l'un d'eux, plus sage que les autres, dit : — Cet enfant régnera non sur ton royaume, mais sur un autre incomparablement supérieur : car il sera le défenseur de cette religion chrétienne que tu persécutes.

» Schahzenan, l'ayant entendu, en fut tout troublé : il fit construire dans sa capitale un superbe palais; il y logea l'enfant, et lui donna pour compagnons des jeunes gens d'une grande beauté, en leur défendant de jamais prononcer devant Firouz les mots de vieillesse, de mort, de maladie, ou de pauvreté, de rien, enfin de ce qui peut inspirer des idées tristes, leur commandant, au contraire, de l'amuser et de le distraire continuellement, afin que, tout occupé des plaisirs, il ne pût songer aux choses futures. Si l'un des habitants du palais venait à tomber malade, le roi le faisait remplacer aussitôt par un autre bien portant. Il défendit sur toutes choses qu'on fît jamais aucune mention de Jésus-Christ. Firouz, ainsi élevé dans le palais, parvint à l'adolescence, et reçut une instruction fort variée dans les sciences, mais où l'on avait cherché à éviter tout ce que son père avait défendu de lui faire connaître. Mais le jeune prince finit par s'étonner d'être ainsi renfermé; il interrogea un de ses confidents intimes, lui disant qu'il se sentait fort triste, parce qu'il ne pouvait sortir du palais et qu'il avait perdu le goût de boire et de manger.

» Schahzenan, ayant appris ces nouvelles, s'en affligea; il envoya à son fils des chevaux fort doux, et fit disposer sur sa route des groupes pour le saluer d'acclamations, recommandant de veiller à ce qu'aucun objet désagréable ne frappât ses regards. Mais, malgré tous les soins du sultan, un lépreux et un aveugle se trouvèrent sur son chemin. Frappé de surprise à leur aspect, il demanda ce qu'ils étaient et ce qu'ils avaient. Ses officiers lui dirent : — Ce sont les maux auxquels les hommes sont sujets. — Et il demanda : — Cela peut-il donc arriver à tout homme ? — Ils répondirent que non, et Firouz leur dit : — Ceux qui doivent souffrir ainsi sont donc connus ? mais qui peut savoir l'avenir ? — Et il resta tout troublé d'un spectacle si inaccoutumé. Une autre fois, il trouva un vieillard qui avait la figure toute sillonnée de rides, le dos courbé, et qui balbutiait avec peine, ses dents étant tombées. Il fut tout étonné et voulut savoir la raison de l'état de ce vieillard. Et quand il eut appris que c'était par suite du grand nombre de ses années, il dit : — Et quelle est la fin de la vieillesse ? — On lui répondit : — C'est la mort. — Le jeune Firouz, rappelant toutes ces choses dans son cœur, était dans une grande désolation : mais devant son père il affectait d'être gai, désirant beaucoup étendre son instruction dans les choses qu'on lui avait cachées.

» Dans ce temps-là, un moine nommé Bahram, d'une grande sainteté et d'une sagesse consommée, qui habitait les déserts de la Mésopotamie, connut par un chrétien ce qui se passait autour du fils du sultan : prenant le costume d'un marchand, il se rendit à Candahar, qui était la capitale du royaume des Indes. En arrivant, il parla au précepteur de Firouz, disant : — Je suis un marchand, et j'ai à vendre une pierre précieuse qui donne la lumière aux aveugles, qui ouvre les oreilles des sourds, qui fait parler les muets et qui donne la sagesse aux insensés. Conduis-moi donc au fils du roi, afin que je lui fasse connaître ce trésor. — Tu as l'air d'un homme d'une sagesse consommée, répondit le précepteur ; mais tes paroles ne sont pas selon la prudence.

Comme j'ai quelque connaissance des pierres, montre-moi celle
dont tu parles, et, si elle est telle que tu le dis, elle te sera
achetée, et le fils du roi t'accordera les plus grands honneurs.

» Bahram répondit : — La pierre que je possède a d'ailleurs
une autre vertu. Celui qui n'a pas un regard perçant et qui n'a
pas conservé une chasteté sans tache, lui fait perdre sa puissance. Quoique je ne sois pas expert dans les sciences médicales,
je vois que tu n'as pas les yeux perçants; mais j'ai entendu dire
que le fils du roi avait des mœurs très-pures et des yeux très-
beaux et très-sains. — S'il en est ainsi, répliqua le précepteur,
ne me montre pas cette pierre; car j'ai de mauvais yeux et je
croupis dans le péché.

» Il rapporta aussitôt toutes ces choses à Firouz, qui donna
l'ordre d'introduire Bahram. Le prince le reçut avec beaucoup
d'égards et le fit asseoir à sa table. Bahram alors lui dit : — Tu
as raison, ô roi, de ne pas t'arrêter au peu d'apparence extérieure.
Un puissant monarque allait dans un char tout couvert d'or et
de diamants; ayant rencontré quelques hommes revêtus d'habits
déchirés et exténués de faim, il sauta à bas de son char, et,
tombant à leurs pieds, il les adora et se releva pour les embrasser. Les seigneurs qui l'entouraient étaient tout scandalisés de
le voir agir ainsi; mais craignant de blâmer le roi, ils s'adres-
sèrent à son frère et lui dirent que le monarque avait dérogé à la
dignité du trône. Le frère du roi lui en fit des reproches. L'usage
était que lorsque quelqu'un devait être mis à mort, le roi envoyait devant sa porte un héraut qui sonnait de la trompette;
or, lorsque le soir fut venu, le son de cette trompette retentit
devant le palais du frère du roi. Ce prince, désespérant alors de
sa vie passa toute la nuit sans dormir et il fit son testament. Le
matin, revêtu d'habits de deuil, il alla avec sa femme et ses enfants se jeter au pied du trône. Alors le roi lui dit : « Insensé, si

tu as tellement redouté les hérauts de ton frère, quoique tu susses que tu n'étais coupable de rien, combien ne dois-je pas redouter les hérauts du Dieu contre lequel j'ai péché si souvent et dont la trompette m'appellera au terrible jugement! » Il fit faire ensuite quatre coffres; il ordonna que deux fussent entièrement dorés à l'extérieur et qu'on les remplît d'ossements pourris; que les deux autres fussent enduits de poix, mais remplis de perles et de pierres précieuses. Il fit venir les seigneurs qui avaient porté des plaintes à son frère, et, leur montrant les quatre coffres, il leur demanda quels étaient les plus précieux. Ils crurent que ceux qui étaient dorés étaient d'un plus haut prix. Le roi ordonna de les ouvrir, et il s'en exhala une puanteur insupportable. « C'est, dit le roi, l'image de ceux qui sont revêtus d'habits précieux, mais qui sont au dedans remplis de la souillure des vices. » Il fit ensuite ouvrir les autres, et il en sortit une odeur merveilleuse. Le roi reprit : « C'est l'image de ces pauvres que j'ai honorés et qui paraissent méprisables aux regards, mais qui exhalent l'odeur de toutes les vertus. Pour vous, vous ne faites attention qu'à ce qui est extérieur, sans considérer ce qui est intérieur. » — Et toi, ajouta Bahram, en s'adressant à Firouz, tu as agi à l'exemple de ce roi en me recevant.

» Il commença alors à parler de la création du monde et de la chute de l'homme, de l'incarnation du Fils de Dieu, de sa passion et de sa résurrection, ainsi que du jugement dernier, de la récompense des bons et du châtiment des méchants; il s'éleva avec force contre la folie des adorateurs des idoles, qui y mettent leur confiance en les adorant. Il continua contre la vanité et le néant des plaisirs mondains, appuyant ses paroles sur différents exemples : — Ceux qui recherchent les voluptés de la chair et qui laissent leur âme mourir de faim sont semblab!es à un homme qui, fuyant avec rapidité devant une licorne, de peur d'en être dévoré, alla se précipiter dans un abîme profond. En roulant il se retint par ses mains à un arbuste et il posa les pieds sur une saillie de rocher glissante et peu stable; il vit deux rats, l'un blanc et l'autre noir, qui rongeaient sans interruption la branche à laquelle il s'était retenu, et, au fond du gouffre, il aperçut un horrible dragon qui vomissait du feu, et qui, la gueule ouverte, paraissait avide de le dévorer. Sur l'espace si étroit où étaient posés ses pieds, il aperçut les têtes de quatre vipères, et, levant les yeux, il vit un peu de miel qui coulait sur les branches de l'arbuste auquel il s'était accroché. Oubliant tous les périls dont il était environné, il se livra tout entier au plaisir de la gourmandise de manger ce peu de miel. La licorne, ô roi, c'est l'image de la mort, qui sans cesse poursuit l'homme et tâche de l'atteindre. Le gouffre représente le monde, qui est plein de toutes sortes de maux; l'arbuste est notre vie, qui est rongée continuellement par le jour et la nuit, figurés par les deux rats de couleur différente. La saillie du rocher où sont les quatre serpents, c'est notre corps, composé de quatre éléments. L'horrible dragon, c'est la gueule de l'enfer, qui engloutira tous les pécheurs. Le miel est l'image des plaisirs trompeurs, qui séduisent l'homme, en lui faisant oublier les périls qui l'environnent.

» Bahram ayant fini d'instruire complètement le fils de Schahzenan, Firouz voulait quitter son père pour le suivre. — Tes récits, dit-il, sont admirables, et je comprends toutes les allusions qu'ils font à ma situation. Dis-moi quel est ton âge et quel est le lieu où tu passes ta vie; car je ne veux jamais me séparer de toi. — J'ai quarante-cinq ans, répondit Bahram, et je vis dans le désert de la Mésopotamie. — Tu me parais avoir plus de soixante-dix ans, reprit Firouz. — Tu as raison, répliqua

Bahram, si tu comptes toutes les années qui se sont écoulées depuis ma naissance ; mais je ne fais point entrer dans ce nombre celles que j'ai passées dans les vanités du monde. Alors j'étais mort intérieurement, et ce temps ne compte pas dans ma vie.

» Firouz insistait encore pour le suivre au désert. Mais Bahram lui dit : — Si tu le faisais, j'attirerais la persécution sur mes frères. Lorsque le moment opportun sera venu, tu viendras me joindre. Il baptisa alors le fils du sultan, et, l'ayant entièrement instruit de toutes les vérités du christianisme, il l'embrassa et s'en retourna au désert. Quand Schahzenan apprit que son fils avait embrassé la foi de Jésus-Christ, il en ressentit un extrême chagrin. Il vint le trouver et lui dit : — Mon fils, tu m'as causé une grande tristesse ; tu as déshonoré mes cheveux blancs et tu as enlevé la lumière de mes yeux. Pourquoi, mon fils, as-tu agi de cette sorte ? pourquoi as-tu abandonné le culte de nos dieux ? — Mon père, répondit Firouz, j'ai couru vers la lumière ; j'ai abandonné l'erreur et j'ai reconnu la vérité. Ne prends pas une peine inutile, rien ne pourra me séparer de Jésus-Christ. — Hélas ! reprit le roi, c'est moi qui suis l'auteur de tant de maux, moi qui t'ai traité avec une magnificence telle que jamais un père n'en a montré pour son fils. Ta volonté rebelle t'a fait follement révolter contre mon autorité ; les astrologues avaient raison de prédire, lors de ta naissance, que tu serais arrogant et que tu désobéirais à tes parents. — Pourquoi donc t'affliges-tu demanda Firouz, de ce que je suis entré dans la possession des vrais biens ! Quel est le père qui ait jamais vu avec tristesse la prospérité de son enfant ?

» Le sultan alors, le voyant inébranlable, se retira ; mais, d'après le conseil d'un courtisan, il renvoya tous ses serviteurs et l'entoura d'objets propres à le provoquer au péché. Firouz, qui s'était voué tout entier à Jésus-Christ, se voyant pressé de

toutes parts, eut recours à Dieu et se mit en prière. S'étant en-
dormi, il se vit transporté dans une prairie remplie de fleurs;
les feuilles des arbres, légèrement agitées par le vent, rendaient
les sons les plus harmonieux, et l'air était embaumé des émanations les plus suaves : il voyait autour de lui des fruits admirables à la vue et délicieux au goût. Il y avait des siéges d'or,
ornés de pierreries, et des ruisseaux d'eau limpide comme le
cristal.

» Il entra ensuite dans une ville, dont les murs revêtus d'or
jetaient un éclat merveilleux, et des chœurs célestes faisaient
entendre des chants tels que jamais l'oreille de l'homme n'en
avait entendu. Et une voix disait : — C'est ici le séjour des bien-
heureux. — Les guides de Firouz voulant le faire revenir sur ses
pas, il les priait de le laisser en un si beau séjour; mais ils lui
répondirent : — Tu peux y venir mais non sans peine; car il
faut que tu triomphes de toi-même. — On le conduisit ensuite
dans un endroit affreux, rempli d'infection, et une voix lui dit :
— Voici le séjour des méchants.

» Aussitôt après, Firouz s'éveilla, et la beauté des objets que
son père avait envoyés pour lo séduire ne lui inspira que du
dégoût. Schahzcnan, convaincu alors qu'il ne parviendrait jamais
a changer la résolution de son fils, lui donna, d'après le conseil
de ses favoris, la moitié de son royaume. Mais le prince ne sou-
pirait qu'après la solitude; il accepta cependant le gouvernement
pour un temps, afin de travailler à la propagation de la foi chrétienne; il fit élever dans ses villes des églises et des monastères,
et donna une entière liberté aux évêques et aux prêtres. Il con-
vertit ainsi la majeure partie de son peuple, et son père cédant
enfin lui-même à ses raisonnements et à ses prédications, embrassa la religion de Jésus-Christ et reçut le baptême. Il aban-
donna ensuite tous ses Etats à Firouz, pour se livrer tout entier

à des œuvres de miséricorde, et acheva saintement sa vie. Firouz voulut plusieurs fois s'enfuir au désert; mais le peuple le retenait. Enfin il trouva le moyen de laisser son royaume à un de ses parents, également zélé pour la foi, et réussit à s'évader; il rencontra un pauvre auquel il donna ses vêtements royaux et prit ses haillons pour s'en couvrir.

» Il passa deux ans à errer dans le désert sans pouvoir rencontrer Bahram. Il arriva enfin à une caverne qui dépendait d'un grand monastère où il était renfermé. Le solitaire, reconnaissant sa voix, sortit en toute hâte; ils s'embrassèrent avec effusion et ils ne pouvaient cesser de manifester leur joie. Firouz raconta alors à Bahram tout ce qui s'était passé, et l'ermite rendit à Dieu les plus vives actions de grâces. Le monastère était de l'ordre des moines de Saint-Basile, qui donne des chefs à l'église de Babylone. Firouz y resta avec eux de nombreuses années, pratiquant toutes les vertus et vivant dans une mortification admirable. Tous les chrétiens de l'Orient connaissent son histoire et celle de Bahram. Lorsque ce saint solitaire fut arrivé au terme de ses jours, l'archimandrite du monastère qui pressentait tout le bien que la vertu de Firouz devait produire, l'envoya à Bagdad pour gouverner l'église des Arabes; malgré le désir qu'il avait de vivre et de mourir au désert, il obéit aussitôt et vint au milieu de nous. Vous avez vu son humilité et son détachement; c'est le plus saint des hommes que je connaisse, tous nous avons pour lui la plus entière vénération. »

Cette histoire avait fait sur Assad et Safer une profonde impression. Quand Akhtal eut achevé son récit, ils demeurèrent quelque temps sans parler; puis, comme d'un commun accord, ils s'écrièrent :

— *Allah Kerim!* Dieu est grand! Il a mis de grandes vertus dans le cœur des chrétiens.

Ils continuèrent à se promener encore, en causant de divers sujets avec le poète, et ne s'en séparèrent que lorsque Safer crut devoir prendre congé de lui avec Assad, pour se préparer au rendez-vous que leur avait assigné Noureddin.

CHAPITRE XIII

NOUREDDIN-BEN-DJAFAR.

A l'heure où le khalife admettait d'ordinaire ses intimes aux plaisirs d'une soirée passée avec lui dans les splendides salons de Casr-el-Khould, Assad et Safer s'étaient rendus à la cour octogone du palais, où, deux jours auparavant, ils avaient rencontré Akhtal. Ils n'attendirent pas aussi longtemps que la première fois. Le bruit des chants et des instruments avait à peine commencé à se faire entendre, qu'une porte s'ouvrit sous la galerie, et un esclave du palais parut à côté d'eux. C'était Abdallah. Il fit aux deux amis un signe silencieux, et les introduisit dans une salle obscure, d'où il les guida, sans dire un seul mot, à travers une enfilade d'appartements, formant une des ailes du palais, entièrement opposée à celle qui servait à la résidence du khalife. Il frappa discrétement à une autre porte qui s'ouvrit aussitôt et qui se referma sur eux dès qu'ils furent entrés.

La pièce où ils se trouvèrent alors n'était que faiblement éclairée, et, au premier abord, ils n'aperçurent personne. Un moment après, ils virent une forme légère s'élancer au-devant d'eux et les serrer tour à tour dans ses bras : c'était Noureddin.

— Le fils de Djafar n'est pas encore trop malheureux, s'écria-t-il d'une voix attendrie, puisqu'il a encore trois amis comme vous, et une mère remplie de tendresse.

— Et qui n'attend qu'une circonstance favorable pour embrasser son fils, répondit Safer en lui présentant un pli de parchemin qu'il venait de retirer de sa ceinture.

— Une lettre de ma mère ! soyez béni de vous être exposé à tant de périls pour la retrouver et l'amener jusqu'ici, reprit avec vivacité le jeune homme, en baisant avec respect les caractères tracés par une main si chère.

Cette lettre était courte dans la circonstance, mais remplie du sentiment le plus pur et le plus parfait de l'amour maternel.

« Mon fils, disait-elle, ta mère a retrouvé l'enfant qu'elle croyait perdu avec le reste de ta malheureuse famille. Je suis bien près de toi; mais tu n'es pas dans mes bras, et peut-être que des obstacles immenses nous séparent encore pour long-temps. Grâce à Dieu, qui s'est servi de ton aïeule, ma mère chérie, tu as échappé au désastre où tant d'autres ont péri. Mais des dangers plus grands t'environnent. Dans l'exil où la charité des chrétiens avait accueilli ta mère proscrite, j'ai appris à connaître une religion qui a dû être l'unique consolation de ton père et des siens, au moment où la mort est venue les frapper, et dont les rites sacrés t'ont rendu toi-même à notre tendresse, quand la vie semblait t'avoir abandonné. Régénérée à mon tour par l'eau sainte du baptême, je ne croyais plus sortir de l'asile où je m'étais réfugiée avec Dieu. J'ai su que tu vivais et je suis accourue. Mais, si mes entrailles maternelles ont tressailli de joie en me rapprochant de toi, j'ai cédé bien davantage à l'espoir de te retrouver chrétien, et de te raffermir dans la foi de tes pères qui est maintenant la mienne. N'oublie jamais que tu dois à l'onde salutaire qui a coulé sur ta tête le double bienfait de la

vie spirituelle et temporelle. Tu es donc avant tout le serviteur
de Dieu. De hautes faveurs pourront t'attendre dans ce monde;
mais l'exemple de ton père est là pour t'apprendre combien elles
sont périssables. Aie le courage de les sacrifier, si elles venaient
te chercher, surtout si c'était au péril de ta foi et des promesses
de ton baptême. Dans ce cas, il n'y aurait pas à balancer. Ta
mère a pour toi l'amour le plus tendre et le plus vrai; mais elle
aimerait mieux te savoir mort que coupable d'une apostasie.
Notre ami qui te remettra cette lettre sait tout : aie pleine confiance en lui. »

Avec cette lettre, Safer en avait apporté une autre pour
Khaïzaran, mais qu'il se proposait de rendre à Abbassa. Noureddin lut avec une émotion profonde celle qui lui était adressée.
Malgré la contrainte dont il avait été constamment environné
depuis la mort de son père, il était demeuré fidèle à la grâce de
son baptême, dont le souvenir s'était gravé dans son cœur d'une
manière ineffaçable. Aux premiers mots de la lettre de sa mère,
où il comprit qu'elle était chrétienne, il tomba à genoux, inondant le parchemin de ses larmes. Si Abbassa avait pu voir alors
le regard de gratitude qu'il éleva au ciel, elle aurait compris
que le cœur de son fils était en unisson avec le sien, et qu'il
avait conservé, même au-delà de ses espérances, avec un même
sentiment de foi, la grâce et le souvenir de l'innocence
baptismale.

Après avoir lu et relu à plusieurs reprises cette épître touchante, il prit avec effusion la main de Safer.

— O mon ami! s'écria-t-il, jamais vous ne concevrez jusqu'à
quel point la lettre de ma mère m'a donné de félicité et de courage. Avant que vous quittiez le palais, je vous en remettrai une
autre pour elle. Vous lui direz que je suis entièrement selon ses
désirs, et que de mon côté je n'en ai pas de plus vif que de me

Le prince Firouz reçut Bahram avec beaucoup d'égards
(page 110)

joindre à elle. Le khalife ne m'aime point. Malgré les honneurs
dont il m'entoure, je sais qu'il surveille et fait épier toutes mes
démarches. Il se défie de moi plus encore peut-être que je ne me
défie de lui. Je serai toujours à ses yeux le fils des Barmécides.
Mon plus grand bonheur serait d'échapper à ces entraves et de
prendre avec ma mère le chemin de l'exil où elle a trouvé des
amis si vrais. Si je parviens à fuir, Assad m'accompagnera...

En entendant ces paroles, les traits de ce serviteur fidèle
s'épanouirent; il baisa avec reconnaissance les mains de son
jeune seigneur.

— Et moi! seigneur? s'écria Safer avec vivacité.....

— Non, non! interrompit Noureddin en le pressant dans ses
bras; Safer, vous avez donné votre part de reconnaissance, vous
vous devez maintenant à votre famille. Vous courrez d'ailleurs
peut-être encore plus d'un danger pour moi avant que je sois
réuni à ma mère. Demain le khalife se met en chemin vers le
Khorassan; des ordres sont donnés pour que je l'accompagne
dans ce voyage. Mais, de mon côté, mes mesures sont prises
pour prendre la fuite, dès que l'occasion s'en présentera. Ce que
je demande encore de votre amitié, Safer, c'est que vous con-
duisiez ma mère à Hilleh, sur l'Euphrate. Là il nous sera plus
facile de gagner quelqu'une des tribus du désert; car en prenant
le chemin ordinaire des caravanes, ce serait courir le risque
d'être traqués et découverts par les sicaires du khalife.

Safer s'inclina avec une déférence respectueuse, heureux de
pouvoir encore être utile au fils de Djafar.

— Quant à toi Assad, continua Noureddin, en se tournant vers
l'ancien serviteur de Khaïzaran, tu suivras Safer, et dès que tu
auras vu ma mère installée à Hilleh, tu rejoindras le camp du
khalife à Imam-Sammah, où il compte rester plusieurs jours.
Durant la route, tu suivras chaque jour l'escorte des pourvoyeurs

du palais, afin qu'Abdallah puisse communiquer avec toi, c'est
parmi les pourvoyeurs que tu le trouveras aux diverses haltes.
Tu tiendras avec toi des chevaux toujours prêts, et nous saisirons
la première chance favorable.

Safer et Assad admiraient également l'intelligence avec
laquelle Noureddin avait disposé d'avance tous les moyens de
combiner sa fuite. A peine âgé de seize ans, il montrait toute la
maturité d'un vieillard. Ils s'inclinèrent devant cette sagesse
précoce, et continuèrent à s'entretenir encore pendant quelque
temps avec le jeune prince sur tous les sujets capables de les
intéresser dans cette entrevue. Il se retira ensuite pour écrire à
sa mère. Dès qu'il eut terminé, Safer enveloppa le parchemin
dans les plis de son turban et prit congé de Noureddin. Abdallah
le reconduisit, ainsi qu'Assad, jusqu'à la porte de la cour
octogone, où la musique des flûtes et des guitares continuait à
se faire entendre comme la veille.

Le lendemain, avant l'aube du jour ils étaient l'un et l'autre
sur la route de Bagdad à Abou-Sofian, où ils arrivèrent au lever
du soleil. Abbassa, qui avait espéré revoir Safer plus promptement, commençait à s'inquiéter de son retard, lorsque Zamel,
qui l'avait reconnu de loin, vint frapper à la porte de la princesse
pour lui apprendre son retour. Dans ce moment, le fidèle ami de
Djafar descendait de cheval avec Assad, et accourait donner à la
mère de Noureddin des nouvelles de son fils.

En peu de mots, elle apprit de sa bouche le récit de ce qui
s'était passé. La mort de Khaïzaran l'affecta douloureusement, et
ses larmes coulèrent en abondance, tandis que Safer continuait
à lui raconter ce qui avait eu lieu entre le khalife et Noureddin.
La lettre de son fils fut pour son cœur la plus douce consolation;
sa résolution la toucha vivement. Après avoir remercié Assad de

son dévouement, elle fut la première à lui proposer ainsi qu'à Safer de partir immédiatement pour Hilleh.

Dans la nécessité où était Assad de rejoindre ensuite le cortége du khalife, tous comprenaient qu'on ne pouvait presser trop vivement le départ. Safer donna ses ordres en conséquence. La même escorte qui avait servi à amener la princesse à travers le grand désert se trouva prête au bout de quelques heures. Du haut de la terrasse d'Abou-Sofian, Abbassa jeta un dernier regard sur Bagdad, qu'elle ne devait plus revoir, et suivie de sa fidèle Naura, elle alla reprendre la place qu'elle avait occupée déjà auparavant, pendant tant de jours sur le haudag. Environnée de son escorte ordinaire, elle prit la route de Hilleh, à travers la plaine du Delta, resserrée entre les deux fleuves. Au lieu de tourner vers le nord, par où les caravanes se rendent en Syrie, on descendit au sud, et, le deuxième jour de leur départ d'Abou-Sofian, ils arrivèrent à Hilleh. Une maison solitaire et d'une apparence modeste, située hors de la ville, fut choisie comme étant plus en rapport avec les desseins de Noureddin. Abbassa s'y installa avec Safer, en attendant son fils.

Aussitôt après, Assad remonta à cheval et reprit le chemin de Bagdad.

CHAPITRE XIV

LA PROFESSION DE FOI DE NOUREDDIN.

Lorsqu'Assad arriva dans la capitale, le khalife était déjà à deux journées de Bagdad, à la seconde halte de son voyage, vers le Khorassan. Les principaux corps de l'armée d'expédition avaient pris les devants, et le monarque n'avait avec lui que l'escorte ordinaire qui l'accompagnait dans ses voyages ou dans ses pèlerinages à la Mecque. Mais cette escorte était elle-même une armée considérable. Elle était campée sur le territoire de la mosquée d'Imam-Sammah, monastère célèbre de derviches à cette époque (1). L'on ne voyait de ses vastes constructions que la pointe de quelques minarets qui se dressaient au-dessus des bocages ombreux dont elles étaient environnées. C'était un des points les plus remarquables de la route de Bagdad à Nahrwan. Les ondulations de la plaine ajoutaient à l'agrément de la situation et à la magnificence du coup d'œil que présentait le campement impérial, courbé en demi-lune sur les bords de la Dialeh, dont les eaux transparentes brillaient comme de l'argent, avant de se verser dans le Tigre. Dix mille tentes, dont plusieurs d'une dimension colossale, s'étalaient aussi loin que la vue pouvait porter. Alignées avec un ordre admirable, elles offraient l'aspect d'une grande ville, bâtie d'étoffes précieuses, où la soie, le velours, les tissus les plus riches de l'Inde et de la Perse, les

(1) Les derviches sont une espèce de moines musulmans. Ils vivent en communauté et forment diverses sectes.

couleurs les plus éclatantes, se mariaient merveilleusement dans
la splendeur du soleil.

De nombreux éléphants, avec leurs palanquins d'ivoire et de
pourpre; des milliers de chameaux, de dromadaires, de chevaux,
harnachés avec tout le luxe de l'Asie; des soldats aux armes res-
plendissantes; des cadis, des docteurs, des mollahs, des seigneurs,
des musiciens, richement vêtus; des serviteurs, des esclaves
noirs, blancs, bronzés, olivâtres, allaient et venaient, se croisant
en tout sens, se pressant autour de la tente du khalife, qui sur-
passait toutes les autres en grandeur et en magnificence.
Haroun-el-Reschid se plaisait à frapper les regards autant que
l'imagination de ses sujets, par le spectacle de sa richesse et de
sa puissance, dont les traditions orientales ont gardé un si vif
souvenir. Son pavillon, établi au centre du camp, couvrait toute
l'étendue d'une colline qui avait été aplanie au sommet pour le
recevoir. Semblable aux palais enchantés, improvisés par Aladin
dans le désert, il dominait tout le camp, la rivière et la campagne. On ne le reconnaissait pas moins à sa hauteur et à la
richesse des étoffes qui le recouvraient, qu'à la grande bannière
noire des Abbassides, flottant au-dessus des étendards de toutes
formes et de toutes couleurs, qui s'étendaient d'un bout à l'autre
du campement.

Les soldats de la garde du khalife se tenaient autour de la
tente impériale. Au dedans, les eunuques du sérail en gardaient
toutes les entrées. Dans un des compartiments intérieurs, formant un salon splendide, orné de tapis de Perse, un homme
jeune encore, mais que des inquiétudes secrètes, autant que la
maladie, semblaient avoir usé avant l'âge, était nonchalamment
étendu sur un sofa. Quoique vêtu sans recherche, au regard fier
qu'il portait autour de lui, à l'habitude du commandement, em-
preinte dans ses moindres gestes, à ce laisser aller indéfinis-

sable, mais rempli de distinction, qui dénote l'aristocratie de la naissance et de l'éducation, on reconnaissait le maître de l'Afrique et de l'Asie, le successeur de Mahomet, Haroun-el-Reschid, le khalife de Bagdad.

Le monarque était seul avec son vizir Fadhel-ben-Rébi, l'adversaire des Barmécides, un de ses officiers nommé El-Sebah-el-Tabari, qu'il honorait souvent de son intimité, l'un et l'autre assis à ses pieds, et Mesrour, le chef des eunuques, qui se tenait à la porte du salon. Malgré son apparente tranquillité et le calme qu'il affectait de donner à ses traits, un observateur attentif aurait deviné, au mouvement presque imperceptible de ses lèvres, qu'un combat se livrait au fond du cœur du khalife.

Rompant enfin le silence qu'il avait gardé assez longtemps, il fit un signe à Mesrour, et lui dit :

— Faites entrer ce jeune homme.

Mesrour sortit. Un moment après, la portière de brocard se releva de nouveau, et laissa passer, à la suite du chef des eunuques, Noureddin, fils de Djafar. A la beauté naturelle des formes, à l'éclat de la jeunesse, Noureddin unissait la beauté d'une âme virginale, dont l'innocence brillait sur son visage avec la conscience extérieure de son devoir. Les musulmans, en le voyant, sentaient qu'il y avait en lui quelque chose de supérieur à leur nature, incompréhensible pour eux; mais qu'un chrétien reconnaissait instinctivement comme le sentiment de la force morale qu'on ne puise que dans la religion. Le jeune prince s'avança modestement, mais avec assurance, devant le monarque, et se prosterna devant lui, suivant la coutume orientale.

Haroun, lui ayant fait signe de se relever, le considéra quelques instants sans parler.

— Noureddin-ben-Djafar, dit-il ensuite, en se pinçant légèrement la lèvre inférieure, je t'ai fait venir aujourd'hui devant moi, afin que tu connaisses les faveurs que je suis disposé à répandre sur toi.

Noureddin se contenta de s'incliner profondément; mais il ne répondit pas.

— Il est temps, continua le khalife, que, conformément à la promesse que je fis à Khaïzaran, je t'élève auprès de moi au rang auquel tu avais droit par ta naissance.

— Commandeur des croyants, répondit Noureddin, d'une voix que le souvenir de son aïeule remplissait d'émotion, je garderai avec une éternelle reconnaissance la mémoire de Khaïzaran; car, outre le bienfait d'avoir soigné mon enfance et élevé ma jeunesse, je lui dois encore celui des bontés que vous avez eues déjà pour moi, en me comblant d'honneurs.

- - Ces honneurs, reprit le khalife, ne sont rien en comparaison de ceux que je te réserve, si tu suis aveuglément ma volonté. Demain vendredi (1), je vais, avec ma cour, faire ma prière à la mosquée d'Imam-Sammah. Tu me suivras à ma gauche, et tu prieras avec moi le prophète, afin que par son intercession j'obtienne un heureux succès dans l'expédition que je vais entreprendre. Ta jeunesse et ton innocence ne pourront que disposer le fondateur de l'islam à nous écouter favorablement.

Avant même d'être entré dans la présence du khalife, Noureddin s'était attendu à quelque chose d'extraordinaire. Dans les embarras inséparables du départ, la lettre de sa mère avait disparu. Malgré ses recherches, il lui avait été impossible de la retrouver, et il craignait qu'elle ne fût tombée dans les mains d'un traître qui l'aurait portée au monarque. Cette supposition n'était malheureusement que trop juste. La lettre d'Abbassa

_____

(1) Le vendredi est le jour de la semaine le plus solennel : c'est en ce jour que les princes musulmans se rendent à la mosquée, pour faire, par leur présence, acte et profession de la religion de Mahomet.

avait été dérobée par un des esclaves du palais chargé d'es-
pionner Noureddin. En lisant cette épître, au moins étrange
pour un musulman, il s'était empressé de la remettre à Haroun.
Le prince avait aussitôt reconnu l'écriture de sa sœur; il devina
sans difficulté ce qui s'était passé. C'est alors qu'il résolut de
faire venir Noureddin et de le forcer à faire profession ouverte
du mahométisme, ou de l'accabler de tout le poids de sa colère.
Il attendit à cet effet qu'on fût arrivé à Imam-Sammah.

En se voyant subitement appelé dans la présence de son
oncle, le fils de Djafar avait compris que le moment de la lutte
s'approchait. Sous les paroles mielleuses par lesquelles le khalife
commença l'entretien, il découvrit aussitôt le piége qu'elles
cachaient.

Quoique résolu à se montrer véritablement chrétien, et à ne
jamais dévier d'un seul pas de la ligne de conduite que sa mère
lui avait tracée, il attendit avec prudence que le moment se
présentât de faire voir la fermeté de son caractère.

Lorsqu'il entendit Haroun lui proposer ouvertement une apostasie, dans la profession publique de l'islamisme, il crut qu'il
était temps de parler en fils de l'Eglise.

—Je supplie le commandeur des croyants, répondit-il en
relevant la tête avec dignité, de croire à tout mon dévouement
pour sa personne auguste : nul ne demandera plus que moi à
Dieu le succès de ses entreprises. Mais le fils de Djafar est chrétien comme son père, et il ne saurait consentir à aucun acte qui
paraîtrait un désaveu de sa religion.

En entendant ce discours hardi, le khalife bondit sur son sofa,
tandis que le vizir riait intérieurement dans sa barbe.

— As-tu bien calculé toute la force de tes paroles? téméraire
enfant, reprit-il ensuite en faisant des efforts sur lui-même pour
se contenir; et en me rappelant le nom de ton père, n'as-tu pas

craint de réveiller ma colère, comme au premier jour de ma vengeance ?

— Commandeur des croyants, répondit Noureddin, avec une modération que le khalife admira malgré lui, en recevant le baptême des chrétiens, j'ai fait une promesse à Dieu. Vous seriez le premier à mépriser le fils de votre sœur, s'il était capable de la violer pour de vains honneurs.

— Il faut que la mémoire de ma mère Khaïzaran me soit bien chère, s'écria le monarque avec véhémence, pour que j'aie encore la patience de t'écouter. Ne sais-tu pas que c'est précisément cette odieuse cérémonie, que tu appelles ton baptême, qui a fait tomber la tête de ton père et causé la mort des Barmécides ; que c'est parce que ta mère a eu l'indigne faiblesse d'y consentir que je l'ai reniée pour la sœur du vicaire du prophète, et que je l'ai chassée de mes Etats, où elle a osé reparaître malgré ma volonté ?

Noureddin pâlit en entendant cette violente sortie : son cœur sentit une émotion poignante, quand, après avoir compris que lui, lui seul, était la cause du désastre de sa famille, le khalife parût encore menacer sa mère.

— Mais, à ton tour, écoute-moi bien, maintenant, continua Haroun, en remarquant avec un secret plaisir l'effet que ses paroles venaient de produire sur Noureddin. Tu me suivras demain à la mosquée, et tu feras profession publique de l'islam ; après quoi tu recevras ma fille en mariage avec le gouvernement d'une de mes provinces, ou bien, je le jure par la barbe de mon père, tu mourras. Choisis : ou de rendre tout son lustre au nom des Barmécides en suivant ma volonté, ou de périr ignominieusement.

Le khalife s'arrêta, attendant la réponse de Noureddin. Celui-ci ne balança pas un moment.

9

— Mon choix est tout fait, répliqua-t-il, avec une douceur si admirable, qu'elle trompa momentanément le khalife et ses intimes.

— Alors tu acceptes mes faveurs? interrompit brusquement Haroun.

— Ma contenance a dû vous tromper, commandeur des croyants, reprit le jeune homme avec le même calme : un chrétien n'hésite pas, je refuse.

— Tu refuses mes bienfaits, misérable chien! s'écria le khalife en fureur. — Mais, se ravisant tout à coup et voulant comme faire oublier sa violence, il reprit avec une apparente douceur : Je devrais me souvenir que tu n'es qu'un enfant et qu'en cette considération je dois avoir pitié de toi. Je te laisse jusqu'à demain pour réfléchir sur ma proposition. J'espère que tu redeviendras assez raisonnable pour ne plus entendre que tes véritables intérêts, et que tu te prépareras à me suivre demain à la mosquée. Mesrour, dit-il en faisant un nouveau signe au chef des eunuques, qu'on veille sur lui.

D'un air impératif, Haroun fit comprendre à Noureddin qu'il n'avait plus qu'à se retirer, toute réplique étant inutile. Mesrour le conduisit alors dans un pavillon isolé, à peu de distance de la tente impériale, et le commit à la garde d'un des officiers du khalife.

Inébranlable dans sa résolution, Noureddin comprit que son dernier jour était venu. Il se prépara à mourir. Heureux de sacrifier sa vie pour conserver sa foi, il n'avait qu'un regret, en la quittant, celui de ne pouvoir communiquer avec aucun de ses amis pour faire connaître son sort à sa mère, et surtout d'être hors d'état de recevoir aucun secours de la religion qu'il servait si fidèlement. Jeune encore, il n'avait pu, à cause de sa position exceptionnelle, depuis le désastre de sa famille, laver les fautes

légères de sa vie dans les eaux sacrées de la pénitence, ni fortifier son cœur par la réception du corps et du sang du Rédempteur, quoiqu'il eût appris, dans les livres laissés par son père,
que c'était là la véritable nourriture de l'âme chrétienne.

Dans son isolement et sa solitude, il se recommanda à Dieu et
à l'intercession angélique de la Mère de Jésus-Christ, que, dans
son enfance, un pieux serviteur lui avait appris à invoquer
comme la mère et la protectrice des affligés; il passa la nuit entière à méditer sur le sacrifice de la croix, en adressant au ciel
les plus ferventes prières, afin d'obtenir la grâce de se maintenir
fermement dans sa foi et de faire avec joie l'offrande de son sang
et de toutes les espérances de la vie.

C'est dans ces pensées salutaires qu'il s'endormit paisiblement
une heure avant le lever du soleil. Il ne s'éveilla que lorsque le
cri des muetzins, qui appelaient les musulmans à la prière, se
fut fait entendre dans le camp impérial. Bientôt après, sa prison
s'ouvrit, laissant le passage au vizir Fadhel-ben-Rébi, qui entra
accompagné d'un cadi et de plusieurs des gardes du khalife. Ils
furent surpris du calme et de l'admirable résignation de Noureddin. Le vizir lui renouvela, au nom du monarque, toutes les
promesses qui lui avaient été faites la veille, en l'engageant à
faire profession publique de l'islamisme dans la mosquée
d'Imam-Sammah; après quoi il lui fit une dernière fois cette
question :

— Noureddin, fils de Djafar, acceptes-tu les faveurs du khalife
avec les conditions que je viens de te proposer?

— Un chrétien ne change pas du jour au lendemain, répondit
courageusement le jeune homme. Je refuse toutes les faveurs du
khalife qui seraient contraires à ma religion, et je remets ma vie
entre les mains de Dieu.

— Eh bien! donc, chien d'infidèle, va rejoindre ta race

impure, s'écria, avec une joie mal déguisée sous une apparence
d'indignation, le vizir, en lui crachant au visage ; qu'on l'emmène, et que demain on se trouve prêt avant l'aurore à exécuter
les ordres du commandeur des croyants.

Ces opprobres et ces insultes étaient le signal de la condamnation de Noureddin. Il les souffrit avec une patience angélique,
et se laissa mettre tranquillement au cou le carcan de fer avec
lequel il devait rester attaché jusqu'au moment de son supplice.
On lui couvrit la tête d'un voile, afin que personne ne pût le
reconnaître, et les gardes le conduisirent à l'une des extrémités
du campement, en attendant l'exécution des derniers ordres du
khalife.

CHAPITRE XV

LA CONFIDENCE DU KHALIFE.

Cependant Assad était arrivé au campement d'Imam-Sammah ;
mais il avait inutilement parcouru le quartier assigné aux pourvoyeurs du khalife, où Noureddin lui avait désigné son rendez-
vous avec Abdallah, quelques jours auparavant : il n'avait pu
réussir à le rencontrer. C'est en vain qu'il avait examiné ensuite
d'un œil attentif, chacun des esclaves et des serviteurs du palais
qui avaient accompagné le monarque dans son trajet du camp à
la mosquée ; qu'il avait cherché Abdallah à tous les aboutissants
du pavillon impérial, durant l'absence du prince : nulle part ce
fidèle ami des Barmécides ne s'était offert à ses regards. Que
pouvait-il être devenu, ou quelle fatalité l'avait empêché de se

trouver à son poste? Quelque combinaison de service l'aurait-il fait laisser à Bagdad, ou bien, par malheur, le khalife aurait-il découvert sa connivence avec Noureddin! Telles étaient les réflexions auxquelles se livrait tristement Assad, en se promenant sur les bords de la Dialeh, où il était allé vers le soir exhaler son chagrin et son désappointement.

Fatigué de tant de courses inutiles, il s'était étendu sous un bouquet de saules et de caroubiers, dont l'épais feuillage formait une sorte de berceau naturel sur un tertre isolé dominant la rivière. Le calme de ce lieu solitaire, le murmure monotone de l'eau qui coulait à quelques pieds au-dessous de lui, invitaient naturellement au repos. Assad en avait profité, et il commençait à s'assoupir, lorsque le son de deux ou trois voix lui fit connaître qu'on s'approchait de lui. La curiosité le poussa à regarder entre les branches : à son grand étonnement, il reconnut le khalife, accompagné seulement d'El-Sebah-el-Tabari, son confident. Ils marchaient lentement, laissant assez loin derrière eux l'escorte ordinaire des serviteurs et des courtisans du prince, Haroun paraissant chercher des yeux un endroit où il pût causer tranquillement sans témoins.

Le bosquet sous lequel Assad était couché semblait seul offrir les avantages de l'isolement : tous deux vinrent s'y asseoir, le visage tourné vers la rivière, persuadés que personne ne pouvait les voir ni les écouter. Assad, pris au dépourvu, n'avait d'autre alternative que de se tenir immobile, s'il ne voulait être découvert par le khalife et châtié comme un curieux et un importun. Il s'y résigna avec l'idée vague que ce qu'il allait entendre devait être pour lui du plus haut intérêt.

— Il mourra demain au lever du soleil, disait Haroun en continuant son entretien : il y a trop longtemps que je prends patience avec ce rejeton d'une famille abhorrée ; et, si j'ai été si longanime que de lui offrir mes faveurs, c'est uniquement par respect pour la mémoire de Khaïzaran. Mais il les a fièrement refusées ce matin encore; il a rompu lui-même la promesse que j'avais faite à ma mère.

Assad en avait entendu assez pour ne point se méprendre aux paroles du khalife. Frémissant de terreur et mourant d'impatience d'en apprendre davantage, il sentait une sueur froide inonder tout son corps; haletant, il écoutait ce que le confident allait répondre.

— La générosité est un des apanages de votre cœur, commandeur des croyants, dit El-Sebah, après un moment de silence, et Noureddin ne doit s'en prendre qu'à lui-même de son sort. Mais j'ai été étonné d'apprendre qu'après les ordres que vous aviez donnés à Fadhel, on ne vous eût pas encore apporté sa tête.

— Un serment s'oppose à ce qu'il meure aujourd'hui, répliqua le khalife. Dans une circonstance solennelle, lors de mon avénement au trône, je jurai qu'aucune condamnation à mort prononcée par moi n'aurait lieu un vendredi. C'est ce serment qui donne à Noureddin de vivre un jour de plus. Mais il ne peut échapper à ma vengeance.

— Un miracle seul pourrait le sauver, reprit El-Sebah, et ce n'est pas en sa faveur que le prophète l'opérera. Il est gardé au bout du camp, par Nasser, le plus fidèle et le plus impénétrable de vos gardes.

— Vraiment, qu'a-t-il donc de particulier?

— Vous admirerez comme moi sa vigilance, commandeur des croyants. Quand Nasser tient un prisonnier, il garde lui-même la clef de son carcan; chaque nuit, au moment de se coucher, il met cette clef sous le tapis qui recouvre son lit, et se couche dessus d'un côté, sa femme se mettant de l'autre; de manière que pour s'en emparer, il faudrait commencer par les éveiller tous les deux, avant d'arriver au tapis sur lequel ils sont étendus.

— C'est une idée aussi bizarre qu'ingénieuse, dit le khalife en souriant; mais je doute que tant de précautions soient nécesaires avec Noureddin. Abdallah, le seul ami qu'il ait dans ma maison, a été laissé à Bagdad par mon ordre; personne ne songera donc à travailler à sa délivrance.

— J'y travaillerai, moi, se dit intérieurement Assad qui, dans le frisson de l'inquiétude et du doute, n'avait pas perdu un seul mot de leur conversation.

— Ainsi le prophète m'aura laissé la satisfaction de me venger tout à fait de cette famille odieuse, continua le khalife, et le rejeton abhorré de Djafar aura péri avant que je descende dans la tombe...

— Le commandeur des croyants est jeune encore et plein de vigueur, répondit El-Sebah, l'ange de la mort est loin de sa couche.

— Pas si éloigné que tu te l'imagines, El-Sebah, dit le khalife, dont le visage se couvrit aussitôt d'un voile de tristesse.

— Bannissez ces pensées lugubres, seigneur; le plaisir et la gloire vous attendent encore dans le Khorassan, et de longs jours vous sont réservés.

— Le Khorassan! repartit le monarque : c'est là précisément que m'attend la mort, si j'en crois les présages de la nuit dernière..

— Des présages! la nuit dernière! quelles noires idées ont pu vous assaillir...

— N'est-ce pas dans le Khorassan que se trouve la ville de Tous? reprit Haroun.

— Oui, commandeur des croyants.

— Eh bien! écoute. Pendant que je dormais tranquillement la nuit dernière, j'ai cru voir tout à coup une main étendue au-dessus de ma tête. Cette main contenait une poignée de terre rouge, et une voix s'écria : — Voici la terre qui doit servir de sépulture à Haroun. — Quel est le lieu de sa sépulture? dit alors une autre voix. — La ville de Tous, répondit la première...

Le khalife alors se tut, fixant avec abattement ses yeux sur El-Sebah.

— Les songes sont loin d'être toujours des signes certains, reprit celui-ci, tant soit peu ébranlé cependant par le ton super-stitieusement convaincu du monarque, et rien n'annonce en vous que vous soyez si près de la mort.

Le khalife soupira tristement. Puis, jetant les yeux autour de lui, comme pour voir si personne ne pouvait attacher sur eux des regards indiscrets, il ouvrit sa robe pour faire remarquer à El-Sebah un bandage de soie qui lui enveloppait tout le ventre.

— J'ai là, dit-il à son confident étonné, un mal profond, incurable : tout le monde l'ignore; mais j'ai autour de moi des espions chargés par mes fils de guetter ce qui me reste de vie : car elle est trop longue pour leurs ambitieux désirs...; et ces espions, ils les ont choisis parmi les serviteurs que je croyais les plus fidèles. Mesrour est l'espion d'El-Mamoun; Baktischou, mon médecin, celui d'El-Amin (1). Veux-tu connaître jusqu'où va leur soif de régner? Je vais appeler pour qu'on m'amène une monture, et, au lieu de me présenter un cheval à la fois doux et vigoureux, ils me donneront un animal épuisé, dont le trot inégal puisse augmenter ma souffrance.

En effet, le khalife s'étant avancé vers sa suite pour demander un cheval, on le lui amena tel qu'il l'avait décrit à son confident,

(1) El-Amin succéda à Haroun; il périt après un règne de quatre ans, et El-Mamoun fut proclamé à sa place.

avec qui il échangea un regard douloureux, en acceptant avec la résignation du fatalisme musulman la monture qu'on lui avait préparée.

— S'il en est ainsi, se dit tout bas Assad, qui avait été témoin de cette scène pénible, il expie cruellement l'abus de sa puissance à l'égard des Barmécides, et Noureddin, dans son cachot, doit être plus heureux que lui.

Les dernières lueurs du jour avaient disparu, lorsque le khalife, accompagné de sa suite, avait repris le chemin de son campement. Assad alors sortit du berceau où il était demeuré tout le temps, et marcha du même côté, en rêvant aux moyens de délivrer Noureddin.

CHAPITRE XVI

LA FUITE.

La nuit enveloppait de ses ombres épaisses les royaumes asiatiques soumis au sceptre du khalife. Tout dormait dans le campement impérial : l'on ne distinguait d'autre bruit que le cri des chacals rôdant autour des tentes, ou la sourde vibration d'une lance que les sentinelles, veillant autour du pavillon du monarque, laissaient par intervalles retomber sur le sol. La soirée avait été orageuse; pas une étoile ne brillait au ciel, et de gros nuages marchaient pesamment, refoulés par le vent du désert, dont les soupirs agitaient les hautes cimes des bois d'Imam-Sammah, sans apporter aucune fraîcheur.

Au milieu des ténèbres, des yeux exercés eussent pu distinguer une ombre incertaine qui se glissait à l'extrémité septentrionale du campement, du côté où se trouvait la tente servant de prison durant le voyage du khalife. Cette tente, faite d'un tissu grossier de poil de chameau, n'avait de remarquable que le ramassis de sa forme peu élevée. A quelques pas, on en aurait pu voir une autre, d'une grandeur moyenne, ornée avec quelque soin : c'était celle de Nasser, à qui le vizir Fadhel-ben-Rébi avait remis la garde de Noureddin, et dont El-Sebah avait la veille encore vanté la vigilance au khalife. L'ombre, après avoir prêté l'oreille un moment dans la direction de la première, s'avança en rampant jusqu'à la seconde. C'était Assad, vêtu seulement d'un léger caleçon de toile. Il portait un paquet sous le bras, qu'il déposa doucement à l'entrée du pavillon de Nasser, où il pénétra ensuite, en continuant à ramper jusqu'à terre, de manière à ce que ni maîtres ni esclaves n'eussent pu remarquer sa forme.

Fils d'un Arabe du désert, il avait gardé la souplesse de sa nature et cette habitude de marcher en rasant le sol, comme le boa africain, conservée de nos jours par les Bédouins, qui en font usage au besoin. Avec la même flexibilité, il se rapprocha du lit où Nasser dormait à côté de sa femme; se coulant entre les deux, il poussa doucement, tantôt l'un, tantôt l'autre : le mari se croyait poussé par sa femme, la femme par son mari, et chacun faisait place, tout en continuant à dormir. Alors Assad, avec un couteau bien affilé, fait un trou au tapis, retire la clef du carcan de Noureddin, et se glisse hors de la tente de la même manière qu'il y était entré.

Reprenant aussitôt son paquet, il avance avec les mêmes précautions vers la tente où l'on avait enfermé Noureddin; il s'y insinue comme un serpent, sans avoir été remarqué par la sentinelle qui était accroupie à l'entrée. Le fils d'Abbassa ne dormait point. Comme la nuit précédente, il se préparait à la mort par la veille et la prière. Laissé sans lumière, il était incapable de discerner Assad; et celui-ci marchait avec tant de légèreté, qu'il ne s'aperçut de sa présence que lorsque ce fidèle serviteur, collant sa bouche à l'oreille de son jeune maître, lui eut fait entendre ces paroles rassurantes :

— C'est moi, Assad, ne bougez pas, je viens vous délivrer.

Noureddin avait fait avec joie le sacrifice de sa vie à son Créateur. Maintenant il entrevoyait l'espérance de la garder, et il rendait avec non moins de joie grâces à Dieu du dévouement d'Assad. Le carcan dans lequel on avait serré son cou, était attaché par une forte chaîne à un poteau profondément enfoncé dans le sol, et sans la subtilité avec laquelle Assad en avait dérobé la clef, c'eût été folie que de tenter le moindre effort pour le rompre. Celui-ci commença par rouler autour de la chaîne et du carcan une épaisse bourre de soie, de manière à ce qu'elle ne pût faire aucun bruit en la déposant. Il ouvrit ensuite le fer et le posa avec sa chaîne sur un morceau de tapis. Puis donnant à chausser à Noureddin des babouches de laine, il le prit par la main, et sortit avec lui de la tente par une ouverture qu'il pratiqua avec son couteau, du côté opposé à celui où se trouvait la sentinelle.

Ils marchèrent rapidement pendant quelques minutes. Assad alors sortit de son paquet un habit de derviche qu'il avait acheté au couvent d'Imam-Sammah, et en revêtit Noureddin, pendant que, de son côté, il reprenait ses vêtements.

— Nous sommes sauvés, dit-il ensuite tout bas en mouillant de larmes les mains du jeune prince : Dieu aidant, nous serons bientôt hors de l'atteinte du khalife.

La nuit était si noire, qu'ils réussirent à sortir de l'enceinte du campement sans avoir attiré l'attention d'aucune sentinelle. Le costume de derviche que portait Noureddin, si respecté des

musulmans, les mettait d'ailleurs à l'abri de toute inquiétude. A
cinquante pas du camp, ils trouvèrent un Arabe qui tenait deux
chevaux sellés et bridés, tout prêts à être montés. Ils s'élan-
cèrent vivement chacun sur la croupe de son coursier. Assad jeta
une bourse à l'Arabe, et ils partirent avec la vitesse des chevaux
du désert sur la route de Bagdad.

Ils galopèrent toute la nuit sans s'arrêter un seul instant.
L'excellence de leurs montures leur assurait presque une journée
d'avance sur ceux qui pourraient être chargés de les poursuivre;
mais Assad espérait que le costume de derviche porté par Noureddin suffirait pour les faire respecter, le khalife et ses sicaires
ignorant absolument sous quels habits le jeune prince avait pu
prendre la fuite. Ils continuèrent à marcher tout le jour jusqu'à
leur arrivée à Bagdad, où ils ne s'arrêtèrent que le temps nécessaire pour prendre un peu de nourriture dans un des faubourgs
extérieurs.

Ils prirent ensuite la route de Hilleh et passèrent la nuit dans
un petit village à quelques lieues de Bagdad. C'est alors que
Noureddin, à qui la rapidité de sa course avait à peine permis
d'adresser quelques paroles à Assad, lui exprima avec une douce
véhémence tout ce que son cœur éprouvait de reconnaissance
pour le dévouement dont il n'avait cessé de lui donner des
preuves. Il le pressa à plusieurs reprises dans ses bras, malgré
les efforts que ce serviteur fidèle faisait pour porter les mains de
son jeune maître à sa bouche.

Aux diverses questions que lui adressa Noureddin sur les
moyens qu'il avait employés pour se rendre maître de la clef de
son carcan, Assad répondit en lui racontant de quelle manière il
avait entendu la conversation du khalife et comment il était
entré ensuite dans la tente de Nasser. Malgré la gravité de leur
situation, le jeune prince ne put s'empêcher de rire du tour qu'il

avait joué à cet officier. Mais, en repassant ces diverses circonstances dans son esprit, il comprit que c'était par un véritable
effet de la Providence qu'il avait été délivré de la captivité et de
la mort, et de nouveau il en rendit d'humbles actions de grâces à
Dieu. Il apprit à son tour à Assad le motif de la colère du khalife.
L'ancien esclave de Khaïzaran, déjà ébranlé par la conduite et
les paroles du poète Akhtal, admirait maintenant la constance et
la foi de son maître : malgré lui, malgré ses préjugés d'enfance,
il commençait à éprouver de la répugnance pour l'islam, dont il
avait vu le chef suprême commettre froidement tant de bar-
baries.

L'aube du matin commençait à peine à dissiper les lueurs
tremblantes de la nuit, que Noureddin et Assad remontaient à
cheval, afin de poursuivre leur chemin vers Hilleh. En sortant de
la partie du caravansérail où ils s'étaient reposés de leur longue
course depuis Imam-Sammah, ils remarquèrent avec étonnement
dans la grande cour un parti de cavaliers, dormant étendus sous
les galeries. Leur étonnement se changea en épouvante, quand,
en s'approchant, ils reconnurent le costume de la garde du
khalife. Ils étaient une vingtaine; leurs vêtements souillés par
la poussière, et la fatigue d'une longue marche, le désordre avec
lequel ils s'étaient couchés pour dormir sur le pavé, prouvaient
qu'ils avaient dû courir toute la journée précédente et la plus
grande partie de la nuit. Leurs chevaux, attachés par une corde
à leurs lances plantées dans le sol, étaient étendus à la suite les
uns des autres. C'étaient évidemment des hommes envoyés à
leur poursuite, et leur petit nombre faisait connaître qu'on avait
dû en envoyer par pelotons dans toutes les directions. L'un
d'eux, posté en sentinelle à la porte du caravansérail, appuyé
sur sa lance, faisait des efforts pour ne pas succomber lui-même
au sommeil.

A l aspect des deux voyageurs, il frappa un coup sur la terre, et dans l'instant tous les cavaliers furent sur pied. Noureddin et Assad se recommandèrent intérieurement à Dieu; mais ils firent bonne contenance et arrêtèrent leurs chevaux comme pour voir ce qui allait se passer. L'officier qui commandait le peloton s'avança respectueusement devant le prétendu derviche, et lui expliqua que c'était l'ordre du khalife d'arrêter et d'interroger tous les voyageurs qu'on rencontrerait au nombre de deux, trois ou quatre, sur un fugitif dont il donna le signalement. C'était exactement celui de Noureddin; mais il se rapportait heureusement beaucoup plus à son costume habituel qu'à ses traits et à sa personne.

Noureddin allait répondre; mais Assad, appréhendant qu'il ne trahît le caractère religieux dont il était extérieurement revêtu, prit la parole à sa place.

— J'ai vu celui que vous cherchez, dit-il, et il ajouta quelques renseignements plus précis encore sur le signalement de Noureddin, qui firent tressaillir de joie l'officier et son escorte.

— C'est bien lui, s'écrièrent-ils tous à la fois, en se regardant les uns les autres. Excellent ami, reprit l'officier, dites-nous promptement en quel endroit vous l'avez vu; que nous puissions courir après lui et gagner ainsi la haute récompense promise par le khalife.

— Je l'ai vu aussi près que je suis de ce respectable derviche que j'accompagne, répliqua-t-il, à l'endroit où la route de Hilleh se sépare de celle de Féloudja. Il montait, ainsi que son compagnon, un excellent cheval arabe, et j'ai distinctement entendu en passant, dans leur conversation, qu'il était question du désert de Syrie.

— Merci, merci! cela suffit, nous le rattraperons, s'écria l'officier en s'élançant sur son cheval.

En un moment tous les cavaliers furent en selle.

— A Féloudja, reprit le chef en mettant son cheval au galop à travers la longue rue du village, dans la direction opposée à celle de Hilleh.

— Par le chameau du prophète! s'écria Assad en riant, lorsque le dernier fut disparu derrière les bois, je les ai mis sur une fausse route, sans mentir de la valeur d'un poil de ma barbe.

— Tu es vraiment plus subtil que je ne l'aurais cru, Assad, répliqua Noureddin en pressant le pas de sa monture à côté de celle de son compagnon, sur la route de Hilleh : il m'eût été impossible de me tirer d'embarras avec autant d'adresse; je me serais trahi moi-même ou j'aurais trahi la vérité. Grâce à Dieu, cette fois encore au moins, nous voilà délivrés des poursuites du khalife.

CHAPITRE XVII

UN ORAGE DANS LES RUINES DE BABYLONE.

Le jour avait paru entièrement, lorsque Noureddin et Assad perdirent de vue le village qui avait manqué leur être si fatal. Mais le soleil ne se montrait que par intervalles. La matinée avait une apparence orageuse et la pluie devenait menaçante. Hilleh, où Abbassa attendait son fils avec une anxiété que l'on ne peut que trop aisément comprendre, quoique elle ignorât les terribles événements, qui s'étaient passés depuis que le khalife était sorti de Bagdad, n'était plus qu'à quelques lieues à l'entrée du désert de l'Arabie.

A mesure que les deux voyageurs avançaient, le sol, quoique d'une exubérante fertilité, et cultivé d'une manière admirable, se montrait revêtu d'un aspect extraordinaire, tout à fait différent de celui qu'il avait dans le reste du delta de l'Irak. La plaine, si unie et si belle ailleurs, paraissait avoir été labourée profondément par une cause inconnue. Des monticules d'une nature étrange apparaissaient de moment à autre, brisés tout à coup comme des retranchements, derrière lesquels on remarquait des ravines profondes qui semblaient avoir été creusées par l'effet d'un cataclysme.

Noureddin s'étonnait, en marchant, de cette disposition singulière du terrain, lorsque les nuages qui s'étaient accumulés se séparèrent tout à coup à l'horizon, laissant entrevoir dans le lointain une sorte de montagne informe, semblable à un vaste édifice en ruine, dominant toute la campagne, et à ses pieds, comme un rideau élevé, couvert d'arbustes et de verdure.

— Quelle étrange montagne! s'écria Noureddin, ce ne peut être là la ville de Hilleh.

— C'est le Casr-Nimroud (1), répondit Assad, d'un ton mêlé d'une teinte de superstitieuse terreur; nous sommes parmi les ruines de la grande Babel.

— Les ruines de Babylone! reprit le jeune prince, qui connaissait admirablement toute l'histoire de son pays, attachant avec autant de surprise que de curiosité ses regards sur la scène qui l'environnait.

Déjà les ruines au milieu desquelles ils continuaient à s'avancer (2) se présentaient dans leur triste nudité. L'aspect du ciel,

(1) Palais de Nemrod, nom que les Arabes donnent à une portion des ruines de Babylone.

(2) On sait que la grande route de Bagdad à Hilleh traverse la portion des ruines de Babylone, située sur la rive gauche de l'Euphrate.

assombri par les vents précurseurs de la tempête, ajoutait je ne sais quelle grandeur sévère au spectacle de cette immense désolation. Le Casr-Nimroud, avec les débris de ses galeries colossales, ainsi que les collines de bitume et de brique où s'étalaient naguère les jardins suspendus de Sémiramis, laissaient voir leurs traits maudits au milieu des masses roulantes de nuages noirs et épais; les ruines, obscurcies en quelques endroits par cette espèce de voile humide, dont la confusion produit quelquefois des effets si sublimes pour le pinceau de l'artiste, se dessinaient sur un rideau d'un rouge éclatant, avant-coureur de l'orage, mais qui s'assombrissait avec une effrayante rapidité. De temps en temps, un éclair jaillissant de la nue frappait les masses vitrifiées par l'incendie dont ces ruines sont parsemées, et ses clartés sinistres, se réfléchissant au-delà sur l'immensité du désert de l'Arabie, donnaient une idée plus effrayante encore de la vaste étendue et de la solitude austère de Babylone la Grande.

La pluie se fit sentir tout à coup par de grosses gouttes. Les deux voyageurs cherchèrent inutilement à découvrir autour d'eux une habitation qui pût leur offrir un asile contre la tempête. Babylone était déserte : ni chaumière ni village ne se montraient, et Hilleh était encore à une distance de plusieurs milles. Il n'y avait d'autre abri à prendre que les hautes galeries du Casr-Nimroud, obstruées çà et là par les décombres et par de rares cactus, et dont les ténébreuses profondeurs s'éclairaient tristement à chaque nouvel éclat de la foudre.

— Il faut chercher un endroit où nous puissions attendre en sûreté la fin de cet orage, s'écria Noureddin en s'avançant vers les voûtes abandonnées de l'édifice; il ne peut y avoir aucun danger à nous abriter sous ces ruines.

— Arrêtez, seigneur, lui cria Assad avec effroi, en demeurant en arrière. Des spectres et des démons fréquentent ces débris ; des goules (1) et d'étranges satyres d'une forme presque humaine s'y retirent la nuit.

— En ce cas nous n'avons rien à craindre, dit Noureddin en souriant des craintes superstitieuses d'Assad : nous sommes en plein jour. Quant aux démons, un chrétien n'a rien à redouter d'eux, si sa conscience est pure : le nom de Dieu les met en fuite.

En disant ces paroles, le jeune prince se signait pieusement ; malgré les supplications d'Assad, il descendit ensuite de son cheval et le conduisit par la bride jusque sous la galerie qui lui parut la plus commode et la plus praticable. Il attacha son coursier au tronc d'un dattier rabougri, et pour la première fois Assad suivit le petit-fils de Khaïzaran avec répugnance.

Il était temps. A peine avaient-ils fait choix de cet asile, que la pluie tomba par torrents. Le tonnerre, après un grondement lointain, roula majestueusement sur les antiques palais de Babylone, qui tremblèrent dans leurs fondements, comme au jour de la destruction. La nature entière s'était voilée ; la lumière du jour disparaissait dans l'horreur d'une nuit soudaine, dont la lividité n'était interrompue que par les sillages profonds de la foudre. Aux ébranlements saccadés du tonnerre se mêlaient les éclats déchirants de la tempête, la voix stridente de la pluie grinçant sur la surface polie des matières vitrifiées, le fracas enfin de tous les éléments bouleversés à la fois, répété dans les sombres cavités des ruines, et formant une harmonie sauvage, seule digne des lieux qui en entendaient les accents.

Assad était pâle de terreur. Seul, Noureddin conservait le calme de son âme : il admirait en lui-même l'immensité et la

---

(1) Sorte de vampires, suivant l'opinion superstitieuse des Arabes, qui fréquentent les cimetières durant la nuit et font des repas de la chair morte des enterrés.

puissance du Créateur jusque dans le désordre de la nature.
Appelant à son aide les souvenirs de l'Ecriture, il repassait dans
son esprit les époques diverses où les demeures royales de Bélus
et de Nabuchodonosor tenaient la place de ces débris informes,
où ces galeries, devenues les tanières des bêtes fauves, servaient
aux splendides festins de la cour de Balthazar. Aux éclairs
éblouissants qui frappaient de leurs jets de feu les tristes anfractuosités des palais écroulés, il se représentait Daniel debout
devant le monarque et lui montrant la main qui traçait sa destinée; il entendait les malédictions des prophètes lancées contre
Babylone, au nom du Seigneur; puis, reportant sa pensée sur
lui-même, et se trouvant seul, isolé dans les ruines de cette
grande cité, où il ne voyait pas même un abri pour reposer sa
tête, il s'inclinait devant les jugements de Dieu, accomplis à la
lettre, suivant ces paroles d'Isaïe : « Les bêtes sauvages du
» désert y feront leur demeure et leurs maisons seront remplies
» de créatures plaintives; les hiboux l'habiteront, et les satyres
» y feront leurs danses. »

Lorsque la tempête eut exhalé toute sa furie, la pluie cessa de
tomber; les nuages amoncelés au-dessus des ruines s'éclair-
cirent peu à peu. Le tonnerre grondant encore par moments
retournait au désert d'où il était sorti. Le soleil alors commença
à rayonner sur les solitudes de Bélus, avec une splendeur égale
à l'intensité des ténèbres qui avaient jusque-là voilé sa face
brillante, et rendit à la nature tout son éclat.

— Dieu a voulu éprouver ma constance et mon courage, dans
le combat des éléments, dit Noureddin à Assad, en remontant à
cheval : cette épreuve, peut-être, sera la dernière, et j'aurai le
bonheur d'être serré aujourd'hui dans les bras de ma mère.

— Mon cœur bat d'allégresse, répondit Assad, qui se sentait
débarrassé d'un poids immense en se trouvant hors des sombres

galeries du Casr-Nimroud, quand je songe à la joie qu'éprouvera la veuve de Djafar en revoyant son fils après une si longue séparation.

— Je suis bien jeune encore, reprit Noureddin; mais j'ai déjà bien appris par ma propre expérience combien Dieu est rempli de bonté pour ses créatures. Il mesure à nos forces les maux et les souffrances qu'il nous envoie, et s'il permet quelquefois de grandes iniquités, c'est pour mieux faire ressortir sa justice et sa miséricorde. Il y a deux jours, j'étais en apparence abandonné de tous, condamné par la haine du khalife : mais la Providence, admirable dans ses voies, se sert précisément de sa fureur, pour te donner une nouvelle occasion de montrer ton dévouement, Assad, et emploie les moyens les plus inespérés pour me rendre plus tôt aux prières et à la tendresse de ma mère.

En causant ainsi, Noureddin et Assad s'étaient rapidement éloignés des ruines dont les masses principales commençaient à disparaître derrière les vergers des villages voisins de Hilleh. De temps en temps, on les voyait reparaître tout à coup au détour d'un petit bois de platanes, ou d'un bouquet de palmiers; mais le sol, quoique creusé encore profondément en quelques endroits, se montrait de nouveau, comme le reste de la plaine de Bagdad, avec sa végétation vigoureuse et cette fertilité inhérente à la Babylonie depuis les jours du déluge, si vantée dans les traditions de l'antiquité, et qui n'a besoin, pour produire, ainsi qu'autrefois, les moissons les plus abondantes, que du travail et de l'industrie des hommes. A mesure qu'ils avançaient sur la route, des jardins, des vergers, admirablement cultivés, se succédaient à droite et à gauche, sans interruption; des bois épais de dattiers élevaient partout leurs cimes élégantes au-dessus de la campagne, laissant à peine entrevoir les maisons qui se dérobaient sous la verdure, ou les minarets des nombreuses mosquées,

Le Khalife Haroun-al-Reschid.

abritant les sépulcres antiques que la tradition des Arabes
attribuait aux prophètes d'Israël morts durant la captivité.

CHAPITRE XVIII

L'ENTREVUE.

Les fugitifs du campement impérial, n'étaient plus qu'à un
mille de Hilleh ; mais cette ville n'apparaissait pas encore. Basse
et bâtie en briques toutes tirées des ruines de Babylone, qui
s'étendent autour d'elle comme une ceinture, sur les deux rives
de l'Euphrate, elle se dérobe jusqu'au dernier moment au voyageur derrière ses jardins et ses palmiers, dont la multitude et la
hauteur l'enveloppent de toutes parts comme dans une vaste
forêt. Le nombre des voyageurs, parcourant la même route,
augmentait à mesure qu'on se rapprochait de l'enceinte de la
ville. Des chameaux, des mulets, des dromadaires, des ânes et
des chevaux se succédaient en files ; et l'on était déjà dans le
faubourg de Hilleh, qu'on se serait cru encore à une longue
distance.

Le cœur de Noureddin battait avec violence en traversant les
rues de la ville : il se rapprochait de sa mère. Ni lui ni Assad ne
parlaient plus ; ils ne songeaient qu'à cette entrevue si ardemment désirée, et que, deux jours auparavant, ils devaient croire
encore bien éloignée. Voici l'Euphrate, dont le large cours se
grossissait ce jour-là de toutes les eaux que le ciel avait versées
sur la terre, durant la tempête du matin. Les deux amis traver-
sent au pas le pont de bateaux jeté sur le fleuve, et remettent

leurs chevaux au trot pour sortir de la seconde partie de la
ville.

Entre les monticules couverts de verdure et de jardins qui
forment le faubourg occidental de Hilleh, se montre au détour
d'un groupe de dattiers une maison d'une apparence modeste.
De la main Assad la désigne à Noureddin. Ils lancent ensemble
leurs chevaux au galop, et moins d'une minute après il se trou-
vent à la porte de la première cour.

Ils entrent ensemble. Mais tout y présentait l'image de la
solitude; ils pénétrèrent dans la seconde, elle était aussi déserte
que la première. Les portes de la maison étaient fermées; rien ne
donnait à connaître qu'elle fût habitée par des êtres vivants.
Noureddin jette sur Assad un regard de douloureuse surprise : il
s'attendait à voir Safer accourir au-devant de lui, à entendre la
voix de sa mère l'appeler pour le combler de ses caresses; mais,
au lieu de tout cela, il ne rencontrait, comme dans les ruines de
Babylone, que l'isolement et le silence. Assad, interdit, ne comprenant rien à cette absence totale d'habitants dans cette
demeure, qu'il avait laissée peu de jours auparavant si vivante
et si animée, interroge du regard tout ce qui l'environne. Il
crie, il appelle; mais l'écho de la solitude répond seul à sa
voix.

Il se décide à descendre de cheval. Noureddin suit son exemple, et tous les deux pénètrent dans le premier vestibule, dont
les portes cèdent aussitôt qu'ils cherchent à les ouvrir. A l'intérieur, c'est comme au dehors. Assad, consterné, ne sait quelle
cause attribuer à cette désertion : dans la disposition d'esprit où
il se sentait ainsi que Noureddin, il commençait à craindre que
le khalife n'eût découvert l'asile de sa sœur et qu'il n'eût tiré
une seconde vengeance de la veuve de Djafar. Le jeune prince
avait lui-même les plus tristes pressentiments; mais il redoutait

de les communiquer, et d'en trouver ainsi une sorte de confirma-
tion dans ceux de son compagnon.

Dans une telle conjoncture, ne sachant à quel parti se résou-
dre, ils gardaient tristement le silence vis-à-vis l'un de l'autre,
lorsque soudain un bruit se fit entendre au fond de la maison.
C'était une porte qui s'ouvrait; un pas s'avançait légèrement de
leur côté. L'espérance aussitôt renaît dans leur cœur; ils se précipitent simultanément vers le lieu d'où le bruit paraissait venir.
Une autre porte s'ouvre. Assad pousse un cri de joie, en reconnaissant Zamel, l'ancien serviteur et depuis le fidèle compagnon
des infortunes d'Abbassa.

— C'est Zamel, s'écrie-t-il en le prenant dans ses bras, Zamel!
C'est lui qui nous donnera raison de cette solitude.

— Assad, mon ami, sois le bien venu, répond Zamel en jetant
un coup d'œil défiant sur le costume de derviche qui déguisait
la personne de Noureddin.

— Zamel! interrompit le jeune prince à son tour, je le reconnais, c'est l'ancien serviteur de mon père Djafar.

— Le vôtre, celui de votre mère! répliqua Zamel, en se précipitant aux pieds de Noureddin, qu'il arrosait de ses larmes. Mon
jeune seigneur! Mon Dieu, soyez béni! C'est Djafar, c'est l'image
vivante de son infortuné père, c'est sa voix!... Oh! pardonnez-
moi, seigneur, si je vous ai méconnu un instant. C'était ce
costume...

— C'est ce costume qui m'a sauvé, répondit Noureddin; c'est
un déguisement dont Assad m'a revêtu, pour me tirer de la
prison...

— La prison, grand Dieu! encore une iniquité du khalife
Haroun. Prince ingrat! qui immolait froidement ses plus fidèles
serviteurs!...

Noureddin lui raconta alors en peu de mots ce qui lui était

arrivé depuis le départ de Safer; et à son tour, il apprit de
Zamel les motifs qui avaient fait abandonner à Abbassa la
maison de Hilleh. La veille, en se promenant dans la ville, Safer
avait aperçu plusieurs cavaliers de la garde du khalife, en
apparence occupés de recherches actives. Dans la crainte que la
princesse ne fût l'objet de cette inquisition, il était rentré
aussitôt pour avertir Abbassa de ce qu'il avait vu. Pour ne compromettre ni sa sûreté, ni celle de son fils, lorsqu'il viendrait à
se joindre à elle, d'accord avec Safer elle avait pris la résolution
de quitter un voisinage trop dangereux. Mais quel asile choisir
en attendant Noureddin !

Safer, moins superstitieux que la masse des musulmans, avait,
dans ses excursions, visité plusieurs fois les ruines de la rive
occidentale de l'Euphrate, faisant partie, ainsi que celles de la
rive gauche, de l'antique Babylone. Elles étaient éloignées de
plusieurs milles de Hilleh. Une suite de chambres, dans une des
galeries du Birs-Nimroud (1), assez bien conservées, lui parut
pouvoir abriter momentanément Abbassa : il était facile de les
déblayer des décombres que le temps y avait amassées. En
mettant le feu aux ronces et aux buissons épineux qui y avaient
pris racine, on assainissait cette partie de l'édifice, et l'on en
éloignait ainsi les reptiles, s'il s'en trouvait. Il fit part aussitôt
de cette idée à la princesse, bien persuadé que ce serait le dernier endroit où les sicaires du khalife iraient la chercher. Elle
accepta sans résistance.

La même nuit, on plia bagage, et l'on alla camper au pied de
l'édifice redoutable, qui passait pour être un débris de la tour de
Babel. Son éloignement de Hilleh et sa situation isolée à l'entrée

(1) Ou la Tour de Nemrod : c'est le nom d'une portion de ruines considérables de
l'antique cité de Sémiramis, sur la rive occidentale du fleuve, et qu'on croit être la
tour de Babel.

du grand désert d'Arabie assuraient, non-seulement une retraite
parfaitement à l'abri de tout regard indiscret, mais encore la
facilité la plus entière de quitter la Babylonie, pour entrer dans
le désert. Les esclaves de Safer avaient éprouvé quelque appré-
hension en entrant la nuit dans ces ruines; mais, enhardis en
voyant sa résolution et son courage, et entraînés surtout par
l'affection qu'ils avaient pour lui, ils avaient surmonté leurs
craintes superstitieuses, et avaient travaillé aussitôt à préparer
les salles du Birs-Nimroud, destinées à l'habitation de la veuve
de Djafar. Après les avoir installés dans cette étrange demeure,
Zamel était retourné seul à la maison de Hilleh, afin d'y attendre
l'arrivée de Noureddin et d'Assad.

Cette explication les remplit l'un et l'autre de joie. Zamel
ayant été chercher son cheval, tous les trois se mirent aussitôt
en route pour le Birs-Nimroud, qui était éloigné de cinq ou six
milles au sud de Hilleh. Ils laissèrent promptement derrière eux
la ville et ses vergers. La végétation brillante des bords de l'Euphrate disparut à son tour, et ils ne virent bientôt plus autour
d'eux qu'un terrain tout à fait stérile. Mais on reconnaissait
aisément que l'on foulait de nouveau l'emplacement d'une grande
ville. Les chevaux à chaque pas heurtaient le pied contre un
débris. Des monticules où croissaient des salsolas et quelques
rares tamariniers se présentaient à droite et à gauche, sur-
montés de pans de murs gigantesques de briques unies avec du
bitume. Elles servaient comme de sentinelles à des constructions
plus considérables, les unes, enfouies partiellement sous leurs
propres débris, les autres, s'élevant sur de vastes terrasses, qui
ajoutaient par leur grandeur à l'idée que Noureddin s'était déjà
faite de l'immensité de Babylone, à la vue des ruines où il avait
passé quelques heures auparavant.

Ils étaient encore à plus de trois milles du Birs-Nimroud, que

déjà les masses de cette structure, contemporaine du déluge,
montraient leurs lignes abruptes et pyramidales sur l'horizon
azuré du désert. Noureddin pouvait à peine en croire ses yeux.
La tour de Babel, moins outragée alors par les ravages du temps
et des hommes qu'elle ne l'a été depuis, n'était pas encore
réduite à l'état d'une colline informe. Au premier coup d'œil, on
reconnaissait plusieurs étages superposés; mais ils surpassaient
tellement en hauteur et en étendue tout ce que le fils d'Abbassa
aurait pu se figurer, qu'il ne trouvait point de mots pour rendre
son étonnement. Souvenir de l'orgueil et de la folle impuissance
des hommes, ce monument, le plus ancien de la terre, dominait
au loin, comme une montagne, toutes les autres constructions
dont la plaine était couverte.

Ses formes, en grandissant, se dessinaient plus nettement, à
mesure que les trois voyageurs s'en approchaient. A l'aspect des
premières terrasses, semblables à des collines entassées l'une
sur l'autre, on s'expliquait admirablement la fable antique des
Titans, dont l'ingénieuse allégorie voila si longtemps aux yeux
des Grecs l'histoire véritable des temps primitifs. Leurs flancs,
sillonnés par les pluies torrentielles, offraient, comme dans les
ruines de la rive orientale, de profondes ravines qui semblaient
irrégulièrement creusées dans les flancs d'une montagne. Mais,
au-dessus de ces ruines inférieures, des murs immenses, suppor-
tant d'autres terrasses, des galeries d'une hauteur merveilleuse,
des portiques imposants, ornés encore des statues colossales du
lion et du taureau mystiques des Chaldéens, présentaient les plus
magnifiques débris de l'architecture primitive.

Un chemin en spirale, reste peut-être de celui que les mages
de Babylone gravissaient autrefois pour monter au temple de
Bélus, mais depuis sa ruine creusé comme un ravin, s'élevait,
entre deux lignes de débris de toute espèce, jusqu'au sommet de

l'édifice. Zamel y lança son cheval, suivi aussitôt par Noureddin
et Assad, qui considéraient avec étonnement le lieu étrange où
ils allaient aborder. Le sentier, rendu glissant par l'orage du
matin, était plein de difficultés pour les chevaux. Parvenu enfin
au sommet de la quatrième terrasse, Zamel quitta le chemin
montant, et s'avança entre les buissons et les nopals vers une
espèce de cour supérieure, formée par l'écroulement d'une partie
de l'édifice. Aux voix étouffées qui s'y faisaient entendre, on
comprenait que c'était le lieu du refuge d'Abbassa.

En effet, au détour d'un pan de mur, l'esplanade entière se
présenta aux regards surpris de Noureddin et d'Assad; c'était
un coup d'œil dont la vie et l'animation contrastaient singulièrement avec la tristesse de la solitude environnante. Des tentes
étaient dressées sur un léger tapis de verdure, entourées de
chameaux, de chevaux, de chèvres et de moutons, ayant toute
l'apparence d'un petit campement arabe dans le désert. Les
esclaves de Safer, assis sur la pelouse, causaient paisiblement
dans ce réduit, dont la vue dominait au loin la plaine de
Babylone, la ville de Hilleh, et le cours majestueux de l'Euphrate. L'arrivée inattendue des voyageurs leur fit pousser un
cri qui se répéta sourdement sous les voûtes ténébreuses de
Nemrod. Un moment après, Safer accourait pour s'informer de
la cause de ce bruit. Malgré l'habit de derviche, il reconnut
aussitôt Noureddin. La présence de ses domestiques l'empêcha
de se livrer, comme il l'aurait voulu, aux démonstrations de sa
joie et de son respect; le jeune prince, comprenant son embarras,
se hâta de l'embrasser comme un égal et un ami, en le priant de
le conduire à sa mère.

— Je cours la prévenir de votre arrivée, répondit Safer;
laissez-moi seulement le temps de vous annoncer, pendant que
Zamel vous guide jusqu'à son habitation.

Il disparut aussitôt avec la rapidité de l'éclair. Noureddin suivit Zamel sous les galeries de l'édifice, témoins antiques des mystères de Bélus et de Mithra. Le jour qui entrait des deux côtés à la fois permettait d'en mesurer la hauteur et de distinguer les traits de quelques bas-reliefs monstrueux, décorant une sorte de vestibule. Un passage plus bas conduisait sur une terrasse intérieure, dont l'extrémité s'ouvrait sur la campagne au travers des murs en ruine. Plusieurs chambres d'une belle conservation régnaient à l'entour, offrant encore, en divers endroits, sur leurs murailles des plaques d'albâtre couvertes de sculptures et d'inscriptions. C'est là qu'était l'habitation d'Abbassa.

Noureddin s'avançait plein d'émotion; mais avant même qu'il eût passé de la galerie sur la terrasse, sa mère, instruite de son arrivée, se précipitait à sa rencontre. Sans prononcer une seule parole, elle le serrait dans ses bras, inondant son visage de larmes brûlantes. Noureddin confondait les siennes avec celles d'Abbassa, incapable lui-même d'articuler un mot dans cette étreinte si douce, si longtemps et si ardemment désirée. Safer, Zamel, Assad et Naura, témoins de cette scène attendrissante, pleuraient eux-mêmes de joie, amplement récompensés, en la voyant, des peines et des fatigues qu'ils avaient endurées pour amener cette réunion fortunée.

— Mon fils! ma mère!

Telles furent les paroles que Noureddin et Abbassa exhalèrent, lorsqu'aux premiers transports de leur allégresse succéda la joie du sentiment intime de leur bonheur, celui de se voir enfin et de s'entendre. C'est alors que le jeune prince, entraîné par sa mère sur un sofa au fond de la chambre, commença le récit de ce qu'il avait fait et de ce qu'il avait souffert depuis la mort de Khaïzaran. La noble simplicité et la franchise modeste avec lesquelles il raconta les dernières scènes de son entrevue avec le khalife, relevaient son courage plus que ne l'auraient fait les plus pompeuses paroles; et Abbassa, en remerciant Dieu de l'avoir réunie à son fils, eut encore le bonheur de comprendre qu'elle était mère d'un chrétien véritablement digne de ce nom.

Safer frémissait de l'excès de la haine du khalife pour les Barmécides, dont il avait encore voulu immoler le dernier rejeton; il se demandait tout bas si Allah pouvait approuver toutes ces cruautés, commises au nom de l'islamisme. Il se souvenait trop peu que l'islam était une religion implantée par le sabre, et que le sang et le fanatisme pouvaient seuls la soutenir. Lorsque Noureddin eut cessé de parler, Abbassa se mit à genoux avec lui. Les autres imitèrent son exemple, et tous ensemble ils rendirent grâces au ciel de l'heureux dénoûment de tant d'anxiétés et de traverses. Assad reçut ensuite sa part des remercîments de la princesse pour le dévouement qu'il avait montré à son jeune maître, au moment le plus cruel de ses épreuves, en s'exposant aux plus grands périls pour lui sauver la vie.

CHAPITRE XIX

LA SÉPARATION.

Lorsque Abbassa avait quitté l'asile généreux où elle avait trouvé le repos, dans son malheur, pour aller à Bagdad, chercher ce fils qu'elle avait cru si longtemps perdu, elle n'avait consulté que son amour maternel et son désir de l'arracher aux dangers auxquels sa foi pouvait être exposée, en le ramenant

avec elle parmi les chrétiens du Liban, qu'elle considérait
désormais comme ses frères. Dieu, en éprouvant de nouveau le
courage de Noureddin, s'était chargé du soin d'écarter les seuls
obstacles qu'elle eût à redouter. Il lui avait enlevé sa mère
Khaïzaran, et avait brisé ensuite les derniers liens qui pouvaient
encore attacher le jeune prince à son pays. Non moins pressé
que sa mère d'abandonner les belles plaines de l'Irak, il appelait
de ses vœux le jour où il leur serait permis d'aller habiter les
montagnes où les serviteurs de Jésus-Christ, libres de toute contrainte, pouvaient porter en paix le joug aimable de l'Evangile.
Mais Safer, dont les conseils guidaient Abbassa dans tout ce qui
la concernait actuellement, avait jugé prudent d'attendre, pour
se mettre de nouveau en chemin, que les émissaires du khalife,
fatigués d'une recherche inutile, se fussent retirés du pays, et
que le monarque fût lui-même assez avancé dans son voyage du
Khorassan, pour que l'on n'eût plus rien à redouter de sa
présence.

Retirés dans les débris de Babylone, qui leur offraient un asile
si sûr, Abbassa et ses compagnons vivaient tranquillement, en
comptant les jours, dans l'espérance d'apprendre bientôt l'arrivée
de Haroun-al-Reschid dans cette province éloignée. Les troubles
dont elle était le théâtre donnaient à sa sœur l'assurance qu'une
fois engagé dans les affaires de l'expédition, il oublierait promptement ceux qu'il avait poursuivis si cruellement de sa haine,
pour ne s'occuper que des affaires présentes. Chaque jour, Assad,
Zamel, ou l'un des serviteurs de Safer se rendait à Hilleh, pour
acheter les provisions nécessaires aux fugitifs, et, au retour,
rapportait au Birs-Nimroud les nouvelles qu'il avait apprises.

Assad appartenait, par sa naissance, aux Béni-Doulab, l'une
des tribus les plus guerrières de l'Arabie. C'était en entretenant
la discorde parmi les nombreuses tribus du désert, que les

khalifes trouvaient moyen de maintenir sur elles leur influence et d'exercer leur autorité. Assad était né libre; mais à l'âge de douze ans, il avait été fait prisonnier à la suite d'un combat livré à une tribu ennemie, et vendu au pourvoyeur du palais du khalife, qui l'avait placé dans le service de Khaïzaran. Ces particularités étaient connues d'Abbassa et de Safer, qui l'engagèrent à s'aboucher avec l'émir des Béni-Doulab, aussitôt que l'occasion se présenterait, afin d'obtenir, par son entremise, une escorte des guides pour traverser le désert. L'époque du retour de la caravane de Syrie était passée, et Safer, qui avait une connaissance admirable du caractère et des habitudes des Arabes nomades, avec lesquels il avait souvent vécu dans sa jeunesse, était convaincu qu'une fois sous la protection d'une tribu puissante comme les Béni-Doulab, Noureddin et Abbassa seraient parfaitement à l'abri de toute nouvelle violence de la part du khalife.

Quelques jours après, Assad apprit, en se rendant à Hilleh, que sa tribu était campée à deux journées du chemin de l'Euphrate. Il était convenu avec Safer qu'il demanderait à l'émir un sauf-conduit pour Abbassa et ses compagnons. Il devait lui représenter cette princesse comme une dame de haute origine, qui avait essuyé de grands revers, et qui désirait retourner en Syrie, où se trouvaient ses amis et ceux de son fils. C'était le moyen d'intéresser l'émir en sa faveur et d'en obtenir plus facilement des guides pour entrer dans le désert.

Assad se mit aussitôt en route, et arriva sans accident au campement des Béni-Doulab. Il se fit aisément reconnaître à eux, et retrouva un grand nombre de ses parents qui l'accueillirent avec la plus grande joie. On lui raconta qu'il avait deux frères, alors absents, mais qui passaient pour les plus riches et les plus puissants de la tribu, après les fils et les frères de l'émir Daher.

Celui-ci le reçut lui-même avec la plus grande cordialité. Il le retint à manger avec lui dans la tente de sa femme, ce qui était la marque de l'hospitalité la plus intime et la plus entière, et le pria de raconter son histoire. Assad fit le récit de la plus grande partie de celle des Barmécides, d'Abbassa et de Noureddin, dont il eut soin seulement de taire les noms et la religion. Il les donna comme les descendants d'une famille illustre, persécutés par un puissant seigneur; parla des soins, des bontés, que cette famille avait eus pour lui-même, quoiqu'il ne fût qu'un esclave; de la liberté que la mère d'Abbassa lui avait laissée en mourant, avec les moyens de vivre dans une existence honorable. Mais il ajouta que tout en acceptant le bienfait de la liberté, sa gratitude l'avait retenu auprès de maîtres si bons, et qu'il désirait encore les accompagner jusqu'aux lieux où ils voulaient se retirer.

Le récit d'Assad fut écouté tout entier avec une religieuse attention par l'émir et sa femme, et par tous les Arabes réunis autour d'eux. Plus d'une fois, cependant, on l'avait interrompu par des exclamations d'étonnement, de pitié et de commisération pour les victimes de la haine de ce grand seigneur, par des cris de vengeance contre ce persécuteur odieux, ou par des paroles d'approbation pour la conduite d'Assad lui-même. Lorsqu'il eut terminé, l'émir Daher l'embrassa en lui disant qu'il le considérait de nouveau comme un des enfants de la tribu à laquelle il faisait honneur.

— Espérez, ajouta-t-il, toutes sortes de prospérités. Vous et vos amis serez les bien venus. Je ferai tout ce qui dépendra de moi pour vous faire passer heureusement en Syrie, et je vous promets qu'il ne vous arrivera rien que la pluie qui tombe du ciel.

Le lendemain, Assad ayant annoncé qu'il voulait repartir pour porter ces bonnes nouvelles à Abbassa, l'émir, qui éprouvait le plus vif désir de connaître les héros de tant d'aventures, ne cherche point à le retenir. Il le fit accompagner de sept hommes de la tribu pour escorter la veuve de Djafar à son camp, avec une lettre par laquelle il donnait à Noureddin les assurances les plus positives de son amitié. Elle était conçue dans les termes suivants :

« *Daher-el-Cabour, fils de Daffir, à Si-Noureddin, salut!*

» Que la miséricorde de Dieu soit sur vous! A l'arrivée de » notre frère Assad, que le prophète le récompense de son » dévouement pour vous! nous avons été instruit du désir que » vous avez de nous visiter avec votre mère et vos amis. Soyez » les bien venus; vous répandrez la bénédiction sur nous. Ne » craignez rien; vous avez la protection de Dieu et la parole de » Daher; rien ne vous touchera que la pluie du ciel.

» *Signé :* DAHER-EL-CABOUR. »

Deux jours après, Assad arrivait avec l'escorte aux ruines de Babylone. Après avoir rendu compte de sa mission, il remit à Noureddin la lettre de l'émir. Tous en conçurent la joie la plus vive. D'après l'avis que chacun donna en particulier, il fut décidé que le départ aurait lieu le lendemain. Ni Abbassa ni ses compagnons ne regrettaient de voir le terme de leur réclusion dans les galeries solitaires du Birs-Nimroud; mais leur départ n'était pas moins destiné à causer à chacun d'eux une profonde affliction. C'était leur séparation d'avec Safer. Il avait été question plus d'une fois de ce moment douloureux. En vain ce fidèle ami des Barmécides avait-il insisté auprès de la veuve de Djafar pour l'accompagner jusqu'au Liban, la princesse avait constamment repoussé ses offres généreuses.

— Je ne suis plus seule, Safer, avait-elle dit ; mon fils et deux amis dévoués sont avec moi ; je ne dois donc pas priver plus longtemps votre famille de son chef et de son soutien. Si vous devez votre fortune et l'honorable existence que vous possédez aux Barmécides, vous les avez amplement récompensés par votre dévouement depuis plusieurs mois. La veuve de Djafar vous doit d'être réunie à son fils, Noureddin d'être rendu à sa mère. Vous avez rempli au-delà de tout souhait la parole que vous aviez donnée à ma mère Khaïzaran ; vous avez payé votre dette de reconnaissance plus que personne ne l'a jamais fait ; c'est nous maintenant qui vous devons de la gratitude.

Safer, vaincu par ce discours, cherchait encore à prouver à Abbassa qu'elle aurait besoin de ses services, et s'efforçait de lui faire accepter au moins une partie de ses trésors. Mais elle ne se laissa pas vaincre en générosité. Destinée à vivre dans le Liban, répondit-elle, le coffret de bijoux que lui avait laissé Khaïzaran la rendait plus riche qu'aucun des scheiks de la montagne. Lorsque le jour de la séparation fut arrivé, elle consentit néanmoins, pour lui être agréable, à recevoir de son dévouement le don de tout le train de leur campement, avec celui de deux des esclaves qui avaient montré le plus d'empressement à son service et à celui de Noureddin. En les prenant avec elle, elle promit à Safer de se servir d'eux pour lui envoyer de ses nouvelles, aussitôt qu'elle serait parvenue avec son fils au château du scheik Daoud.

L'heure du départ était enfin arrivée. Les préparatifs étaient terminés ; on n'avait plus qu'à monter à cheval de chaque côté, et le chameau qui devait porter la princesse avait plié les genoux pour la recevoir dans son haudag avec la fidèle Naura. La douleur était peinte sur tous les visages. Safer baisa, en les arrosant de ses larmes, les mains d'Abbassa, et pressa dans ses

bras Noureddin, dont l'émotion était égale à la sienne. Il fit ensuite rapidement ses adieux à Assad et à Zamel, se mit en selle
ainsi que ses esclaves, salua une dernière fois tous ses amis
d'un signe de la main et lança son cheval au galop sur la route
de Hilleh.

CHAPITRE XX

L'HOSPITALITÉ AU DÉSERT.

L'escorte d'Abbassa s'était mise en mouvement à l'instant où
Safer avait disparu. Noureddin, vêtu avec simplicité, comme ses
compagnons de voyage, trottait à côté du haudag de sa mère,
dont le cœur, encore gonflé de la séparation pénible qui venait
d'avoir lieu, commençait à se dilater dans la perspective du
repos et du bonheur qui se présentait devant elle. On était parti
du Birs-Nimroud aux premières lueurs de l'aube. A mesure
qu'on s'éloignait de ces grandes ruines, l'immensité du désert
d'Arabie se déployait à perte de vue devant les voyageurs. Vaste
océan de sable aride, pas un brin d'herbe, pas un buisson
n'égayait le regard dans cette triste solitude, dont la désolation
succédait sans aucun intervalle à la solitude non moins attris-
tante des débris d'une civilisation éteinte. Les lignes colossales
de la tour de Bélus se fondaient insensiblement dans un horizon
de pourpre et d'or, et, quand Noureddin, abîmé jusqu'alors dans
ses réflexions, se retourna, au bout de quelques heures, pour
voir une dernière fois les ruines de Babylone la Grande, ses dernières traces disparaissaient dans les traînées étincelantes du
soleil levant.

Rien n'était monotone comme la marche à travers cette partie du désert. Elle n'offrait d'autre diversion que la rencontre d'un grand nombre d'Arabes nomades qui, après avoir interrogé les guides qu'avait amenés Assad, continuaient leur chemin. Autour d'eux partout du sable, toujours du sable, sans aucune trace de végétation, une atmosphère brûlante, chargée d'une espèce de vapeur blanchâtre, et un soleil ardent, dont les rayons se reflétaient durement dans cette mer sans eau. Au second jour du voyage, le coup d'œil changea presque subitement vers le soir. On aperçut de la verdure, des palmiers, une fontaine ombragée, et la plaine environnante qui apparut couverte de plus de quinze cents tentes. C'était la tribu des Béni-Doulab.

L'escorte d'Abbassa la conduisit jusqu'à la demeure de Daher. C'était un petit vieillard, alerte et plein de feu, d'une figure avenante, ornée d'une belle barbe blanche, comme Abraham aux jours de sa vieillesse. Il vint en personne recevoir les voyageurs, et les introduisit dans sa tente, qui avait plus de cent pieds d'étendue en tous sens. Elle était en toile de crin noir, partagée en trois compartiments. Dans le fond on gardait les provisions et l'on faisait la cuisine; les esclaves y couchaient. Au centre était l'appartement des femmes, et toute la famille de Daher s'y retirait pendant la nuit. La partie du devant appelée Rabha, était destinée aux hommes; c'est là qu'on recevait les étrangers et qu'Abbassa et son fils furent conduits avec un respect et une politesse auxquels ils étaient loin de s'attendre de la part des Arabes du désert; Salba, la femme de l'émir, aussi empressée que son mari, fit, de son côté, les honneurs de son appartement à la princesse et à Noureddin, à qui elle concédait ainsi les droits les plus étendus de l'hospitalité. Frappée de l'abord à la fois si aimable et si majestueux d'Abbassa, de la douceur pleine de noblesse de ses manières, elle conçut aussitôt pour elle

un intérêt et une affection qu'elle n'avait jamais auparavant
éprouvés pour un étranger.

Elle la traita avec une distinction si marquée que la veuve de
Djafar craignait un moment que son véritable caractère n'eût été
reconnu. De son côté, l'émir, à qui la jeunesse et l'extérieur
gracieux de Noureddin avaient inspiré un intérêt tout aussi
profond, lui prodiguait, ainsi qu'à ses compagnons, les attentions les plus marquées : il leur fit offrir des sorbets, à trois
reprises différentes; ce qui passait, aux yeux des Arabes, pour
la plus grande preuve d'estime et de considération. Après la
troisième tasse, il commanda de servir le souper. En l'honneur
de ses hôtes, il avait fait tuer un chameau, la coutume du désert
étant de mesurer à l'importance de ceux qu'on recevait l'animal
qu'on préparait pour le festin. D'ordinaire on commence par un
agneau et l'on finit par un chameau.

Après trois jours d'une hospitalité dont la libéralité était proverbiale parmi les Arabes du désert, l'émir Daher annonça à ses
hôtes que son dessein était de les conduire lui-même aussi loin
qu'il lui serait possible, du côté de la Syrie, où ses affaires
l'appelaient. Rien ne pouvait être plus agréable à Noureddin et
à Abbassa, qui voyaient ainsi le moyen de se rapprocher du but
de leur voyage, sans courir de danger.

Daher avait ordonné le départ de la tribu pour le lendemain.
Au lever du soleil, on ne vit plus aucune tente dressée sur la
plaine : toutes étaient pliées et chargées. Le départ commença
dans le plus grand ordre. Une vingtaine de cavaliers d'élite formaient l'avant-garde et servaient d'éclaireurs. Venaient ensuite
les chameaux sans charge et les troupeaux, puis les hommes
armés, montés sur des chevaux ou des chameaux, suivis des
femmes. Celles des chefs étaient portées dans des haudags,
placés sur le dos des plus grands chameaux; et, dans la marche,

comme dans le campement, le haudag ou la tente d'Abbassa, avec celle de la femme de l'émir, tenait toujours la place la plus distinguée. Les femmes et les enfants de condition inférieure suivaient immédiatement, assis sur des rouleaux de toile de tente, arrangés pour servir de siéges sur les chameaux. Les chameaux de charge, portant les bagages et les provisions, se trouvaient en arrière. La marche était fermée par l'émir Daher, monté sur un dromadaire, à cause de son âge, entouré du reste des guerriers, de ses esclaves et de ses serviteurs qui marchaient à pied. Noureddin et ses compagnons, ainsi que ses esclaves, étaient à cheval autour de l'émir.

Après avoir vécu, durant les années de son adolescence, dans la contrainte qu'imposait à Khaïzaran la haine du khalife, le fils d'Abbassa, délivré de ses entraves, jouissait, avec tout l'entraînement de la jeunesse, de la liberté que lui donnait le désert. Son cœur s'ouvrait à toutes les impressions que faisaient naître en lui le voyage, la vie nomade, cette variété enfin de toutes les scènes du désert, si nouvelles pour lui. Instruit par la lecture de tout ce que les livres saints offrent d'intéressant ou de sublime, son imagination lui rappelait les longues pérégrinations des Israélites, après le passage de la mer Rouge : en admirant l'ordre et la célérité avec lesquels s'effectuait le départ de dix à douze mille personnes qui composaient la tribu des Béni-Doulab, il comparait dans son esprit cette marche à celle des enfants de Jacob, s'avançant vers l'Egypte, ou à celle de Moïse ou de Josué entrant dans la Terre-Promise.

Ils marchèrent dix heures de suite. Tout à coup, sur les trois heures de l'après-midi, l'ordre de la caravane est interrompu. Les Arabes se dispersent dans une belle plaine, sautent à terre, plantent leurs lances et y attachent leurs chevaux. Ce spectacle rappelait à Abbassa celui de la caravane de Syrie, dans ses haltes

de chaque jour. Mais ici, c'étaient les femmes qui couraient de
tous côtés, dressant leurs tentes près du cheval de leur mari. En
un clin d'œil, le camp de la tribu se releva comme par enchantement. Les femmes étaient seules chargées, d'après la coutume
des Arabes nomades, de dresser et de lever les tentes : elles s'en
acquittaient avec une aisance et une rapidité surprenantes.
Seules elles faisaient généralement tous les travaux du campement ; les hommes conduisaient les troupeaux, tuaient les bestiaux, et les dépouillaient. Ces femmes, qui sont celles des
classes inférieures de la tribu, avaient un costume fort simple,
comme celles des Bédouins d'aujourd'hui : elles portaient une
grande chemise, une ceinture, et une large écharpe de soie
noire, qui, après avoir couvert la tête, comme le *reboso* espagnol,
fait deux fois le tour de la gorge et retombe sur le dos ; elles
n'avaient point de chaussures : les femmes des scheiks portaient
seules des brodequins jaunes. Leur ambition consistait dans la
possession d'un grand nombre de bracelets : elles en avaient de
verre, de pièces de monnaie, réunies par une chaînette d'or,
d'ambre et de corail.

Ainsi se passèrent les deux premières semaines de la marche
de la tribu. Afin de trouver des pâturages, elle s'était rapprochée des bords d'une rivière, tributaire de l'Euphrate, dont les
eaux transparentes se montraient au loin, brillant comme des
lames d'argent aux rayons du soleil. L'émir Daher continuait de
témoigner les plus grands égards à ses hôtes, et chaque semaine,
au jour où ils avaient fait leur apparition dans la tribu, il renou-
velait en leur honneur le festin de l'hospitalité. Les chameaux
destinés à être tués dans ces occasions sont blancs comme la
neige. Ils ne sont jamais fatigués ni chargés d'aucun poids, et
leur chair est rouge et très-grasse. Les chamelles ont une grande
abondance de lait ; les Arabes en boivent continuellement, et

donnent le surplus à leurs chevaux de race : cette boisson les fortifie beaucoup, c'est ainsi que l'on consomme tout ce lait qui n'est pas propre à faire du beurre.

Un soir, au moment où l'on allait se mettre à souper, l'émir présenta à ses hôtes son fils aîné Naufal, qui venait d'arriver de l'autre côté de la rivière. C'était un beau jeune homme, à la mine hardie, mais avenante; il se montra à l'égard de Noureddin et de ses compagnons rempli de prévenance. Daher annonça qu'il venait pour se marier avec Zobeïde, fille d'Ali-Baba, émir de la tribu des Béni-Sihoud. On se trouvait alors sur le territoire de cette tribu, qui était égale en puissance aux Béni-Doulab, mais qui reconnaissait la suprématie de Daher. L'émir pria les trois voyageurs de l'accompagner chez Ali-Baba, pour faire la demande en mariage. Noureddin était charmé de cette proposition, qui le mettait à même de faire davantage connaissance avec ces peuples nomades, sous la protection desquels Dieu lui avait donné de se placer durant son voyage. Les principaux de la tribu partirent avec eux, dans leurs plus riches habits.

En arrivant à la tente d'Ali-Baba, ils entrèrent sans que personne vînt au-devant d'eux pour les recevoir. Tel est encore aujourd'hui l'usage, dans cette circonstance, parmi les Arabes et les Bédouins du désert : le moindre empressement de la part des parents de la jeune fille serait considéré comme une inconvenance. Après quelques instants de silence, Daher prit la parole.

— Pourquoi, dit-il en s'adressant à l'émir des Béni-Sihoud, nous faites-vous un si mauvais accueil? Si vous ne voulez pas nous donner à manger, nous retournerons chez nous.

Pendant ce colloque, Zobeïde, retirée dans la partie de la tente réservée à son sexe, regardait son prétendu à travers l'ouverture de la toile. Au désert, la femme avait maintenu en partie la dignité que la loi musulmane lui avait enlevée avec la liberté sage que lui accorde la loi chrétienne : elle n'était pas vendue comme une esclave à son époux, sans le connaître. Avant d'entamer la négociation, il fallait que la jeune fille eût fait signe qu'elle agréait celui qu'on lui présentait; car si après l'examen secret auquel venait de se livrer Zobeïde, elle avait fait connaître à Balka, sa mère, que le futur ne lui convenait point, les choses en fussent restées là. Zobeïde fit signe à sa mère qu'elle consentait au mariage. Ce fut alors Balka qui répondit à Daher :

— Vous êtes les bien venus, dit-elle avec complaisance. Nonseulement nous vous donnerons à manger de bon cœur; mais encore nous vous accorderons tout ce que vous demanderez.

— Nous venons, répliqua l'émir, demander votre fille en mariage pour notre fils : que voulez-vous pour sa dot?

— Cent cinquante nakas (1), dit alors Ali-Baba, douze chevaux de la race de Nedgdé (2), mille brebis, cinq nègres et cinq négresses pour servir Zobeïde, et, pour le trousseau, trois ceintures brodées d'or, trois robes de soie de Damas, quinze bracelets d'ambre et de corail, montés en or, et des brodequins jaunes.

L'émir lui fit quelques observations sur cette demande exorbitante :

— Tu veux, lui dit-il, justifier le proverbe arabe : « Si vous ne voulez pas marier votre fille, renchérissez son prix. » Sois plus raisonnable, si tu désires que le mariage se fasse.

Enfin la dot fut réglée à cent nakas, cinq chevaux de Nedgdé, cinq cents brebis, trois nègres et trois négresses. Le trousseau

---

(1) Ce sont les femelles de chameau de la plus belle espèce.

(2) Le *Nedgdé* est un vaste pays, situé à l'extrémité sud-est de l'Arabie-Déserte, entrecoupé de vallons et de montagnes, couvert de villes anciennes et florissantes, extrêmement fertile, et qui élève les chevaux les plus estimés de l'Arabie. Il est fort peu connu à cause de l'aridité des sables qu'il faut traverser pour y arriver, et appartient aux Wahabites, secte musulmane, peu superstitieuse, qui commença, il y a environ un demi-siècle, par le pillage du tombeau de Mahomet et de tout le temple de la Mecque. Les Wahabites sont les puritains de l'islamisme.

resta tel qu'Ali-Baba l'avait demandé : on y ajouta même des ceintures et des brodequins jaunes pour la mère et pour plusieurs personnes de la famille.

— Kratib (1), écris ces conventions, dit l'émir Daher en se tournant vers son secrétaire.

Celui-ci obéit et fit ensuite à haute voix la lecture des articles. Là-dessus les parents et les membres des deux familles récitèrent la prière *Faliha* (2), qui donnait une sorte de sanction au contrat, et l'on servit aux assistants des sorbets et du lait de chameau, en attendant le repas. Après le dîner, les jeunes gens montèrent à cheval, pour courir les *djerid*, exercice équestre, où les joueurs se lancent mutuellement des bâtons comme des javelots. C'était la première fois que Noureddin, dont l'éducation n'avait été négligée sous aucun rapport, malgré la réclusion où il avait vécu, avait occasion de se livrer à ce jeu avec les jeunes gens de son âge, et tout le monde remarqua l'agilité et la grâce avec lesquelles il s'y distingua. On se sépara à l'entrée de la nuit, et chacun ne songea plus qu'aux préparatifs de la noce.

(1) C'est-à-dire écrivain.
(2) Prière qui est comme le *Pater* des musulmans.

CHAPITRE XXI

LE MARIAGE ET LA GUERRE.

Au bout de trois jours, la dot ou plutôt le prix de Zobeïde était préparé. Un immense cortége sortit, au lever du soleil, du campement des Béni-Doulab et se mit en route pour celui des Béni-Sihoud. En tête marchait un cavalier, portant un drapeau blanc au bout d'une lance : c'était le héraut d'armes de la noce; il criait en marchant :

— Je porte l'honneur sans tache d'Ali-Baba.

A la suite venaient les chameaux, ornés de guirlandes de fleurs et de feuillages, accompagnés de leurs conducteurs; puis les nègres à cheval, richement vêtus, entourés d'hommes à pied, chantant des ballades populaires. Derrière eux marchait une troupe de guerriers, armés de lances qu'ils agitaient avec un grand fracas. Une femme suivait, portant un grand brasier rempli de feu où elle jetait de l'encens. Puis les brebis à lait, conduites par les bergers qui chantaient ainsi que le faisait Chibouk, le frère d'Antar, mille ans auparavant, et comme encore aujourd'hui, dans les mariages du désert. Venaient ensuite les négresses, à cheval, entourées de deux cents femmes à pied. Ce groupe était le plus bruyant, car les cris de joie et les chants de noce des femmes arabes se distinguent surtout par leurs sons aigus. La marche était fermée par le chameau chargé du trousseau de la mariée; les ceintures brodées d'or étaient

étendues de tous côtés, voilant le poitrail de l'animal; les brodequins jaunes pendaient autour de ses flancs; et les objets de prix
arrangés en feston et distribués avec art, formaient le coup d'œil
le plus splendide.

— Un enfant de la famille la plus distinguée, monté sur un
chameau, criait à qui voulait l'entendre .

— Puissions-nous toujours être victorieux ! puisse le fer de nos
ennemis se briser à jamais !

D'autres enfants l'accompagnaient à pied, répondant à chaque
exclamation :

— Amen !

Noureddin, suivi de ses deux amis, jouissait de ce spectacle,
en caracolant à droite et à gauche, pour voir à son aise toutes
les parties du cortége. Ali-Baba, cette fois, vint à la rencontre
des Béni-Doulab avec les cavaliers et les femmes de sa tribu; les
chants et les cris de joie devinrent alors véritablement assourdissants. Dans le même temps, les chevaux, lancés de tous les
côtés au galop, enveloppèrent toute la marche dans un tourbillon
de poussière.

En arrivant à la tente d'Ali-Baba, on étala tout autour les
cadeaux avec beaucoup d'ordre, et chacun put aller les contempler à son aise. De grands vases remplis de sorbets étaient préparés, et tout le monde était libre d'en prendre en attendant le
festin. Dix chameaux et cinquante moutons formaient le fond de
ce repas homérique, qui fut servi par terre, hors des tentes. Les
plats de cuivre étamés semblaient être d'argent; chaque plat
était porté par quatre hommes, et contenait une montagne de riz
de six pieds de hauteur, surmontée d'un mouton tout entier ou
d'un quartier de chameau; dans d'autres moins grands était un
mouton rôti ou un gigot de chameau. Une infinité de petits plats
garnis de dattes et d'autres fruits secs remplissaient les inter-

valles (1). Les convives étaient accroupis autour de ce festin en nombre si considérable, que d'une extrémité on pouvait à peine distinguer les traits de ceux qui se trouvaient à l'autre. A la suite du repas, la dot ayant été acceptée, on termina la cérémonie en récitant de nouveau le Faliha, et il fut convenu que Naufal viendrait chercher sa fiancée dans trois jours.

La veille du jour fixé pour la noce, le bruit se répandit tout à coup dans les deux tribus amies, qu'une armée formidable, composée des Mahimen et de leurs alliés, avait paru au couchant du désert, du côté de l'Arabie Pétrée, et descendait rapidement vers l'Orient, pour combattre les Béni-Sihoud. Elle était commandée par l'émir Sindbad. C'était un homme plein de valeur et jeune encore. L'année d'auparavant, il était venu demander en mariage la fille d'Ali-Baba; mais la fière Zobeïde avait refusé de lui donner sa main. Sindbad était parti plein de colère, en jurant de se venger de ses dédains. Ayant appris que Naufal la recherchait, il avait secrètement réuni ses alliés, dans l'intention de tomber sur les Béni-Sihoud, au moment où l'on s'y attendrait le moins.

A la nouvelle de ces armements, l'émir, de son côté, convoqua les tribus qui tenaient à lui et aux Béni-Doulab par les liens du sang ou de l'amitié. Les courriers volaient de tribu en tribu, les engageant à se réunir trois ou quatre ensemble, afin que sur tous les points les Mahimen les trouvassent prêts à les recevoir. Peu s'en fallut ainsi que le mariage ne commençât par un combat à mort, au lieu d'un combat simulé, comme il est d'usage dans cette circonstance. Mais un incident retarda de quelques jours la marche de Sindbab; les éclaireurs, envoyés à la découverte, vers

(1) La description de cet immense dîner est tirée presque littéralement du journal arabe de Fatalla Seyeguir, traduit par les soins de M. de Lamartine, à la suite de son *Voyage en Orient*. Ce jeune Arabe assista à un repas exactement semblable.

le couchant, ne signalèrent aucun ennemi, et les fêtes purent avoir lieu au jour qui avait été fixé.

L'émir Daher sortit de grand matin, avec les autres chefs, auxquels s'était joint Noureddin, ainsi qu'Assad et Zamel. Mille cavaliers et cinq cents femmes les accompagnaient pour emmener Zobeïde. A une petite distance du camp d'Ali-Baba, le cortége s'arrêta.

Zobeïde était accompagnée d'une vingtaine de jeunes filles et suivie de trois chameaux chargés. Le premier portait son houdag, couvert en drap écarlate, garni de franges et de houppes de laine de diverses couleurs et orné de plumes d'autruche. Des festons de coquilles et des bandelettes en verre de couleur décoraient intérieur. Des coussins de soie étaient préparés pour recevoir la mariée. Le second chameau était chargé de sa tente, et sur le troisième se trouvaient son tapis et ses ustensiles de cuisine. Aussitôt que Zobeïde se fut placée dans son haudag, entourée des femmes des chefs, montées comme elle, et des autres femmes à pied, la marche commença. Des cavaliers, caracolant en avant, annonçaient son arrivée aux tribus alliées qu'on devait rencontrer, et qui venaient au-devant d'eux, jetant de l'encens et égorgeant des moutons sous les pieds des chameaux de la mariée.

Rien ne saurait donner une idée exacte de cette scène extraordinaire, ni de celles qui se succédèrent ensuite durant tout le reste du jour et de la nuit. A l'arrivée de Zobeïde au camp de Daher, on ne vit de toutes parts que danses bizarres, accompagnées de chants autour des feux de joie, et qui furent suivies d'un immense banquet. Deux mille livres de riz, vingt chameaux et soixante moutons furent dévorés au seul repas des chefs. Huit tribus entières, venues pour prendre part aux fêtes de la noce ou aux hasards de la guerre, si elle avait lieu, furent rassasiées par l'hospitalité de Daher et de Naufal, et l'on ne cessa de crier pendant toute la nuit :

— Que celui qui a faim, vienne manger!

Après trois jours de festins et de danses, on n'avait eu encore aucune nouvelle de l'ennemi. Abbassa, qui avait, pour complaire à la femme de Daher, assisté à tous les plaisirs du mariage de Naufal, commençait à espérer que le bruit qu'on avait fait courir au sujet de l'émir Sindbad, pourrait n'être qu'une fausse alerte, et que rien n'empêcherait la tribu de continuer paisiblement son voyage. Les deux émirs, Daher et Ali-Baba, avaient réuni leur camp, afin d'être prêts à tout événement, et l'ordre avait été donné aux deux tribus de s'avancer simultanément vers le couchant. On marcha pendant deux jours. Le second, vers le soir, on s'arrêta dans une belle plaine, arrosée par une source considérable, environnée de buissons et de palmiers. L'abondance des eaux et la fertilité du pâturage engagèrent les émirs à camper dans cet endroit, en attendant qu'on eût reçu des nouvelles des tribus alliées ou de celles des Mahimen.

Dans la nuit, un grand bruit se fit entendre dans le campement. Noureddin, qui dormait tranquillement, s'éveilla, ainsi que ses compagnons, et sortit pour aller s'informer de la cause de cette rumeur. Il rencontra Assad près du pavillon de l'émir. Il apprit qu'un messager de la tribu El-Harba, porteur d'une lettre pour Daher, était arrivé, monté sur un dromadaire, pour réclamer son assistance contre les Mahimen, qui venaient de faire leur apparition, en déclarant solennellement la guerre à toutes les tribus amies d'Ali-Baba.

Les deux émirs commandèrent de lever le camp aux premières lueurs de l'aurore, résolus de rejoindre leurs alliés au plus tôt. On était alors à quatre journées de marche de cette tribu : mais on avait heureusement rempli d'eau les outres dès la veille, pré-

12

caution d'autant plus nécessaire, qu'on avait douze heures à
faire dans les sables les plus brûlants, où l'on ne trouve ni eaux
ni pâturages.

Noureddin eut le loisir d'apprécier alors l'avantage des mar-
douffs, dans ces guerres du désert où il faut porter l'approvision-
nement de l'armée pour un temps souvent prolongé. Les
chameaux ainsi appelés, montés par deux hommes, sont comme
des forteresses ambulantes pourvues de tout ce qui leur est
nécessaire pour leur nourriture et leur défense. Une outre d'eau,
un sac de farine, un sac de dattes sèches, une jarre de beurre de
brebis, et les munitions de guerre, forment comme une tour
carrée sur le dos de l'animal. Les hommes, commodément
placés, de chaque côté, sur des siéges de cordages, n'ont besoin
de recourir à personne. Lorsqu'ils ont faim, ils pétrissent un peu
de farine avec du beurre, et la mangent ainsi sans la faire cuire.
Quelques dattes et un peu d'eau complètent le repas de ces
hommes sobres. Pour dormir, ils ne quittent pas leur place ;
mais se renversent tout de leur long sur leur chameau, les pieds
passés dans les besaces dans la crainte de tomber, la marche
lente et cadencée de ces animaux invitant naturellement au
sommeil, comme le berceau des enfants.

Daher ayant donné l'ordre de continuer la marche sans interruption, ni jour ni nuit, ils franchirent les quatre journées de
distance en deux fois vingt-quatre heures, sans s'arrêter même
pour manger. La plus grande fatigue de cette route forcée tombait sur les femmes, chargées de faire le pain et de traire les
chamelles, sans ralentir le pas de la caravane.

Noureddin et Abbassa contemplaient avec une égale curiosité
toutes ces phases de la vie des Arabes du désert, si variée dans
sa monotonie. Mais si le premier rêvait avec l'ardeur de la jeunesse aux combats qui allaient avoir lieu, la seconde ne pensait

On aperçut de la verdure, des palmiers, une fontaine ombragée (page 166).

qu'avec une anxiété toute maternelle aux chances cruelles et aux dangers de la guerre qui se préparait.

En attendant, l'organisation de la cuisine ambulante absorbait en partie leur attention durant cette marche rapide. A des distances réglées se trouvaient des femmes qui s'en occupaient sans relâche. La première, montée sur un chameau chargé de blé, avait devant elle un moulin à bras. Le blé une fois moulu, elle passait la farine à sa voisine, occupée à la pétrir avec l'eau, renfermée dans les outres suspendues aux flancs de son chameau. La pâte était passée à une troisième femme, qui la faisait cuire en forme de galettes sur un brasier avec du bois et de la paille. Elle distribuait ensuite ces galettes à la division de guerriers qu'elle était chargée de nourrir et qui venaient de minute en minute réclamer leur portion. D'autres femmes marchaient à côté des chamelles pour traire le lait dans des cadahs (1). On se les passait de main en main pour étancher sa soif. Les chevaux mangeaient en marchant dans des sacs suspendus à leur cou.

Lorsqu'on voulait dormir, on se couchait, ainsi que je l'ai fait observer, sur son chameau. Chaque nuit, Noureddin quittait son cheval pour monter un de ces animaux, et il convint que jamais il n'avait mieux dormi que pendant ce voyage.

_____

(1) Vases de bois qui contiennent quatre litres.

CHAPITRE XXII

LE COMBAT.

La tribu El-Harba était campée près du village du même nom qui dépendait de son territoire. Bâties sur le penchant d'une colline ombragée de palmiers, ses huttes de terre s'élevaient sur une pelouse délicieuse, où la présence de plusieurs sources entretenait une fraîcheur perpétuelle. Cette verdure, ces bosquets, dont l'ensemble avait à peine deux lieues de contour, contrastaient joyeusement avec les collines arides qui terminaient cette oasis et qui faisaient partie d'une chaîne de montagnes rocailleuses traversant isolément le désert. Deux autres tribus s'étaient déjà réunies à celle d'El-Harba, lorsque les Béni-Doulab et les Béni-Sihoud arrivèrent au lieu du rendez-vous.

Daher, en sa qualité d'émir-al-omrah, ou chef des émirs alliés, fit faire aussitôt l'annonce solennelle de la guerre à toutes les autres tribus de sa dépendance, suivant la coutume des Arabes, dans ces grandes occasions. Par ses ordres, on choisit une chamelle blanche qu'on noircit entièrement avec du noir de fumée et de l'huile. On lui mit un licou de poil noir, et on la fit monter par une jeune fille à qui l'on avait également noirci le visage et les mains. Dix hommes la conduisirent ainsi de tribu en tribu. En arrivant, elle criait trois fois :

— Renfort, renfort, renfort! Qui de vous blanchira cette chamelle? Voilà un morceau de la tente de l'émir-al-omrah qui menace ruine. Courez, courez, grands et généreux défenseurs.

Le Mahimen arrive, il enlèvera vos alliés et vos frères; vous tous qui m'entendez, adressez vos prières aux prophètes Mahomet et Ali, le premier et le dernier.

En disant ces paroles, elle distribuait des poignées de poil noir et des lettres de Daher, qui indiquaient le lieu du rendez-vous auprès du village d'El-Harba. En peu de temps le camp des Béni-Doulab se grossit de vingt tribus réunies dans une même plaine; les cordes des tentes se touchaient. C'était un spectacle extraordinaire que ce campement immense, et dont l'aspect faisait bondir les jeunes gens de plaisir et d'ardeur. Noureddin et Assad eux-mêmes se sentaient transportés de cette fièvre bouillante que les scènes belliqueuses manquent rarement d'inspirer à des âmes un peu fières; et tous les deux brûlaient également d'y prendre part. Zamel, d'un âge plus mûr, était aussi plus calme, et demeurait constamment auprès de la tente de sa maîtresse.

Au bruit de l'approche de Daher, Sindbad avait pressé la marche de ses troupes. Dans l'après-midi du troisième jour, on aperçut du côté du sud un nuage qui s'étendait comme un brouillard épais aussi loin que l'œil pouvait atteindre. Peu à peu, ce nuage s'éclaircit et l'on vit paraître l'armée ennemie. Sindbad et ses alliés avaient amené leurs femmes et leurs troupeaux, comptant bien s'établir sur le territoire envié des El-Harba. Ils assirent leur camp à une heure de celui des Béni-Doulab. Il était composé de trente-cinq tribus, formant en tout cinquante mille tentes. Autour de chacune étaient attachés des chameaux et un grand nombre de moutons, qui, joints aux chevaux et aux guerriers, formaient une masse formidable à l'œil.

Abbassa, qui, d'une maison du village où elle s'était établie avec Salba, la femme de Daher, contemplait ce campement terrible, en fut épouvantée. Elle fit part de ses craintes à l'émir,

qui venait d'arriver avec Noureddin. Daher sourit, et lui dit d'un
ton qui remonta son courage :

— J'en ai vu de plus formidables dans ma vie, et je les ai
vaincus. Aujourd'hui, j'ai plus d'espoir que jamais, ajouta-t-il
en s'inclinant devant la princesse. Vous avez porté bonheur à
ma tribu, en mangeant mon pain sous ma tente, et votre fils,
tout jeune et tout inexpérimenté qu'il soit dans les combats, se
conduira, j'en suis sûr, comme un héros, tandis que vous prierez
Dieu pour notre succès.

En disant ces mots, il salua Abbassa, et revint au camp avec
Noureddin pour faire élever les retranchements nécessaires. A
cet effet, on réunit les chameaux, on les lia ensemble par les
genoux, et on les plaça sur deux rangs devant les tentes qui
s'étalaient en amphithéâtre autour du pied de la colline. Protégé,
d'un côté, par les rochers qui formaient par derrière une
barrière presque infranchissable, le village fut mis ainsi, de
l'autre, à l'abri d'un coup de main, et, pour compléter les fortifications du camp, on y ajouta un fossé qui fut creusé derrière les
chameaux.

L'ennemi, étendu dans la plaine, en avait fait autant de son
côté. Daher donna l'ordre alors de préparer le *Hatfé*. C'était une
cérémonie singulière, encore en usage de nos jours parmi les
Bédouins. On choisit, à cet effet, la plus belle fille parmi les
tribus; on la place dans un haudag richement orné, porté sur une
grande chamelle blanche. Du choix de la fille qui doit occuper
ce poste honorable, mais dangereux, dépend presque toujours le
succès de la bataille. Placée en face de l'ennemi, entourée de
l'élite des guerriers, elle doit les exciter au combat; l'action
principale se passe toujours autour d'elle, et des prodiges de
valeur la défendent. Tout serait perdu, si le hatfé tombait au
pouvoir de l'ennemi. Pour éviter ce malheur, la moitié de l'armée

doit l'environner constamment. Les guerriers se succèdent sur
ce point, où le combat est le plus vif, et chacun vient demander
de l'enthousiasme à ses regards; car elle est la personnification
vivante de l'honneur des tribus parmi lesquelles elle a été
choisie.

Une jeune fille nommée Scheherazade, qui réunissait à un
haut degré le courage, l'éloquence et la beauté, était le hatfé des
Béni-Doulab. L'ennemi prépara aussi le sien, et, bientôt après,
la bataille commença. Les Mahimen s'étaient divisés en deux
corps : le premier, et le plus considérable, commandé par
Sindbad en personne, était devant les Béni-Doulab; le second,
commandé par Abed-Amer, son frère, avait été opposé aux Béni-
Sihoud. Abed-Amer était un homme d'une stature gigantesque
et d'une force musculaire analogue à sa taille. Son aspect
effrayant jetait l'épouvante dans tous ceux qui le voyaient.

Les Mahimen fondirent avec impétuosité sur les Béni-Sihoud
et leurs alliés. En voyant les Béni-Doulab attaquer froidement,
Sindbad s'était cru assez fort pour disperser à lui seul leur armée
tout entière; mais, avant la fin de la journée, il avait appris à
ses dépens à respecter son adversaire : force lui fut de replier
ses troupes et de laisser à son frère tout le poids de l'action.
Malgré la courte durée de ce premier engagement, que le coucher du soleil vint suspendre, il y eut beaucoup de monde de
tué de part et d'autre. Assad s'était battu avec sa tribu, et Noureddin, qui pour la première fois voyait un champ de bataille,
s'était comporté, aux côtés de Daher, avec une valeur et un
sang-froid dont les vieillards eux-mêmes étaient étonnés. Armé
pour la cause de la justice, qu'il reconnaissait si évidemment
dans celle des Béni-Sihoud, ce n'était ni l'enivrement du combat,
ni la haine, ni la vengeance, qui l'animaient; mais uniquement
le sentiment de la défense et du devoir, celui de la gratitude

qu'il devait à l'émir des Béni-Doulab, et, en se précipitant sur
l'ennemi, il n'avait invoqué d'autre aide que celle du Dieu des
batailles.

Le lendemain, au lever du soleil, les combattants étaient de
nouveau en présence. Abbassa, en voyant partir son fils, l'avait
béni, appelant sur sa tête les bénédictions de Celui qui donne la
victoire. Tout en gémissant sur les dures nécessités de la guerre,
elle comprenait qu'elle ne pouvait refuser à Noureddin la satisfaction de marcher encore une fois aux côtés de l'émir. Le combat
fut terrible, mais toujours indécis. Au milieu de cette affreuse
mêlée, on n'entendait, au-dessus du cliquetis des armes, que la
voix des combattants, poussant le cri de guerre de leur tribu,
afin de se reconnaître les uns les autres. Pendant qu'Abbassa
priait, Scheherazade, du haut de son haudag, parcourait les
rangs des guerriers. Les plus braves se faisaient tuer à ses
côtés. Elle ne cessait de les encourager, de les exciter
et d'applaudir à leurs efforts. Elle animait les vieillards, en
louant leur valeur et leur expérience, les jeunes gens par la
promesse d'épouser celui qui lui apporterait la tête de
Sindbad.

Noureddin, qui se retrouvait de temps en temps auprès d'elle,
voyait les guerriers se présenter pour avoir des encouragements
de la jeune fille, et s'élancer ensuite dans la mêlée, enthou-
siasmés par son éloquence. Conduit par un sentiment plus élevé,
mais moins compris sans doute par ces demi-barbares, le fils de
Djafar se contentait de se battre autour de l'émir, et plus d'une
fois il avait été assez heureux pour lui faire un rempart de son
corps. Les compliments de Scheherazade étaient d'ailleurs
presque toujours les avant-coureurs de la mort. Un peu après le
milieu du jour, un des plus braves cavaliers se présenta
devant elle.

— Scheherazade, s'écria-t-il, ô toi la plus noble fille de notre tribu! que me commandes-tu? Je vais combattre pour toi.

— Tu le sais, Afdal, ô toi le plus vaillant! répondit-elle en se montrant; tu sais que le prix de ma main, c'est la tête de Sindbad.

Le jeune homme brandit sa lance, pique son coursier et s'élance au milieu des ennemis. Moins de deux heures après, il avait succombé couvert de blessures.

— Dieu vous conserve! dit Assad à Scheherazade en passant près d'elle, ce brave Afdal a été tué.

— Il n'est pas le seul qui ne soit point revenu, répondit-elle en soupirant.

Dans ce moment parut un guerrier, cuirassé de la tête aux pieds; ses chaussures mêmes étaient garnies d'un acier brillant et son cheval couvert d'une cotte de mailles. C'est Abed-Amer, le frère de Sindbad. Les Mahimen comptaient vingt guerriers ainsi équipés, spécialement placés sous ses ordres; les Béni-Doulab en avaient douze. Il s'avança vers le camp, en appelant l'émir Daher à un combat singulier. Cet usage existait de toute antiquité chez les Arabes, comme autrefois chez les Hébreux et les Philistins; celui qui était ainsi défié ne pouvait sans déshonneur refuser le combat. L'émir, en entendant son nom, se préparait, malgré son âge avancé, à répondre à l'appel; mais ses parents se réunirent à Assad pour l'en empêcher. Sa vie était d'une trop haute importance pour qu'on lui permît de la risquer ainsi : sa mort aurait entraîné la ruine totale de sa cause et la destruction des tribus alliées. La persuasion devenant inutile, on fut obligé de déployer la force. On le lia avec des cordes, pieds et mains contre des pieux fixés dans le sol, au milieu de sa tente. Les chefs les plus influents le maintenaient ainsi et l'exhortaient à se calmer, en lui montrant l'imprudence qu'il y aurait à

exposer le salut de l'armée, pour répondre à l'insolente bravade
de ce brutal Mahimen.

Abed-Amer ne cessait de crier :

— Qu'il vienne, l'émir-al-omrah! Voici son dernier jour; c'est
moi qui veux terminer sa carrière.

Daher qui l'entendait, de plus en plus furieux, écumait de
rage, rugissait comme un lion : ses yeux, rouges de sang, lui
sortaient de la tête; il se débattait entre ses liens avec une force
effrayante. Ce tumulte avait attiré un rassemblement considérable autour de sa tente. Tout à coup Noureddin, se faisant jour
à travers la foule, se présente devant l'émir. Un simple caleçon
de toile, une chemise liée sur ses reins par une ceinture de cuir,
et un mouchoir autour de sa tête, formaient son unique vête-
ment. Monté sur un cheval alezan qu'il venait de choisir à l'insu
de tout le monde, et n'ayant pour toute arme qu'une lance, il
venait s'offrir à l'émir pour combattre Abed-Amer à sa place.
Daher, muet d'étonnement ainsi que les autres chefs, est hors
d'état d'articuler une seule parole. Assad, épouvanté, se jette
aux pieds du cheval de Noureddin, saisit la bride et conjure son
maître de renoncer à un dessein si téméraire.

Noureddin le repousse. Plein d'une assurance modeste, il fait
sur son front le signe du salut, et, comme autrefois David,
s'élance au combat contre ce nouveau Goliath. Personne n'eut le
courage d'aller informer Abbassa de ce qui se passait au camp.
Nul ne croyait que son fils fût capable de résister une demi-
heure à ce redoutable adversaire, que son armure rendait invul-
nérable. Seul Assad savait avec quel soin Khaïzaran avait fait
élever son petit-fils dans les exercices guerriers de toute espèce
et surtout avec quelle habileté il maniait son cheval et sa lance;
mais il n'en éprouvait pas moins la plus vive anxiété, en voyant
contre quel ennemi il allait se mesurer. Le superbe Mahimen,

reconnaissant sa jeunesse et la délicatesse de ses traits, sourit avec dédain.

Le combat commença. Si Noureddin ne porta pas d'abord de coups bien redoutables à son adversaire, il sut, avec une merveilleuse adresse, éviter les siens pendant deux heures que dura la lutte. Tout était en suspens. Le plus vif intérêt se manifestait dans les deux armées, demeurées en présence. Après diverses évolutions, Noureddin tourne bride et paraît fuir. Tout espoir est désormais perdu; l'ennemi va proclamer son triomphe. Abed-Amer le poursuit, et, d'une main affermie par la confiance du succès, lui jette sa lance. Assad pousse un cri de désespoir. Mais le jeune prince, prévoyant le coup, se baisse jusqu'à l'arçon de la selle, et l'arme passe en sifflant au-dessus de sa tête. Alors se retournant brusquement, il profite de l'instant où le Mahimen, forcé d'arrêter subitement son cheval devant le sien, lève la tête, et il lui enfonce son fer dans la gorge. Ce mouvement laissait un intervalle entre le casque et la cuirasse, au-dessous du menton, et la lance, l'ayant traversé de part en part, le tua raide. Mais, maintenu en selle par son armure, le cadavre fut emporté par le cheval jusqu'au centre des siens, et Noureddin revint à la tente de l'émir, au milieu des plus bruyantes acclamations de joie et de triomphe.

C'étaient des cris, des trépignements extraordinaires. Au milieu de cet enthousiasme, Daher, débarrassé de ses liens, le serrait dans ses bras, en pleurant de bonheur et de gratitude; tous les chefs l'embrassèrent en le comblant d'éloges et de présents; chacun voulait le voir de nouveau, et l'émir ne cessait de répéter :

— Oui, le jour où vous êtes entré dans ma tente a été un jour de bénédiction pour nous, et vous avez apporté le bonheur à ma tribu.

Abbassa avait vu le combat de la maison où elle s'était logée
dans le village; elle en avait suivi tous les mouvements avec un
intérêt profond, mais sans se douter que ce guerrier fût Noureddin : ni elle ni Zamel n'avaient pu le reconnaître à la
distance où ils étaient de l'action. Ce fut Assad qui lui en porta
la première nouvelle : après avoir baisé les mains victorieuses de
son jeune maître, il courut au village. La princesse sentit, pendant quelques instants, une émotion où le sentiment de la terreur
et celui de la joie se partagèrent simultanément son cœur. Ses
yeux se remplirent de larmes, et, tombant à genoux avec Zamel,
elle rendit grâces à Dieu de lui avoir conservé son fils, au milieu
de tant de dangers.

Noureddin, se dérobant aux effusions de la reconnaissance
des scheiks Béni-Doulab, vint bientôt lui-même se joindre à sa
mère et l'embrasser avec tendresse. Abbassa ne lui adressa ni
reproches ni louanges. Destiné à vivre au milieu d'un peuple
agriculteur, mais guerrier, qui n'avait que trop souvent à
défendre le sol paternel contre l'invasion musulmane, Noureddin faisait son apprentissage des armes; il ne se rendait
maintenant auprès d'elle que pour rassurer son cœur et
s'humilier avec elle devant le Dieu qui tient dans sa main le sort
des nations et qui venait de faire triompher par son moyen la
cause de la justice.

CHAPITRE XXIII

LE HAZNAT OU LA PAIX AU DÉSERT.

La victoire de Noureddin avait été pour les deux armées le signal de la retraite. Les Mahimen se considéraient comme vaincus. Leur camp retentissait de lamentations sur la mort d'Abed-Amer, et l'affliction était d'autant plus générale, que le guerrier tué par Noureddin était, après Sindbad, le premier de leurs chefs. L'émir, désormais chargé seul du commandement de toutes ses troupes, pour le lendemain, avait juré de laver dans des torrents de sang le douloureux affront infligé à sa famille et à sa tribu. Dès le lever du soleil, la bataille recommença par une lutte affreuse. Les Arabes des deux partis étaient tellement mêlés, qu'on ne distinguait plus rien. On s'attaquait corps à corps avec le sabre; la plaine entière ruisselait de sang, la couleur du terrain avait totalement disparu. Ce combat affreux dura toute la journée sans discontinuer; à peine si l'ombre du soir parvint à séparer les assaillants. La victoire encore une fois resta indécise.

Dans la nuit, l'émir Daher assembla tous les chefs dans sa tente : Excité par Assad et Noureddin, qui voyaient avec tristesse tant de sang versé, sans qu'il y eût aucune issue, il avait pris une résolution hardie. Il la communiqua aussitôt aux autres :

— Mes amis et mes frères, dit-il, cette lutte ne doit pas con-

tinuer ainsi : il faut en finir. Si nous ne dévorons pas l'ennemi,
c'est lui qui nous dévorera. Demain, si Dieu le permet, je
détruirai le camp de Sindbad, nous le forcerons à fuir et nous
nous gorgerons de ses dépouilles.

Un sourire d'incrédulité accueillit sa harangue. Mais quelques-
uns, plus confiants, lui répondirent :

— Dites toujours, nous vous obéirons.

— Dans les collines qui abritent cette oasis, continua Daher, il
y a un passage taillé de main d'homme et qui mène à l'autre côté
du désert. C'est le seul qu'il y ait pour traverser ces montagnes
rocailleuses à une grande distance, et il est en votre pouvoir. Eh
bien ! cette nuit, nous en profiterons pour faire passer sans bruit
vos tentes, vos biens, vos femmes et vos enfants, de l'autre côté
du village. Que tout ait disparu avant le lever du soleil, sans que
l'ennemi s'en aperçoive. Ensuite n'ayant plus rien à ménager,
nous tomberons sur lui en désespérés : nous le mettrons en fuite
ou nous périrons tous.

Cet expédient, auquel personne ne s'attendait, fut vivement
applaudi de tout le monde. Tout fut exécuté, ainsi que Daher
l'avait prévu, avec un ordre, une célérité et un silence incroya-
bles. Le lendemain, il ne restait plus que les combattants.
L'émir les partagea en quatre corps, ordonnant l'attaque du
camp ennemi de quatre côtés à la fois. Ils se jetèrent sur leur
proie comme des lions affamés. Ce choc impétueux et simultané
eut tout le succès qu'on pouvait en attendre. La confusion et le
désordre se mirent parmi les Mahimen, qui prirent la fuite, abandonnant leurs tentes et leurs bagages. L'émir, sans donner le
temps aux siens de s'emparer du butin, poursuivit les fuyards
jusque sur une oasis, tributaire de Sindbad, à huit heures de
marche de celle d'El-Harba, où Daher ne revint qu'après la dis-
persion totale des ennemis. La plaine était couverte de femmes

et d'enfants, courant avec des cris de désespoir, en cherchant à r·joindre leurs pères et leurs maris.

Les vainqueurs ne retournèrent au village que vers le soir du lendemain ; ils étaient précédés d'un cavalier qui arriva quelques heures avant eux, bride abattue, faisant flotter sa ceinture blanche au bout de sa lance, en criant :

— Dieu nous a donné la victoire !

Ali-Baba, resté avec quelques vieillards à la garde du camp et des dépouilles de l'ennemi, sortit au-devant de lui et lui fit des présents magnifiques, tandis que les femmes se livraient à des réjouissances bruyantes. On repassa les rochers. On alluma partout des feux de joie : autour de ces feux, des cris et des danses, des bestiaux égorgés, des préparatifs de toute espèce pour recevoir les guerriers, mettaient le camp dans une agitation extraordinaire, et tout ce mouvement opéré par des femmes offrait le coup d'œil le plus étrange. Au coucher du soleil, l'on alla au-devant de l'armée victorieuse, dont on voyait la poussière s'élever dans le lointain. Les cris redoublèrent à leur arrivée ; et les courses, les joûtes, les démonstrations de la joie la plus extravagante accompagnèrent leur entrée dans le camp.

Le lendemain, dans la matinée, un courrier, parti de l'oasis de Mahimen, arriva au camp et remit à Ali-Baba une lettre de Sindbad. Le superbe émir, consterné de sa défaite, s'humiliait devant son ennemi et sollicitait sa médiation auprès de Daher. Ali-Baba, flatté de cette démarche, redoutant d'ailleurs l'accroissement de la puissance de l'émir-al-omrah, qui n'éclipsait que trop visiblement la sienne, surtout depuis la victoire de la veille, répondit avec politesse à Sindbad, qu'il serait charmé de le voir et qu'il s'efforcerait de négocier sa paix avec Daher. Effectivement, il partit quelques heures après le départ du courrier, avec une escorte de cent cavaliers, et ramena avec lui Sindbad, encore souffrant d'une blessure qu'il avait reçue dans sa fuite. Le laissant alors avec sa suite, à quelque distance du camp, il s'avança seul jusqu'à la tente de Daher, qui le reçut avec beaucoup d'affection, mais en refusant d'abord sa médiation en faveur de Sindbad.

Noureddin et Assad se trouvaient avec lui. Désireux de voir se terminer à l'amiable une guerre qui avait déjà coûté tant de sang, ils s'interposèrent auprès de l'émir, et Naufal, baisant deux fois la main de son père, joignit ses sollicitations à celles des deux voyageurs. Daher finit par se laisser vaincre.

— Je ne puis rien vous refuser, mon fils, dit-il à Noureddin, qui continuait de le presser; c'est vous qui avez apporté le bonheur dans ma tente. Je vous dois plus que la victoire, à laquelle vous avez si vaillamment contribué : je vous dois mon honneur, que vous avez vengé.

Ces paroles, qui semblaient attribuer toute la gloire des journées précédentes à Noureddin, blessèrent l'orgueil d'Ali-Baba. Il vit avec chagrin que l'émir accordait plus de considération aux paroles d'un adolescent et d'un étranger, qu'à la prière d'un émir, d'un vieillard, de son parent, et du père de la femme de son propre fils. Jetant un coup d'œil de travers sur le fils d'Abbassa, il se retira plein d'un ressentiment secret, en se promettant bien de trouver une occasion de venger ce qu'il croyait son honneur outragé. Accompagné des principaux de la tribu Béni-Doulab, il se mit en marche pour se rendre au-devant de Sindbad, suivant les égards dus à son caractère et à son rang. L'émir des Mahimen ayant mis pied à terre au village d'El-Harba, Daher le fit asseoir à la place d'honneur, au coin de sa tente, et ordonna d'apporter des sorbets. Alors, Sindbad, se levant :

— Je n'accepterai rien sous ta tente, dit-il, que lorsque nous serons complètement réconciliés et que nous aurons enterré les sept pierres.

A ces paroles, Daher se leva également. Tous les deux tirèrent leurs cimeterres et se les présentèrent mutuellement à baiser : ils s'embrassèrent ensuite, et Sindbad donna à la ronde le même baiser à tous les assistants. Il n'en excepta que Noureddin, devant lequel il passa, sans même le saluer; ce qui parut offenser vivement Daher.

— Pourquoi, lui dit-il avec colère, n'embrasses-tu pas ce jeune guerrier? Il est mon hôte et mon ami.

— C'est un infidèle, répondit froidement Sindbad, je lui ai vu faire un signe de magie au moment de venir combattre mon frère Abed-Amer.

— Tu mens! s'écria Daher furieux, c'est un musulman aussi bon que toi et moi.

— Je suis chrétien, interrompit alors Noureddin, en voyant la tournure que cette querelle allait prendre : le signe que j'ai fait, c'est le signe d'Issa (1), fils de Marie, ajouta-t-il, en promenant son regard avec autant de calme que de courage sur tous les assistants, et j'ai combattu Abed-Amer à armes loyales.

Daher était resté pétrifié, en entendant cette déclaration si courageuse, et les nombreux chefs présents étaient saisis comme lui. Sindbad souriait d'un air triomphant, et Ali-Baba s'applaudissait secrètement de cette scène inattendue.

— Qu'importe, reprit l'émir-al-omrah, après un silence de quelques minutes, que personne n'osait rompre, que Noureddin soit chrétien ou autre chose : il a mangé mon pain et celui de toutes nos tribus. Malheur à qui toucherait un cheveu de sa tête! Il a combattu avec nous, il est notre ami, et c'est à lui, continua-

(1) *Issa*, Jésus, en arabe.

t-il en se tournant fièrement vers l'émir des Mahimen, que tu dois la paix que nous cimentons actuellement.

— C'est un infidèle! je ne lui dois rien, murmura Sindbad mécontent : le prophète nous défend d'avoir des égards pour cette race maudite.

— Passe outre et continuons, répondit l'émir, embarrassé.

Alors Sindbad fit avec sa lance, au milieu de la tente, un creux en terre d'un pied de profondeur, et ayant choisi sept petites pierres, il dit au chef des Béni-Doulab :

— Au nom du Dieu de paix et de miséricorde, pour ta garantie et pour la mienne, nous enterrons ici à jamais notre discorde.

A mesure qu'ils jetaient les pierres dans le trou, les deux émirs les recouvraient et foulaient la terre avec leurs pieds, tandis que les femmes poussaient des cris de joie assourdissants. Cette cérémonie (1) terminée, ils reprirent leurs places, et l'on servit des sorbets à tout le monde. Dès cet instant, il n'était plus permis de revenir sur le passé et de parler de guerre. Un repas magnifique mit le sceau à la paix. Sindbad obtint ensuite de reprendre ses tentes et son bagage avec tout ce qui était resté dans son camp, après le premier moment du pillage.

(1) Cette cérémonie est celle que les Arabes appellent *Haznat*.

CHAPITRE XXIV

LA CALOMNIE.

Plusieurs jours se passèrent dans le camp de Daher à célébrer la paix qui venait de succéder si heureusement à la victoire. Sindbad, en retournant avec les Mahimen et ses alliés reprendre possession de celui d'où il s'était laissé chasser d'une manière si honteuse, en avait profité pour travailler à rétablir sa réputation aux dépens de celle de Noureddin, servant à la fois sa vengeance et le ressentiment d'Ali-Baba. Il n'avait pas tardé à découvrir la haine que l'émir des Béni-Sihoud avait conçue contre le jeune prince, et il n'eut pas de peine à enflammer encore sa colère contre lui. Noureddin n'avait rien perdu dans l'estime de Daher ni de Naufal, en proclamant si noblement la religion à laquelle il appartenait; mais dans toutes les tribus alliées, comme dans celle des Béni-Doulab, à l'étonnement où cette découverte avait jeté tous les guerriers, avait promptement succédé une extrême froideur à l'égard du fils de Djafar. L'intérêt qu'on avait pris à lui, et l'enthousiasme qu'avaient excité son adresse et sa valeur, avaient baissé dans une mesure analogue, et les jeunes gens parmi lesquels il s'était mêlé, depuis son arrivée dans la tribu, avaient, par les sourdes manœuvres de Sindbad et d'Ali-Baba, passé, sans s'en apercevoir, de l'admiration la plus entière à la jalousie.

Décidé à perdre entièrement celui qu'il regardait comme le premier auteur de sa défaite, Sindbad, en convenant avec une apparente humilité du courage et de la victoire des Béni-Doulab et de leurs alliés, cherchait à persuader à tout le monde que l'épisode où Noureddin avait joué un rôle si brillant n'avait été pour rien dans leur succès, et que si ce jeune homme était sorti si aisément vainqueur de son combat avec Abed-Amer, c'était aux arts magiques qu'il en était redevable. C'était là le meilleur moyen d'entacher la réputation de Noureddin auprès des tribus arabes : il commença par les femmes, auxquelles il persuada que ce jeune étranger et sa mère, qu'on avait accueillis avec tant de bonté, étaient des magiciens, venus uniquement pour ensorceler les habitants du désert.

Les jeunes gens, à qui la supériorité de Noureddin faisait redouter un rival dangereux, s'il demeurait plus longtemps parmi eux, et Ali-Baba, à qui son influence auprès de Daher pesait comme un cauchemar, propagèrent aisément ces bruits dans leurs familles. Le titre de chrétien qu'il avait si hautement déclaré servait davantage encore à faire recevoir ces bruits c'ez un peuple crédule et superstitieux. On se disait les uns aux autres qu'Abbassa, son fils, Naura, Zamel, et peut-être même Assad, voulaient bouleverser tout au désert, emmener les filles en captivité dans un pays lointain, et jeter un sort aux femmes, afin de détruire la race des Arabes, pour soumettre le pays à des étrangers.

Sindbad s'applaudissait tout bas de l'effet de ses calomnies. Noureddin et ses amis en ressentaient les effets, sans y voir d'autre cause que cette qualité de chrétien, maintenant connue de tout le monde. Les filles s'enfuyaient à leur approche; les femmes leur disaient des injures, lorsqu'ils venaient à passer dans le camp, et les vieilles allaient jusqu'à les menacer. Abbassa, quoique renfermée sans cesse dans la maison du village avec la femme de Daher, s'apercevait elle-même de ce change-

ment aux manières répulsives des femmes qui visitaient Salba.
Elle n'avait pas cessé cependant d'être l'objet des prévenances
de l'émir et de sa compagne, trop intelligents et trop instruits
du caractère élevé d'Abbassa pour partager les folles opinions du
vulgaire. Mais chez ces peuples ignorants et crédules, où les
femmes jouissaient d'un grand crédit, il était difficile de heurter
de front les préjugés qu'on avait si malheureusement semés dans
les tribus; la situation de Noureddin et de ses compagnons
devenait d'autant plus insupportable, que le danger croissait
avec les jours.

Incapable de tolérer plus longtemps un état de choses si
pénible, Noureddin s'en ouvrit, un jour qu'il était seul avec sa
mère et ses amis, réunis dans la tente de l'émir, avec Daher et
sa femme. Aux premiers mots qu'il prononça, le front du chef se
rembrunit. Le jeune prince, s'en apercevant, lui demanda s'il
savait la cause des froideurs et des désagréments dont ils étaient
les objets, depuis quelques jours, de la part de quelques personnes.

— Je m'en suis informé dès les premiers jours, répondit
Daher; mais l'espoir que ces choses seraient de courte durée me
faisait prendre patience. Je souffre moi-même plus que vous des
insultes qu'on vous a prodiguées : mais il est difficile de faire
revenir tout un peuple à la fois de préjugés qu'il a conçus! Votre
courage et l'adresse dont vous avez fait preuve sont au fond les
véritables causes de ce qui se passe. Sindbad vous hait parce
que vous êtes un des principaux auteurs de sa défaite, et Ali-
Baba, je ne sais pour quel motif; les autres sont jaloux de votre
supériorité, et tous malheureusement prennent avantage de
l'aveu que vous avez fait de votre religion, pour vous calomnier
ainsi que votre mère, et faire passer votre valeur et votre habileté
pour de la magie.

Pourquoi ne nous avoir pas informés plus tôt de ces bruits, mon père? demanda alors Abbassa, d'un ton de doux reproche.

— N'êtes-vous pas sous notre tente! répondit Salba avec bonté. Vous avez mangé notre pain et notre sel, vous n'avez donc rien à craindre avec Daher, ma fille : les devoirs de l'hospitalité nous fermaient la bouche, nous souffrons, comme vous, de cette ingrate hostilité : mais il est si difficile de le faire taire!

— Eh bien! reprit la princesse, en regardant l'émir d'un air suppliant, je vous demanderai une grâce et j'espère que vous ne nous refuserez point.

— Parlez, ma fille, demandez ce que vous voulez.

— Ne vous fâchez pas de ce que je vais vous dire, mon père; nous avons, mon fils et moi, assez longtemps mangé votre pain.....

— Ma fille, que voulez-vous dire? s'écria Daher avec douleur.

— Oui, mon père, il est temps que nous prenions notre route directement vers la Syrie. Vos affaires et celles de vos tribus peuvent encore vous retarder plusieurs semaines dans ces parages. Je vous demande donc des guides sûrs et des provisions pour continuer notre voyage.

L'émir parut tristement surpris de cette demande inattendue. Il baissa la tête sans rien dire et demeura quelque temps absorbé dans ses réflexions.

— Dieu sait, dit-il enfin, combien je vous aime. J'ai eu un moment l'espoir de vous garder avec nous, et de voir Noureddin devenir un membre de ma tribu, dont il aurait été l'ornement, comme le guerrier le plus redoutable. Je vois maintenant que trop de raisons s'y opposent. Que la volonté de Dieu soit faite! Je ne puis actuellement vous conduire plus loin vers le nord. Mais vous aurez une escorte : j'y ajouterai les chevaux, les chameaux,

les esclaves et les marchandises auxquels Noureddin a droit
pour la part qu'il a prise dans la guerre

— Je renonce à cette part, s'écria le jeune homme.

— Vous pouvez avoir la générosité d'y renoncer, reprit l'émir;
mais la justice et mon honneur me défendent de vous laisser
partir les mains vides. J'ai compris le sentiment qui vous a fait
parler : il est rare parmi nous, mais il honore la religion qui
vous l'a inspiré. Les bagages que j'ajouterai aux vôtres ne font
pas partie du butin pris sur l'ennemi. C'est de mon propre bien
que je les détacherai pour vous les offrir.

Cette délicatesse, dans le vieil émir, toucha vivement Noureddin aussi bien que sa mère. Refuser davantage eût été une
offense pour les sentiments de Daher. Après la première effusion
de leur gratitude, ils convinrent tous ensemble du jour de leur
départ. Malgré son désir de les retenir plus longtemps, l'émir
cédait à la triste nécessité des circonstances. Redoutant la perfidie de Sindbad, il les engagea à garder le plus profond secret
sur leurs projets de voyage, en leur promettant de s'en occuper
lui-même, de telle sorte que personne, à l'exception de ceux qui
devaient les accompagner, n'en eût le moindre soupçon. C'était
une chose d'autant plus facile, qu'Abbassa se retirait ordinairement dans la maison du village d'El-Harba, où elle passait toutes
ses nuits. Rien n'était plus aisé que de descendre de là, à l'insu
de tout le monde, de l'autre côté des rochers qui environnaient
l'oasis. On y conduisit les animaux dont elle devait se servir
durant son voyage, que ce passage abrégeait de deux longues
journées. En partant durant la nuit, il n'était pas impossible de
gagner le voisinage du Hauran, avant que Sindbad ou les siens
eussent eu connaissance de leur absence. L'isolement où depuis
quelques jours on laissait Noureddin et ses compagnons devait
les aider encore à les favoriser dans cette conjoncture.

— Ce n'est pas, ajouta péniblement Daher, en terminant son discours, que vous ayez aucune hostilité ouverte à redouter de Sindbad : il aurait trop peur de s'attirer ma vengeance. Mais il est si connu par sa perfidie, que le traître serait capable de vous ensevelir tous dans les sables du désert, après vous avoir massacrés, pour cacher son forfait.

Le départ ayant été fixé à la nuit du lendemain, Abbassa et ses compagnons prirent congé de l'émir et de Salba, et se retirèrent tous ensemble au village d'El-Harba, où il était convenu qu'ils demeureraient tout le jour suivant. Leurs esclaves les y suivirent, au grand contentement des Arabes dont ils occupaient le voisinage avec leurs tentes. Cette conduite qui n'avait rien d'insolite, n'excita pas le moindre soupçon, et ils rendirent grâces à Dieu des précautions qu'il avait inspirées au chef des Béni-Doulab pour leur sécurité.

CHAPITRE XXV

UNE JOURNÉE DANS LES MONTAGNES DE L'IDUMÉE.

L'heure du départ était arrivée. Tout dormait dans le village des El-Harba, et, sous les longues files de tentes qui se dressaient dans l'ombre autour de l'oasis, l'on n'entendait d'autre bruit que celui de la sauterelle du désert ou des animaux ruminant leur nourriture de la veille. Les rochers qui la protégeaient de leurs dentelures arides s'élevaient tout autour, comme les créneaux d'une citadelle, couvrant, de l'autre côté, les préparatifs que le hef des Béni-Doulab avait ordonnés secrètement pour le voyage

d'Abbassa et de ses compagnons. Aux esclaves de Noureddin, il
en avait ajouté six autres, dont deux femmes pour le service
d'Abbassa; par une attention pleine de délicatesse, il les avait
choisis précisément parmi le petit nombre d'esclaves chrétiens
dont le sort ou la guerre l'avait rendu maître. Vingt chameaux
chargés d'étoffes précieuses, sans compter les provisions et les
objets qui pouvaient adoucir les incommodités du voyage,
plusieurs chamelles à lait, dix hommes choisis parmi les plus
fidèles de sa tribu et les moins susceptibles de se laisser influen-
cer, complétaient, avec quatre guides parfaitement sûrs, les
équipages de la veuve et du fils de Djafar. Daher avait présidé
lui-même à ces arrangements, à l'insu de tout le camp; à la fin
de la journée, il avait, ainsi que sa femme et son fils Naufal, fait
ses adieux à ses hôtes, en les comblant des témoignages les plus
sincères de son amitié et de son dévouement.

Les rochers parmi lesquels ces préparatifs avaient eu lieu,
faisaient partie d'une chaîne de montagnes volcaniques qui se
ramifiaient à l'occident avec celles de l'Arabie Pétrée. A l'exception du village de l'oasis, qui se trouvait du côté opposé, ces
collines étaient complètement dépouillées de végétation. Tout
était rocher, et l'on n'y voyait que la poussière du désert que le
vent laboure à son gré : une teinte cendrée et noirâtre couvrait
comme d'un linceul funèbre toute cette terre. De loin en loin
seulement, les montagnes concassées se brisaient en gorges
étroites et profondes, abîmes où nul chemin ne conduit, où l'œil
ne voit que la répétition éternelle des mêmes scènes qui l'environnent

A minuit, Abbassa et ses compagnons, précédés par un des
esclaves que lui avait donnés l'émir, quittaient furtivement le
village, et par un sentier tortueux descendaient dans le vallon
solitaire où l'escorte les attendait pour prendre le chemin du

désert de Hauran. Quelques instants après, elle se plaçait de
nouveau avec sa fidèle Naura dans son haudag, en se recommandant à Dieu; les hommes montaient leurs chevaux ou leurs
chameaux, et la caravane s'engageait silencieusement parmi les
aspérités de ce triste labyrinthe.

Les ombres de la nuit ne faisaient qu'ajouter à l'horreur de ces
lieux maudits, et les brillantes constellations qui étincelaient au
firmament suffisaient à peine pour distinguer les abîmes au bord
desquels on était souvent obligé de cheminer. Les guides précédaient à pied, avançant avec précaution dans les sentiers où la
moindre imprudence pouvait être fatale aux voyageurs. Noureddin, assis sur un chameau, non loin de sa mère, échangeait
parfois quelques paroles avec elle; il comparait ce départ furtif
et isolé à l'hospitalité bruyante qui avait accueilli leur arrivée
chez les Béni-Doulab, et aux démonstrations de joie qui célé-
braient, si peu de jours auparavant, son triomphe sur Abed-
Amer.

— L'instabilité des choses humaines, répondit en soupirant
Abbassa, n'est pas pour moi une nouveauté : de plus grands
honneurs ont vu des catastrophes leur succéder plus rapidement,
et l'histoire de ton père Djafar est là pour apprendre au monde
que rien ici-bas n'est durable, que tout est vanité, mon fils,
hormis d'aimer Dieu et de le servir.

Pendant cette conversation, la lune s'était montrée à l'occident
du désert. Elle inondait de faisceaux éclatants les versants des
montagnes sur lesquels sa lumière tombait mate et blanche, en
dessinant avec la netteté d'une ombre chinoise les formes
étranges de leurs sommets. Le contraste de sa splendeur et des
ténèbres où elle laissait le reste du paysage, ajoutait encore au
sentiment pénible qu'on éprouvait dans ce voyage nocturne.

Le soleil se leva enfin sur cette région désolée; mais en em-

brasant de ses feux la nature, il ne changea rien aux impressions de tristesse que la nuit avait laissées dans l'âme des voyageurs. Les traces d'une action volcanique apparaissaient dans
toute l'étendue de ces montagnes : les pierres, roulées sur leurs
flancs ou sur la route par les eaux de l'hiver, ressemblaient à
des blocs de lave durcie et gercée par les siècles. On voyait
même çà et là, dans le lointain, sur quelques croupes de collines,
cette teinte légèrement jaunâtre et sulfureuse qu'on aperçoit sur
le Vésuve et sur l'Etna : on était incapable de résister longtemps
à la tristesse et à l'horreur que ce paysage inspirait. C'était une
succession de scènes qui oppressaient le cœur, en affligeant le
regard. Quand on était arrivé au faîte d'une de ces montagnes,
et que l'horizon s'ouvrait un instant devant les voyageurs, ils
n'apercevaient, aussi loin que la vue pouvait porter, que des
chaînes noirâtres, des cimes coniques ou tronquées, amoncelées
les unes sur les autres, se détachant avec dureté sur l'azur du
firmament. C'était un assemblage incommensurable de sommets
de toutes formes, déchirés, brisés, fendus en morceaux gigantesques, renoués les uns aux autres par des chaînes de collines
semblables, avec des ravins sans fond où l'on espérait en vain
entendre le bruit d'un torrent; mais où rien ne rappelait la vie,
sinon parfois le frôlement du serpent ou le saut léger de la
gazelle; où l'on ne découvrait pas un arbre, pas une herbe ni
une fleur, pas un brin de mousse . ruines d'un monde calciné,
dernière image d'une terre en feu, dont les ébullitions avaient
formé ces vagues de lave et de rocher.

Toute la journée se passa à voyager dans ces lieux désolés.
Malgré la solitude aride des sables, chacun aspirait au moment
de rentrer dans la plaine du désert. Le soleil était à son zénith,
lorsque la caravane s'arrêta au fond d'un ravin près d'une enceinte ruinée, avec des inscriptions en caractères inconnus, seul

vestige du passage de l'homme que les voyageurs eussent encore rencontré. Une source, protégée par ces débris, versait une onde pure dans un bassin de pierre. Les Arabes y appliquèrent leurs lèvres, pendant que les animaux se reposaient à l'ombre des ruines.

On se remit en route, sous le poids de la chaleur et de la fatigue de la journée. Les guides se flattaient d'atteindre le désert avant la tombée du soleil. Lorsqu'elle eut cheminé pendant deux heures au fond de cette vallée, la caravane se retrouva de nouveau sur les pentes escarpées d'une chaîne de montagnes qu'on annonça comme la dernière avant la plaine du désert. Après une marche pénible, on atteignit le sommet. Les guides poussèrent un cri de joie. Les sables, avec leur immensité et leur aride monotonie, se montraient aux pieds des voyageurs. Mais ici le désert avait changé d'aspect. Ce n'était plus la plaine unie de celui qu'ils avaient quitté plusieurs jours auparavant. Il apparaissait, comme sur les bords de la mer, ondulé diversement, labouré de vagues de terre et de dunes énormes, formées par les sables mouvants que les vents soulèvent dans leur fureur.

La caravane descendit lentement les pentes rapides qui s'inclinaient vers cet océan aride. Deux ou trois heures avant le coucher du soleil, elle avait atteint les racines de la montagne. Dans la marche, les guides avaient aperçu, au milieu de la stérilité des derniers rochers, une petite oasis formée d'arbustes auxquels on donne le nom de *jorfé*. Trompés par la ressemblance, ils crurent que c'était celle où l'on avait résolu de passer la nuit. Chacun se réjouissait à l'aspect brillant de la verdure, qui contrastait si agréablement avec la rudesse du sable et des rochers, et l'on songeait déjà à y dresser le camp pour la nuit.

On n'en était plus qu'à quelques pas, lorsque les dromadaires qui formaient l'avant-garde s'arrêtèrent tout à coup. On s'imagina d'abord qu'ils voulaient se reposer dans un endroit où un retour de végétation semblait leur annoncer de l'eau ; mais les guides reconnurent bientôt que leur répugnance venait d'une autre cause. C'était un effroi instinctif qui se manifestait par tous les signes d'une invincible terreur : ni caresses ni menaces ne pouvaient les faire avancer.

La curiosité de Noureddin, qui se trouvait en avant avec Assad, fut excitée au plus haut degré : ils mirent pied à terre pour connaître la cause de cette épouvante ; mais, à peine entrés dans le bosquet, ils reculèrent eux-mêmes involontairement. La terre était jonchée de peaux de serpents de toutes grandeurs et de toute espèce. Il y en avait des milliers ; quelques-unes grosses comme des câbles de navire, d'autres minces comme des anguilles. Leur fraîcheur prouvait qu'il ne pouvait y avoir longtemps que les serpents s'en étaient dépouillés. Noureddin et son compagnon s'éloignèrent précipitamment de cet endroit, en rendant grâces à Dieu de n'avoir trouvé que les peaux de ces reptiles venimeux. Pour éviter de se trouver avec des hôtes si dangereux, on marcha deux heures encore dans les sables du désert, et l'on passa la nuit autour d'un puits abondant, que l'on trouva en cet endroit, avec un petit nombre de palmiers et d'arbustes.

Mais le spectacle horrible du bosquet de jorfés avait frappé l'imagination de ceux qui en avaient été témoins : ils ne purent fermer l'œil durant toute la nuit, s'attendant à chaque instant à voir un énorme serpent se glisser sous leur tente, et dresser sa crête menaçante à leur chevet.

CHAPITRE XXVI

LE SIMOUM.

Le lendemain et les jours suivants, la caravane continua à s'avancer vers les plaines du Hauran (1). Rien, pendant près d'une semaine, n'interrompit la monotonie de sa marche, sinon, de temps en temps, un rocher environné de quelques arbustes, une source, ou un puits, ombragé par une douzaine de palmiers, où l'on rencontrait quelquefois un petit nombre d'Arabes amis. La plaine était généralement moins unie; sa surface était fréquemment accentuée de collines de sable énormes, qu'il fallait assez souvent franchir ou contourner. La file de la petite caravane se dessinait onduleusément sur le dos de ces vagues, comme une longue flotte sur une grosse mer, dont on aperçoit tour à tour et dont on perd les différents bâtiments dans les plis de la vague. On ne pouvait plus être bien éloigné du Hauran : les guides avaient assuré qu'au bout d'un jour ou deux on arriverait à ses limites. Abbassa faisait des vœux pour voir enfin le terme de ce voyage pénible, demandant à Dieu de la réunir promptement, avec son fils, aux heureux montagnards du Liban.

La nuit suivante fut d'une chaleur extrême : aucune fraîcheur n'avait adouci l'atmosphère au déclin de la journée. Les voyageurs ne dormirent que d'un sommeil brûlant et oppressé. Noureddin s'était levé en même temps qu'Assad, au moment où le

(1) L'ancienne Auranite des Romains, et plus anciennement le pays des Ammonites à l'orient de la Palestine.

Le successeur d'Haroun-al-Reschid.

14

soleil avait paru sur l'horizon. Ils étaient sortis de leur tente
pour assister aux préparatifs du départ Mais, à leur grand étonnement, ils trouvèrent tout en confusion dans le camp. Les
guides et les guerriers de l'escorte, l'œil inquiet, couraient çà et
là, interrogeant l'état du ciel. Interpellés sur les motifs de leur
effroi, ils montrent à Noureddin les chameaux encore couchés,
la tête profondément enterrée dans le sable.

— Grand Dieu! s'écria Assad pâlissant, c'est le simoum! Noureddin, saisi d'épouvante à son tour, en entendant ces paroles
sinistres, court prévenir Abbassa de se mettre sur ses gardes, en
s'enfermant avec ses femmes, et de prendre toutes les précautions nécessaires pour éviter les terribles effets du vent du
désert. Chacun prend les siennes de son côté. Noureddin se
retire dans sa tente avec Assad et Zamel; ils en bouchent avec
soin les ouvertures, se couvrent la tête de leurs ceintures, et se
couchent ensuite par terre, après avoir placé plusieurs jarres
d'eau à portée de la main. C'est ainsi qu'on attend le passage du
simoum.

Se mettre en route en ce moment, c'eût été courir à une mort
certaine. Les chameaux qui sentent, deux ou trois heures à
l'avance, l'approche de ce fléau, se tournent du côté opposé au
vent. Avec un instinct admirable qui ne les trompe jamais, ils
s'enfoncent dans le sable, où ils restent sans boire ni manger
jusqu'à la fin de la tempête, durât-elle même plusieurs jours.
Les hommes de l'escorte, avertis par ces animaux, partageaient
la terreur générale. Couvrant la tête de leurs chevaux, après
leur avoir bouché les oreilles, ils les firent coucher près d'eux
sous leurs tentes, en prenant les mêmes précautions que tout le
monde.

On avait à peine eu le temps de s'abriter, que la tourmente
commençait. Le ciel à l'horizon avait pris une teinte rougeâtre,

qui, de grise et de pâle, s'était ensuite changée en une effrayante
lividité. Le soleil, sans rayons, paraissait ensanglanté. Abbassa,
couchée dans sa tente, parmi ses femmes, priait Dieu avec ferveur de détourner l'ouragan qu'elle entendait arriver, comme ces
bruits lointains qui annoncent le bouleversement de la nature.
La chaleur devenait étouffante, son intensité croissait de minute
en minute dans les tentes. Une poussière fine et subtile que le
vent chassait en sifflant, comme l'écume sur la mer, remplissait
l'atmosphère. Des rafales furieuses amenaient des nuages d'un
sable rouge et brillant, qui tourbillonnaient avec impétuosité au-
dessus du camp, renversant tout ce qui s'opposait à leur passage,
s'amoncelant en collines et ensevelissant tout ce qui avait la
force de résister.

Haletante, oppressée, non moins que ses femmes, dont les
sourds gémissements ajoutaient à sa propre souffrance, Abbassa
priait le ciel d'agréer sa vie, mais d'avoir pitié de ce fils qu'elle
était venue chercher au milieu de tant de périls. Si près de lui,
et ne pouvoir lui adresser la parole! si près de lui, et ne pas
savoir si les cris qu'elle entendait au milieu du grincement des
sables qui battaient sa tente, si ces cris des infortunés que le
simoum avait touchés sans doute de son haleine de feu n'étaient
pas ceux de Noureddin et de ses fidèles serviteurs. C'était là sa
plus douloureuse angoisse. Pour apaiser sa soif, elle avait voulu
tremper ses lèvres dans une des jarres placées près d'elle; mais
cette eau, destinée à la rafraîchir, était devenue brûlante comme
l'air qu'on respirait.

Il y avait dix heures que cette agonie continuait. L'intérieur
de sa tente était devenu comme une fournaise. Peu à peu, cependant, son intensité parut diminuer. On éprouvait moins de
suffocation. Les rafales de sable devenaient plus rares; elles
brisaient avec moins de violence. Puis le bruit s'éloigna, et le

calme succéda tout à coup, comme après un grain sur l'Océan. Enfin, après six autres mortelles heures, Abbassa entendit sa tente s'ouvrir soudain.

Il faisait nuit. Mais la tempête était passée entièrement. A travers l'ouverture qu'on venait de forcer, la princesse sentit l'air du soir pénétrer à l'intérieur. Il n'était pas frais encore; mais il avait perdu cette ardeur dévorante de la journée, et toutes les femmes en éprouvaient un bien-être inexprimable. Elles se levèrent en poussant un cri de joie, et Abbassa se précipita au-devant de celui qui venait d'entrer. C'était Zamel. Il venait voir si sa maîtresse vivait encore. La lumière qu'il portait à la main éclairait son visage; ses traits, contractés par la souffrance, ses yeux hagards, ses vêtements en désordre, épouvantèrent la princesse. En la reconnaissant, il parut éprouver quelque soulagement, et un sourire décoloré anima, un instant, ses lèvres. Une pensée affreuse se présenta à l'esprit de la veuve de Djafar.

— Noureddin! s'écria-t-elle; Zamel, où l'as-tu laissé?

Le fidèle serviteur leva les yeux au ciel. Ils étaient brûlants; mais pas une larme ne vint mouiller sa paupière, où le désespoir se peignait avec une force qu'on ne saurait décrire.

— Mort! mon fils, ô Noureddin! Mon Dieu, pourquoi me l'aviez-vous rendu? dit-elle d'un accent qui déchira tous ceux qui l'entendirent.

Ce furent ses seules paroles. Elle tomba la face contre terre, dans un état de torpeur muette qui glaça toutes ses femmes. Elles s'empressèrent autour de leur digne maîtresse. Naura s'arrachait les cheveux avec désespoir, et Zamel se sentait incapable de lui donner aucun secours. Mais Abbassa ne demeura que quelques minutes dans cet état d'insensibilité. Des larmes abondantes inondèrent son visage, provoquant celles de Zamel.

Chrétienne non moins vraie que mère sensible et aimante, elle fut la première à faire taire sa douleur devant celle des autres, en demandant à Dieu de lui donner des forces pour supporter cette nouvelle affliction. Elle se rassit sur son lit, et fit signe à Zamel qu'elle voulait connaître tous les détails qui avaient rapport à son fils.

Il savait à peine lui-même ce qui était arrivé. Il raconta qu'il était demeuré renfermé dans la tente avec Noureddin et Assad, ainsi que les esclaves jusque vers la fin de la tempête. Mais dans la dernière rafale, un chameau renversé sans doute par le vent s'était emporté avec fureur, en cherchant à échapper aux émanations du simoum, et avait en passant renversé la tente de Noureddin. L'ouragan s'y était aussitôt engouffré, et avait emporté pêle-mêle, avec la tente, les hommes et leurs tapis, et tout ce qui s'y trouvait renfermé. Quant à lui-même, Zamel ajouta qu'ayant été roulé dans un morceau du tissu dont elle était faite, il avait été emporté, comme une paille, avec deux des esclaves, et jeté contre une dune de sable à un quart de lieue du camp. Ce tissu l'avait heureusement préservé de la mort. Il était resté là plus de deux heures dans une angoisse indicible. La tempête avait entièrement cessé dans cet intervalle. Reconnaissant alors aux cris des hommes et aux hennissements des chevaux que le simoum avait disparu, il s'était hasardé à sortir du tombeau où il était comme enterré vivant. Un spectacle affreux l'attendait à deux pas : les deux esclaves que le vent avait emportés avec lui, n'ayant pas eu le même abri, gisaient morts sur le sable encore brûlant. Ils avaient le visage noirci et calciné, comme par la bouche d'une fournaise ardente. D'autres scènes non moins cruelles l'attendaient au camp. A la lueur du crépuscule, il vit encore trois ou quatre hommes de l'escorte, étendus à côté de leurs chevaux, frappés de cette mort affreuse. Deux autres, que le simoum avait atteints à la tête, avaient le visage noir et gonflé. Le sang leur sortait à flots par la bouche et par les narines. Ils étaient sur le point d'expirer.

Rempli d'effroi à cet aspect, il était accouru sur l'emplacement de la tente de Noureddin; mais il n'en restait plus la moindre trace. Assisté des guides et des esclaves qui avaient survécu à leurs compagnons, il avait exploré tous les environs du camp, remué les monticules formés par le sable que le vent avait chassé; mais en vain; Noureddin et Assad avaient disparu sans laisser de traces. Il était impossible actuellement de savoir s'ils étaient vivants, ou s'ils avaient succombé comme les infortunés qu'il avait rencontrés.

— Ainsi tout espoir n'est pas perdu? reprit Abbassa en levant au ciel ses yeux baignés de larmes, lorsque Zamel eut terminé son triste récit; je puis encore demander à Dieu de me rendre mon fils.

— Dieu sait que je donnerais ma vie pour vous le rendre, Madame, répondit le serviteur en secouant tristement la tête. Puisque le ciel n'a pas voulu que vous fussiez témoin de sa mort, peut-être veut-il que nous espérions. Ce que nous avons de mieux à faire maintenant, c'est de gagner la ville de Bostra, qui n'est pas loin de nous, et d'envoyer aussitôt de là des Arabes dans le désert, à la recherche de Noureddin et d'Assad. Ils peuvent, s'ils vivent encore, avoir trouvé un asile dans quelque tribu. Les richesses que vous possédez, jointes à celles que vous a données Daher, ne vous seront pas inutiles : nous pouvons promettre de riches récompenses à ceux qui nous apporteraient de leurs nouvelles.

—Tu as raison, Zamel; j'en rends grâces à ma mère et à l'émir. Tout vient à propos dans la vie, et ces biens auxquels je

ne songeais plus, Dieu les fera peut-être tourner à notre avantage et pour le salut de ceux que nous avons perdus.

L'espérance rendit de nouvelles forces à Abbassa, en ranimant
son courage. Zamel était loin de partager sa confiance ; mais il
y voyait un moyen envoyé de Dieu pour soutenir la princesse,
et il se garda bien de chercher à la désabuser. Elle donna ses
ordres pour le lendemain, afin que la caravane se trouvât prête
à quitter de bonne heure ce lieu témoin de son désastre, pour
entrer dans les plaines du Hauran. Les guides et les hommes de
l'escorte passèrent la nuit à réparer les dégâts de cette fatale
journée et à enterrer décemment les morts dans le sable. Dès les
premières lueurs de l'aurore, les tentes étaient levées et roulées,
les chevaux et les chameaux sellés et harnachés, et tout le
monde en disposition de se remettre en marche.

CHAPITRE XXVII

L'ARRIVÉE A BOSTRA.

Les plaines du Hauran étaient plus rapprochées que les guides
ne l'avaient supposé. En quittant la solitude qui avait vu une si
terrible catastrophe, la caravane avait continué à s'avancer au
nord-ouest ; mais Abbassa, en arrachant ses regards des lieux où
elle laissait peut-être le dernier souvenir de son fils, avait versé
de nouveau des larmes bien amères. On marcha toute la journée.
Une heure avant le coucher du soleil, les guides poussèrent un
cri de joie. Les montagnes de Bostra commençaient à apparaître
dans le lointain : une ligne presque insensible, mais plus foncée

que le bleu du firmament, se dessinait irrégulièrement sur l'horizon. On était entré sans le savoir dans le désert du Hauran; ses plaines fertiles ne pouvaient tarder à succéder à l'aridité des sables parmi lesquels on avait marché pendant tant de longues journées.

Guides et guerriers pressèrent également le pas de leurs montures; les animaux à qui leur instinct annonçait le voisinage de l'eau et des frais pâturages, avançaient à l'envi les uns des autres. Chaînon détaché de la croupe de l'Anti-Liban, les montagnes de Bostra, qui s'élèvent derrière cette ville, se présentaient plus nettement. Le désert perdait insensiblement de son aridité et de sa monotonie : on laissait à droite et à gauche des mamelons couverts d'un petit nombre de nopals épineux, bordant de profonds ravins de sable où la caravane s'engageait tortueusement. Le soleil allait disparaître derrière le Liban, lorsque, en sortant d'un de ces vallons stériles, des palmiers se montrèrent dans la plaine, formant un bosquet d'un aspect enchanteur. On s'approche haletant de joie, en voyant la verdure; les guides s'arrêtent enfin sur le bord d'une source abondante, délicieusement ombragée. Son cours sinueux coulait sous les bocages, et se perdait au loin, dans la plaine gazonnée, où il allait sans doute rejoindre une des nombreuses rivières de la campagne de Bostra, qui vont à l'occident se jeter dans le Jourdain.

Ce campement délicieux contrastait admirablement avec les sables affreux de la veille. Chacun éprouvait ce bien-être consolateur que le voyageur ressent après une longue traversée sur les profondeurs de l'Océan. Malgré les tristes préoccupations de ses angoisses maternelles, Abbassa partageait elle-même l'impression générale, en revoyant la verdure et les montagnes qui se rattachaient de si près au Liban.

— Ah! disait-elle, en montrant à Zamel et à Naura les lignes
suaves qui se brisaient à l'horizon, combien je serais heureuse si
mon fils et Assad étaient auprès de nous! Quand donc me sera-
t-il donné de les revoir?

Zamel ne répondait rien à ces paroles. Il partageait trop peu
les espérances d'Abbassa, et, dans sa tristesse, il les qualifiait
d'illusions maternelles. Des eaux pures, un repas pris à l'ombre
des palmiers, une nuit de calme et de repos, rendirent à chacun
l'élasticité qu'il avait perdue dans l'effroyable tourmente de la
veille; au matin, on se leva frais et dispos, pour se rendre à
Bostra, qu'Abbassa avait annoncé devoir être le terme du
voyage.

On se remit en marche avec l'aube du jour, non plus dans la
solitude stérile du désert, mais au travers des plaines fertiles du
Hauran. Quelques villages se montraient de loin, à droite et à
gauche, avec leurs maisons blanches et les minarets de leurs
mosquées, s'élevant sur des collines plantées de palmiers : la
route se dessinait plus franchement, et l'on rencontrait par intervalles des groupes de paysans arabes ou syriens, montés sur des
ânes et des chameaux, se rendant aux villes voisines.

Devant, et quelquefois déjà par derrière, les montagnes qu'on
entrevoyait, au couchant et au nord, formaient une chaîne
serrée, mais ondulée et flexible, dont les sombres anneaux semblaient de temps en temps prêts à se détendre, se brisant çà et
là pour laisser passer l'azur du ciel. Les ruisseaux se succédaient
dans la plaine, où l'on avait déjà passé plusieurs rivières de la
campagne de Bostra. Cette ville elle-même montrait de loin ses
édifices et les tours de ses murs crénelés, qui tranchaient,
comme une large tache blanche, sur les collines où elle était
bâtie. Derrière, la montagne contre laquelle elle paraissait
adossée, s'amoindrissait mollement en croupes plus ou moins

rapides, ici revêtues de chênes disséminés, là de broussailles
verdoyantes, plus bas d'une terre nue, mais féconde, offrant les
traces d'une culture variée, ailleurs enfin, colorées des teintes
chaudes que leur prêtait la lumière du soleil et que le pinceau
ne saurait reproduire.

Les abords de Bostra présentaient encore à cette époque l'aspect d'une cité riche et florissante : de nombreuses files de
chameaux se suivaient dans ses rues tortueuses, et la caravane
d'Abbassa, perdue au milieu de vingt cortéges semblables,
arriva au caravansérail, sans être remarquée plus que les autres.
Elle y passa la nuit avec sa suite; mais, le lendemain, Zamel
prit une maison de campagne, isolée dans un jardin, au milieu
d'un des faubourgs, où la princesse s'établit avec tous les siens.

Avant de renvoyer les guides, ainsi que les six guerriers Béni-
Doulab, qui avaient survécu au souffle du simoum, elle voulut
les récompenser richement de leur protection. Mais ces hommes,
fidèles à la parole qu'ils avaient donnée à leur chef, de ne rien
négliger pour assurer l'heureuse arrivée d'Abbassa et de son fils
en Syrie, refusèrent de rien recevoir pour le moment. Sachant
que l'intention de la princesse était d'envoyer des éclaireurs
dans le désert pour rechercher les traces de Noureddin et
d'Assad, ils protestèrent que leur devoir leur commandait de se
mettre eux-mêmes en campagne pour cet objet. Abbassa versa
de nouvelles larmes en apprenant ce dévouement généreux;
mais elle était trop heureuse d'accepter leur offre. Ils connais-
saient personnellement Noureddin, et, mieux que tous autres, ils
étaient à même de suivre ses traces, s'il en existait encore. Après
avoir installé sa mère dans sa demeure, ils ne prirent qu'un seul
jour de repos; montant ensuite à cheval, ils retournèrent au
désert, en se dispersant par groupes de deux ou trois, dans des
directions diverses.

Bostra, ainsi que toutes les villes de la Syrie, renfermait un grand nombre de chrétiens. Pour la première fois, depuis plusieurs mois, Abbassa eut le bonheur de pouvoir entrer dans une église, et de verser au pied de l'autel sa douleur et ses larmes, dans le sein d'un ministre du Seigneur. Divisée par le schisme et l'hérésie, comme la plupart des églises de l'Orient, la communauté chrétienne de cette ville avait néanmoins un évêque catholique, en union avec le siége de Rome, dépositaire suprême de la foi, en qui seul les Maronites plaçaient leur confiance, malgré les efforts que faisaient les schismatiques pour briser ces liens sacrés. C'est aux pieds de ce prélat que la veuve de Djafar alla déposer le secret de sa conscience, avec les tristesses de son cœur maternel.

Dans les entretiens pleins d'onction qu'elle eut avec lui, elle goûta de nouveau la paix que ses dernières épreuves lui avaient ravie; et, fortifiée par le pain des anges, son âme retrouva de ces consolations sublimes que Dieu accorde toujours à ceux qui les lui demandent avec foi.

Résignée dans ses larmes, comme elle l'avait été après sa conversion à la religion de Jésus-Christ, elle attendait avec une sainte longanimité que Dieu daignât lui faire connaître sa volonté, au sujet de ce fils, objet de tant d'anxieuses afflictions et d'amour. Entourée de serviteurs qui avaient pour elle un respect et un dévouement absolus, elle cherchait à faire diversion à ses peines par des œuvres de piété et de miséricorde. Instruite par l'évêque de Bostra des besoins de son troupeau, elle visitait les pauvres et les veuves, les consolait dans leurs peines, et allégeait ses propres souffrances, en soulageant les misères d'autrui par ses bienfaits.

Le ciel devait récompenser ici-bas une vie si sainte, unie à tant de dévouement et de résignation. Quinze jours s'étaient écoulés depuis qu'elle avait été si cruellement séparée de son fils. Dans sa patience, si humble et si soumise, elle commençait, cependant, à trouver bien long le temps qui s'était passé depuis le départ des guerriers qui s'étaient chargés de la recherche de Noureddin. Elle n'avait pas perdu toute espérance; mais elle voyait bien, lorsqu'elle s'entretenait, avec Zamel et Naura, du retour possible de ce fils chéri, combien peu ces deux bons serviteurs en partageaient la douceur. Leur silence, non moins que leur contenance embarrassée et remplie de tristesse, parlait plus éloquemment que toutes leurs paroles.

Un soir qu'elle sortait avec eux de la cabane d'une pauvre veuve, où elle avait été porter le bonheur, elle fut surprise du tumulte et du bruit qu'elle entendait en se rapprochant de sa maison. L'ombre de la nuit qui descendait rapidement ne lui permettait pas d'en discerner facilement la cause; mais le piétinement des chevaux qui venait jusqu'à elle l'avertissait que quelque chose d'inusité se passait dans sa demeure. Saisie d'une émotion soudaine, elle s'appuie sur le bras de Naura, en s'écriant :

— Cours, Zamel, mon cœur me dit que c'est mon fils!

Le serviteur secoue la tête avec un triste sourire; mais il obéit. Il s'élance dans la cour. Le cœur d'une mère ne se trompe point. Noureddin était là, plein de vie et de santé, entouré de cinq ou six Arabes, qui venaient de descendre de cheval avec lui. C'étaient les Béni-Doulab; ils avaient rempli leur promesse, en ramenant le jeune prince. Zamel peut à peine en croire ses yeux; il se jette aux pieds de son jeune maître, qu'il arrose de ses larmes. Dans ce moment, Abbassa arrivait à son tour avec Naura. Noureddin vole dans ses bras. Tous deux pendant quelques minutes confondirent leurs baisers et leurs larmes.

— Mon fils! Noureddin! s'écria enfin l'heureuse mère, mon

cœur me disait que tu reviendrais; Dieu n'a pas voulu tromper ta mère. Ah! maintenant, remercions-le d'un si grand
bienfait.

En disant ces paroles, elle se prosternait sur le pavé avec lui,
et, dans une fervente prière, rendait au ciel les plus vives actions
de grâces. Après cette première effusion de sa reconnaissance,
elle rentra dans la maison avec son fils. Alors seulement elle se
souvint qu'il manquait encore quelqu'un.

— Et Assad, dit-elle en cherchant des yeux, qu'en as-tu fait?
n'était-il pas avec toi?

A ce nom, les yeux de Noureddin se remplirent de larmes :
cette fois, c'étaient celles de l'affliction.

— Assad n'est plus, répondit-il, je l'ai vu massacrer sous mes
yeux.

— Massacré! s'écrièrent en gémissant la princesse et Zamel,
réunis avec les femmes autour du fils de Djafar.

Tous les regards attachés sur lui avec anxiété semblait l'interroger sur cet événement funeste. Noureddin, s'étant alors assis
sur un sofa avec sa mère, se recueillit un moment. Zamel et les
femmes se placèrent à leurs pieds sur le tapis, pour entendre
son récit.

CHAPITRE XXVIII

RÉCIT DE NOUREDDIN.

« Au moment où la tempête bouleversa ma tente, dit Noureddin en s'adressant à Abbassa, je fus enlevé subitement, roulé dans un tapis avec Assad, qui était à côté de moi, et je n'eus pas même le temps de pousser un cri, tant la commotion fut rapide. L'ouragan nous transporta si violemment, que nous demeurâmes sans connaissance une partie de la nuit, contre un rocher du désert où le vent nous avait jetés. Nous avions heureusement la tête si bien couverte, que le simoum n'avait pu nous faire aucun mal. Assad revint le premier à lui, et se débarrassa, comme il put, du tapis où nous étions roulés. La tempête était apaisée : la lune brillait avec éclat sur la plaine, et permettait à ce bon serviteur d'apprécier toute la tristesse de notre isolement.

» Me voyant toujours évanoui, il me frotta la tête et la poitrine, et parvint en peu de temps à me rendre toute ma connaissance. Dans le premier moment, je ne pus me rendre compte du lieu où je me trouvais, ni de ce qui m'était arrivé. Mais bientôt l'horreur de notre situation me saisit et je versai un torrent de larmes. Nous marchâmes au hasard, en cherchant à reconnaître si vous étiez loin de nous, ma bonne mère, en nous demandant avec angoisse si tout le camp avait éprouvé le même sort, et ce que vous pouviez être devenue dans cette affreuse désolation. Assad croyait, cependant, que le bouleversement de ma tente n'était qu'un accident isolé, et que si nous pouvions

rencontrer quelque tribu, il nous serait aisé de nous faire recon-
duire à Bostra, où sans doute nous vous retrouverions.

» Comme vous le pensez, toutes nos recherches furent infruc-
tueuses : succombant l'un et l'autre à la fatigue et à la souffrance,
nous nous étendîmes sur le tapis que nous avions traîné derrière
nous, afin de nous reposer un peu avant le lever du soleil. Quelques heures après, cinq Arabes à qui le simoum avait enlevé
leurs tentes et leurs provisions, passèrent tout près de nous,
montés sur quatre dromadaires qu'ils avaient eu le bonheur de
conserver. Ils nous éveillèrent; apprenant d'Assad ce qui nous
était arrivé, ils nous offrirent charitablement de partager leurs
montures avec nous. Je rendis grâces à Dieu de cette rencontre.
Trop heureux d'accepter, nous partîmes avec eux pour aller
chercher une tribu à laquelle ils appartenaient, et qui, d'après
leurs calculs, ne devait pas se trouver fort éloignée.

» Nous arrivâmes le soir à l'endroit désigné; mais, à notre
grand chagrin, la tribu avait levé le camp. Nous ne découvrîmes
aucun indice du chemin qu'elle avait suivi, le simoum ayant
bouleversé complètement tous les sables d'alentour. Nul n'avait
de provisions. Nous passâmes donc la nuit sans boire ni manger,
et le lendemain nous délibérâmes sur ce que nous avions à faire.
Le plus pressé était d'aller à la recherche de l'eau; car vous le
savez, la soif est encore plus insupportable que la faim, et nous
pouvions raisonnablement espérer de rencontrer à la fois les
sources et la tribu. Nous errâmes trois jours entiers sans trouver
ni eau ni nourriture. Mon palais était tellement desséché, que je
ne pouvais plus remuer la langue ni articuler un son. J'avais
épuisé tous les moyens de tromper la soif, en mettant des
cailloux dans ma bouche; mon visage était devenu noir, et mes
forces m'abandonnèrent. Tout à coup mes compagnons s'écrient :
— Voilà le puits! Et ils se précipitent en avant.

» Ces hommes, endurcis à la fatigue, soutiennent les priva-
tions d'une manière inconcevable; i!s étaient loin de l'état
déplorable auquel j'étais réduit. Les voyant partir, l'irritation
de mes nerfs, excités par l'extrême fatigue, me fit désespérer
d'arriver jusqu'au puits, où il me semblait qu'ils ne laisseraient
plus une goutte d'eau pour moi, et je me jetai à terre en pleurant. Assad, qui était plus fort que moi, me conjura de ne pas
me laisser abattre. Me voyant dans cet état, les Arabes revinrent
sur leurs pas, et m'encouragèrent à faire un effort pour les
suivre. Ils me replacèrent sur le dromadaire, et conduisirent
l'animal jusqu'au puits. L'un de ces hommes, s'appuyant alors
sur le parapet, tira son sabre, disant qu'il trancherait la tête au
premier qui oserait s'approcher. — Laissez-vous gouverner par
mon expérience, ajouta-t-il, ou vous périrez.

» Ce ton d'autorité nous imposa, et nous obéîmes en silence.
Il nous appela un à un, et nous fit pencher sur le bord du puits
pour respirer d'abord l'humidité. Ensuite il puisa une petite
quantité d'eau, et l'approcha de nos lèvres avec ses doigts, en
commençant par moi. Peu à peu il nous permit d'en boire une
demi-tasse, puis une tasse entière; il nous rationna ainsi pendant trois heures, ensuite il nous dit : — Buvez maintenant
comme vous l'entendez, vous ne risquez plus rien; mais, si vous
ne m'aviez pas écouté, vous seriez tous morts ainsi qu'il arrive à
ceux qui, après une longue privation, se désaltèrent sans
précaution.

» Nous passâmes la nuit en cet endroit, buvant continuellement, autant pour suppléer à la nourriture que pour apaiser
notre soif. Mais plus nous buvions, plus nous avions envie de
boire. Le lendemain nous montâmes sur une éminence, pour
découvrir un plus vaste horizon; mais, hélas! aucun objet ne se
présentait à notre vue dans cet immense désert. A la fin, cepen-

15

dant, un des Arabes crut apercevoir quelque chose dans le lointain, et déclara, un moment après, que c'était un haudag, couvert de drap écarlate, et porté sur un chameau de grande taille.
Ses compagnons ne voyaient rien, non plus qu'Assad ; mais
n'ayant pas de meilleur indice à suivre, nous nous dirigeâmes
du côté qu'il indiquait ; en effet, bientôt après, nous aperçûmes
une grande tribu, et nous vîmes paraître le haudag qui nous
avait servi de phare.

» A notre extrême surprise, je reconnus aussi bien qu'Assad la
tribu des Béni-Sihoud. Instruits de l'antipathie qu'Ali-Baba
avait conçue pour moi, nous aurions préféré n'y être pas venus,
malgré le besoin que nous éprouvions. Je n'eus, en effet, que
trop à regretter ensuite d'y être entré. Nous ignorions que,
depuis notre départ, une querelle violente avait éclaté entre les
Béni-Sihoud et les Béni-Doulab. Malgré leur récente alliance, les
choses en étaient promptement arrivées à un tel point, qu'Ali-
Baba avait déclaré la guerre à Daher ; mais ayant essuyé une
défaite, il avait dû s'enfuir avec sa tribu vers le désert de
l'Idumée.

» Mais il n'était plus temps de reculer, et je me dirigeai vers
la tente de l'émir, précédé d'Assad. Déjà on nous avait reconnus ;
mais ignorant notre détresse et les motifs qui nous amenaient,
Ali-Baba ne vit dans notre présence qu'une insulte à son humiliation. A peine Assad eut-il mis pied à terre qu'il reçut un coup
de sabre dans la poitrine qui l'étendit devant moi, et je vis
aussitôt tous les cimeterres levés sur ma tête. Mon saisissement
fut tel, que j'ignore ce qui suivit. Je me souviens seulement
d'avoir crié : — Arrêtez, je réclame la protection de Balka, de la
mère de Zobeïde ! et de m'être évanoui.

» Quand je rouvris les yeux, j'étais couché dans une tente,
entouré d'une vingtaine de femmes qui s'efforçaient de me

rappeler à la vie, en me faisant respirer du poil brûlé et du vinaigre, pendant que d'autres m'inondaient d'eau et introduisaient du beurre fondu entre mes lèvres sèches et contractées. Aussitôt que j'eus repris connaissance, Balka me prit la main en me disant : — Ne craignez rien, Noureddin : vous êtes chez la mère de Zobeïde, personne n'a le droit de vous toucher.

» Peu après, Ali-Baba, qui avait été informé par nos compagnons de notre catastrophe, regrettant sa précipitation, se présenta à l'entrée de la tente, pour faire, disait-il, sa paix avec moi. — Par la tête de mon père! s'écria Balka, vous n'entrerez chez moi que lorsque Noureddin sera guéri.

» En voyant la manière affectueuse dont elle me traitait, je la suppliai de me dire ce qu'était devenu Assad. — Il n'est pas mort, me répondit-elle; il est à deux pas d'ici dans la tente de mes esclaves qui prennent soin de lui; mais il ne pourra pas survivre longtemps à sa blessure. — Oh! que je le voie seulement un seul instant, m'écriai-je avec une douloureuse agitation; que je console au moins par une parole cet infortuné, qui m'a servi si fidèlement au prix de ses jours.

» Balka, attendrie, céda à mes larmes. Deux de ses esclaves m'aidèrent à me traîner auprès d'une natte où mon malheureux Assad gisait mourant. On me laissa quelques moments seul avec lui. A ma voix, il rouvrit faiblement les yeux, et une expression de contentement se peignit dans son regard. — Je vais mourir, me dit-il d'une voix presque éteinte; accordez-moi, seigneur, un dernier bienfait : récitez la prière des chrétiens, afin que je puisse un jour vous retrouver dans le même paradis.

» Saisi par l'émotion d'une pensée si consolante, je lui pris doucement la main; je lui récitai tout bas à l'oreille la prière du Seigneur et le Symbole des apôtres, et j'ajoutai : — Crois-tu toutes ces choses, Assad, et renies-tu Mahomet comme un faux prophète? — Il y a longtemps que je ne crois plus en lui, répondit-il d'une voix de plus en plus affaiblie... Vous avez parlé du baptême... vite, versez-moi l'eau sainte.....

» J'étais presque hors de moi de douleur et d'agitation. Saisissant une cruche remplie d'eau qui se trouvait auprès de lui, je lui en répandis sur la tête, en le baptisant au nom du Père, et du Fils, et du Saint-Esprit. — Amen! ajouta-t-il, mais si bas, qu'à peine je l'entendis. Et, comme s'il n'eût attendu que ce moment pour mourir, il me sourit une dernière fois, et expira sans effort.

» Pour moi, j'avais épuisé le peu de forces qui me restaient, et je m'évanouis une seconde fois sur le corps inanimé de ce bon serviteur. Les esclaves de Balka crurent un moment que j'étais mort à côté de lui. Ils me remportèrent dans sa tente, où elle me prodigua de nouveau toutes sortes d'attentions. Je restai plusieurs jours sous le pavillon d'Ali-Baba, soigné de la manière la plus attentive et la plus affectueuse par sa femme, qui, pendant ce temps-là, négociait une réconciliation avec son mari. Elle n'avait jamais partagé ses préventions ni celles des femmes de sa tribu contre moi, sachant fort bien que les intrigues de Sindbad avaient été cause de tout. C'était, d'ailleurs, la perfidie de cet émir qui avait provoqué sa mésintelligence avec Daher, dont il n'avait que trop cherché à profiter. Ali-Baba avait fini cependant par ouvrir les yeux, et il ne demandait pas mieux que de se raccommoder avec son ancien ami.

» Balka, qui désirait se servir de l'amitié que nous porte l'émir des Béni-Doulab, pour opérer la réconciliation de son mari, m'avait dit toutes ces choses; à mon tour, je lui racontai les diverses circonstances de notre départ du village El-Harba, et de ma détresse après que le simoum nous eut séparés de vous. Les larmes qu'elle versa, pendant que je parlais, me montrèrent toute sa sincérité, et combien elle était touchée de mon malheur. Elle s'engagea à faire faire dans le désert les démarches les plus minutieuses, afin de découvrir ce que vous étiez devenue. Cette promesse heureusement devint inutile. Le même jour, trois des cavaliers Béni-Doulab que vous aviez, de votre côté, envoyés sur mes traces, arrivaient au camp d'Ali-Baba. Ils ignoraient également tout ce qui s'était passé; l'émir en profita pour commencer l'œuvre de la paix. Il les reçut avec la plus grande bienveillance, et me les amena aussitôt dans la tente de sa femme. Par égard pour elle, et au souvenir de la mort chrétienne d'Assad, je l'embrassai, à condition qu'il écrirait le premier une lettre d'excuse et d'amitié à Daher. Il ne demandait pas mieux.

» Pour moi, j'étais si heureux de vous savoir en sûreté, que je voulais voir tous les autres heureux comme moi. Pour mettre le sceau à la réconciliation, Ali-Baba nous donna un repas magnifique; je lui promis, de mon côté, d'écrire à Daher une lettre, que nos guerriers lui porteraient après m'avoir conduit à Bostra. Il me fit, ainsi qu'à eux, de riches présents. Mais j'avais hâte de vous rejoindre. Dès le lendemain, je pris congé d'Ali-Baba et de sa femme, qui pleura beaucoup en me voyant partir; une escorte de Béni-Sihoud nous conduisit en trois jours aux plaines de Bostra, où ils nous ont laissés ce matin. »

Ici Noureddin cessa de parler. Sa mère alors l'embrassa de nouveau, dans un redoublement de tendresse, au souvenir des souffrances qu'il avait éprouvées dans le désert, et des dangers qu'il avait courus ensuite. Elle avait eu constamment les yeux attachés sur lui, durant le récit, qui lui avait fait verser plus d'une fois des larmes, ainsi qu'à Zamel et aux femmes d'Abbassa restées présentes avec Naura. Ils rendirent une fois de plus des actions de grâce à Dieu de leur heureuse réunion, tout en déplorant l'événement funeste qui les privait pour jamais d'Assad.

CHAPITRE XXIX

LE SANCTUAIRE DE NAZARETH.

Le jour suivant, les guerriers de la tribu des Béni-Doulab prirent congé d'Abbassa et de Noureddin. Ils partirent comblés de présents, emportant le souvenir le plus vif de leur gratitude, et des lettres remplies de témoignages d'affection et de reconnaissance pour l'émir Daher. Leur départ ne précéda que d'un seul jour celui de la veuve de Djafar. Persuadée qu'elle ne serait jamais entièrement à l'abri des perfides calculs de son frère, aussi longtemps qu'elle se trouverait dans les limites de son empire, elle n'avait rien tant à cœur que de gagner au plus tôt l'intérieur du Liban. N'ayant plus désormais aucun désert à traverser, elle partit sans autre escorte que celle de Noureddin, de Zamel et de ses esclaves. Son voyage eut lieu sous les plus heureux auspices. Le troisième jour de sa sortie de Bostra, elle passait le Jourdain, et campait dans les plaines magnifiques de la Galilée. Chaque site qu'on parcourait rappelait aux voyageurs une des scènes sublimes de la vie du Rédempteur, et, en les montrant pieusement à son fils, Abbassa ne cessait de s'entretenir avec lui des épisodes évangéliques dont ces lieux avaient été les témoins.

Le mont Thabor, où le Seigneur s'était transfiguré devant ses trois disciples, terrassés par l'éclat lumineux qui resplendissait autour de sa personne divine, se montra à eux dans un horizon sans nuages, quelques heures avant leur arrivée à Nazareth. La dévotion, l'amour et le respect, les poussaient à aller prier dans la maison où avait vécu l'héritier du ciel et de la terre. En gravissant les dernières collines qui les séparaient de cette ville, il leur semblait qu'ils allaient contempler à sa source cette religion féconde qui a abreuvé tant de générations humaines de ses eaux vivifiantes, en contemplant les lieux où le Verbe divin s'était incarné dans les entrailles d'une Vierge, conçue elle-même sans péché, suivant la croyance établie déjà à cette époque dans tout l'Orient (1).

Au détour de la dernière colline, Nazareth apparaît avec ses maisons blanches, sa mosquée, ses couvents et ses églises, qui recouvrent les sites où le Sauveur des hommes vécut pauvre et ignoré. Quelques hauts nopals, des figuiers chargés de leurs feuilles d'automne, et des grenadiers à la feuille légère, semés çà et là, donnaient au paysage une fraîcheur et une grâce pleines de simplicité. Mais un spectacle d'une autre nature, et qu'il n'avait jamais été donné à Abbassa ni à Noureddin de voir au-paravant, se montra tout à coup à leurs regards. Une procession d'innombrables pèlerins de toutes nations, sortant de Nazareth pour aller à Jérusalem, défilait en face d'eux, au sommet de la montagne opposée, en serpentant jusque dans la vallée où ils étaient arrêtés. Rien ne pourrait rendre l'effet de cette scène pittoresque : la diversité des couleurs, des costumes, des allures, depuis le riche Arménien, jusqu'au plus pauvre voya-geur venu du froid pays des Francs, tout contribuait à l'embellir.

Ces pèlerinages, si nombreux alors, cette liberté de la Terre-Sainte et de la ville de Jérusalem, ouverte sans contrainte à tous les chrétiens, étaient encore un bienfait des Barmécides, dont

---

(1) Cette tradition était si ancienne et si universelle dans l'Orient, qu'on la trouve consignée dans le Koran. Voyez à ce sujet la brochure intitulée : *la Clef du Koran*, par M. l'abbé Bourgade. Voyez encore les *Œuvres de saint Jean Damascène*, etc.

l'influence avait jadis excité le khalife Haroun-al-Reschid à envoyer les clés de l'église du Saint-Sépulcre à Charlemagne.
Peut-être le souvenir de cet hommage, rendu au grand empereur
d'Occident, avait-il été dans l'esprit du vicaire de Mahomet un
nouveau grief à ajouter à ceux qu'il reprochait à l'illustre époux
de sa sœur. C'était ce qu'Abbassa faisait remarquer à Noureddin,
en examinant avec lui les détails de cette procession, pendant
qu'elle défilait lentement devant eux, chaque troupe portant en
tête les croix et les bannières de l'église à laquelle elle appartenait.

Comme les derniers pèlerins disparaissaient derrière les
collines, la veuve et le fils de Djafar entraient dans Nazareth.
Leur foi ne leur permettait pas de retarder leur visite au sanctuaire qui avait abrité naguère la sainte Vierge et saint Joseph,
et que les anges n'avaient pas encore transporté en Dalmatie, et
de là à Lorette. Avant d'entrer dans l'église, ils tombèrent à
genoux, n'osant encore contempler que de loin la maison de cette
Mère, proclamée bienheureuse, avant d'avoir enfanté, de cette
Vierge qui avait prêté son sein et donné son lait à son Dieu. Ce
ne fut ni la grandeur ni la magnificence des édifices environ-
nants qui attirèrent leurs regards. Mais, précédés par un des
religieux, venus des contrées lointaines d'Europe, à qui l'église
avait été donnée, ils allèrent se prosterner dans l'humble maison
aux murs de brique nue, au pied d'un autel occupant l'endroit
même où, suivant la tradition, avait eu lieu le salut de l'ange à
Marie.

Une multitude de lampes d'argent éclairaient la chapelle.
Noureddin et sa mère y prièrent longtemps avec ferveur. Le fils
de Djafar alla se jeter ensuite aux pieds d'un prêtre, et, pour la
première fois dans sa vie, il fit, en versant des larmes, un humble aveu des fautes qu'il avait commises depuis son enfance.

Bientôt après, l'absolution sacramentelle descendait sur son front purifié ; le lendemain, sur ces pierres, sous cette voûte, témoins du plus ineffable mystère de la charité divine pour l'homme, Noureddin assistait avec sa mère à la célébration d'un autre mystère d'amour, auquel il participait, environné de ses serviteurs et de ses esclaves qui, ce jour-là, devenaient saintement les égaux de leurs maîtres.

Quelques heures après, ils se remettaient en marche, emportant de ces lieux, consacrés par l'incarnation du Verbe de Dieu fait homme, le souvenir le plus doux de leur vie. Le lendemain de ce jour heureux, ils s'embarquaient à Ptolémaïde (1), dans le dessein d'abréger leur voyage, en faisant voile pour Béryte. Emportés par un vent frais sur les vagues bleues de la Méditerranée, ils allaient, moins d'une journée après, débarquer au port de cette ville. Dès le matin, Abbassa avait reconnu de loin les cimes des montagnes où la charité chrétienne lui avait fait trouver une patrie. Elle appelle son fils, et lui montre avec une douce émotion, au-dessus du brouillard transparent que le soleil soulevait, la crête blanche et dorée du Sannin (2), qui planait dans le firmament au-dessus d'eux. La brume de la mer les empêchait d'en discerner la base et les flancs. Sa tête apparaissait rayonnante et sereine dans l'azur du ciel.

A genoux avec Noureddin, elle rendit grâce à Dieu, qui la ramenait enfin, après tant de douloureuses perplexités, parmi ces montagnes hospitalières.

C'était la terre où tendaient désormais toutes ses pensées, depuis qu'elle avait eu le bonheur de retrouver Noureddin ; la terre sacrée où elle revenait chercher le calme d'une vie paisible et retirée, où, dans l'accomplissement de ses devoirs, elle

(1) Saint-Jean d'Acre.
(2) Le Sannin est .e pic le plus élevé de la chaine du Liban.

verrait ce fils, objet de tant de sollicitude, mûrir sous ses yeux, et donner, au milieu d'un peuple chrétien, l'exemple de la force et de la vertu dont il avait déjà fait preuve en présence du khalife.

CHAPITRE XXX

LE RETOUR AU LIBAN.

Longtemps avant le coucher du soleil, l'heureuse Béryte (1) se présente sur la colline où elle s'élève en amphithéâtre, avec ses fortifications arabes et ses belles mosquées, ainsi que les coteaux qui lui prêtent leur riche ceinture de caroubiers à la sombre verdure, de figuiers, de platanes, d'orangers et de grenadiers. Des forêts d'oliviers, au feuillage cendré, descendant sur le versant de la montagne, touchaient ce paysage, derrière lequel se dressent les chaînes du Liban, ouvrant leurs gorges profondes dans les ténèbres du lointain. Noureddin, assis sur le pont du navire, contemplait avec étonnement ce spectacle sublime et les scènes nouvelles qui se présentaient de toutes parts sur les quais de Béryte, lorsque tout à coup un bruit de chaînes se fit entendre, et l'ancre, en tombant au fond de la mer, arrêta le navire au milieu du port.

Un messager avait été expédié précédemment de Bostra à Balbek, où le scheik Daoud avait laissé ses émissaires; des lettres

(1) Béryte, actuellement Bayrouth, devenue colonie romaine sous Auguste, qui lu donna le nom de *Julia Felix*, à cause de la fertilité de ses environs et de la magnificence incomparable de son climat et de sa situation.

d'Abbassa avaient simultanément donné avis de sa prochaine
arrivée à ce prince et à l'archimandrite de Saint-Luc. A la
réception de ces missives, le scheik avait envoyé à Béryte une
escorte de nobles maronites, commandée par son fils aîné, afin
de ramener Abbassa et les siens au château de Zaban. Chaque
jour, le jeune Maronite venait se promener au port, en attendant
l'arrivée du vaisseau qui portait la princesse. Ce fut lui qu'elle
aperçut le premier, en débarquant avec son fils. Il la reçut avec
de grandes démonstrations de joie et de respect, en lui remet-
tant les lettres de son père et de l'archimandrite, qui la félici-
taient de son heureux retour. Les deux jeunes gens s'embrassèrent ensuite avec affection, et dès ce jour Noureddin devint le
frère des fils de Daoud.

Une seule nuit fut consacrée au repos. L'escorte maronite était
prête. Au lever du soleil, on se mit en marche, et deux heures
après, on était dans la montagne. La princesse, heureuse d'être
enfin entièrement à l'abri de toute persécution nouvelle, versait
des larmes de joie et de gratitude pour la bonté de Dieu, en
jetant les yeux sur les cavaliers chrétiens qui chevauchaient
avec Zamel et ses esclaves autour de sa litière. Noureddin et le
jeune scheik caracolaient à quelques pas d'eux, s'entretenant
gaîment comme des frères et des amis qu'une longue absence
seule aurait séparés.

Le même soir, ils descendirent dans la magnifique vallée
d'Hammana; l'émir de la montagne, prévenu du passage de la
princesse, la reçut dans son château avec tous les honneurs dus
à son rang et le respect que lui attiraient ses vertus non moins
que ses malheurs. Une heureuse surprise l'y attendait. Sous le
vestibule, elle trouva le scheik Daoud entouré de sa famille, et
à côté de lui l'archimandrite Théodore. A l'aspect de ses amis,
de cet homme vénérable, Abbassa ne put retenir un cri de bon-

heur. Elle se jeta avec son fils aux pieds du saint religieux, en implorant sa bénédiction, comme le premier gage de son retour et de l'adoption de Noureddin parmi les Maronites. Elle le présenta ensuite à Daoud en lui disant :

— Voilà votre fils. Il n'a plus de père, c'est à vous à lui en servir désormais.

— C'est une faveur que j'attendais de vous, Madame, répondit le vieillard en serrant le jeune prince dans ses bras. Mais si vous agréez le choix que j'ai fait durant votre absence, Noureddin sera doublement mon fils, en acceptant une épouse de ma main.

Abbassa sourit avec reconnaissance. Le jeune homme regarde sa mère avec un trouble modeste. Dans ce moment, la foule des nobles qui les entouraient, assistant à cette touchante entrevue, s'entr'ouvre, et l'on voit apparaître la femme de l'émir richement vêtue, suivie d'un grand nombre de dames. A ses côtés s'avance une jeune fille, couverte de la tête aux pieds d'un voile de gaze rouge, brodé en or. L'archimandrite écarte un moment le voile, et Abbassa reconnaît Marie, l'aînée des filles de Daoud ; la jeune Syrienne levait avec une joie timide ses yeux humides sur la princesse. Celle-ci l'embrasse avec tendresse et met sa main dans celle de Noureddin. Théodore interroge les fiancés, et de leur consentement les bénit au nom du ciel.

— Noureddin, fils de Djafar, est maintenant un fils de notre tribu, dit en s'avançant l'émir du Liban, et nous espérons que Dieu nous récompensera de l'avoir adopté.

Il embrassa Noureddin, et tous les nobles maronites le pressèrent tour à tour dans leurs bras, en poussant des cris d'allégresse. Ils l'introduisirent ensuite dans la salle du festin. Un repas somptueux, servi à la mode chrétienne des Grecs de Constantinople, les y attendait. Le lendemain, Abbassa prit congé de l'émir avec son fils. On se mit en marche pour le château de

Zaban, où, quelques jours après, le scheik Daoud célébra avec magnificence le mariage de sa fille et du fils de Djafar le Barmécide.

Noureddin et Abbassa écrivirent à Safer les détails de tous ces événements, à dater de leur séparation aux ruines de Babylone : ils lui parlèrent longuement du bonheur que Dieu leur avait accordé après tant d'afflictions. Ils finissaient avec l'assurance de leur constante amitié et de leur reconnaissance, lui offrant de venir partager leur heureuse existence avec toute sa famille, si jamais la fortune lui était défavorable. Ce fut Abdallah, qui avait si fidèlement servi les intérêts de Noureddin au palais du khalife, qui apporta la réponse de Safer. Haroun-al-Reschid était mort peu de mois après son départ de Bagdad. Devenu libre à la suite de cet événement, ce digne ami des Barmécides, instruit par Safer de la retraite de Noureddin, avait aussitôt pris la résolution de le rejoindre et de lui demander à vivre et à mourir à son service. Chargé des lettres de Safer, il s'était mis en chemin avec le messager d'Abbassa, et à son arrivée dans le Liban, il avait été accueilli par le fils de Djafar avec autant de joie qu'il en éprouvait lui-même.

La réponse de Safer exprimait les sentiments les plus vifs de gratitude et de respect à l'égard de Noureddin et de sa mère. Elle donnait quelques détails sur les derniers moments du khalife. Elle rappelait la vision que le monarque avait racontée à El-Sebah-el-Tabari et qu'Assad avait entendue. Cette vision, disait Safer, n'était jamais sortie du souvenir de Haroun. Pendant son voyage dans le Khorassan, les progrès de son mal l'avaient obligé de s'arrêter à Tous. Il en témoigna aussitôt une vive inquiétude et envoya Mesrour chercher une poignée de terre aux environs de la ville. Le chef des eunuques obéit; étant revenu près du khalife, porteur d'une poignée de terre de couleur rougeâtre : — Hélas! dit Haroun, voici ma vision accomplie; la mort est proche. Effectivement, il était mort quelques jours après, et c'était son médecin Baklischou qui était aussitôt revenu à Bagdad, avec le vizir Fadhel-ben-Rébi, pour saluer le nouveau khalife El-Amin, de qui Safer avait appris ces diverses circonstances.

Ainsi finit ce prince cruel et injuste, malgré le titre d'*al-Reschid* qu'il s'était attribué. Sa mort coïncida avec l'arrivée de la veuve du Barmécide, parmi les Maronites de la montagne. Avec les trésors qu'elle avait apportés, elle se bâtit un château qui porta son nom et qui devint l'héritage de son fils. Elle y vécut encore longtemps après que son persécuteur était descendu dans la tombe, heureuse dans ses enfants et bénie dans leurs nombreux rejetons. Ils perpétuèrent ses vertus; et plusieurs siècles ensuite, les familles les plus chrétiennes et les plus illustres du Liban se glorifiaient encore de descendre de Marie et de Noureddin.

FIN

TABLE

—

FIN DE LA TABLE.

Limoges. — Imp. E. Ardant et Cᵉ.

LES MERVEILLES

ET

MYSTÈRES DE L'OCÉAN

OU

VOYAGE SOUS-MARIN

DE SOUTHAMPTON AU CAP HORN

PAR

FRANÇOIS TEISSIER.

LIMOGES

EUGÈNE ARDANT ET Cie, ÉDITEURS.

LES MERVEILLES

ET

MYSTÈRES DE L'OCÉAN

OU

VOYAGE SOUS-MARIN

DE SOUTHAMPTON AU CAP HORN

PAR

FRANÇOIS TEISSIER.

LIMOGES

EUGÈNE ARDANT ET Cie, ÉDITEURS.

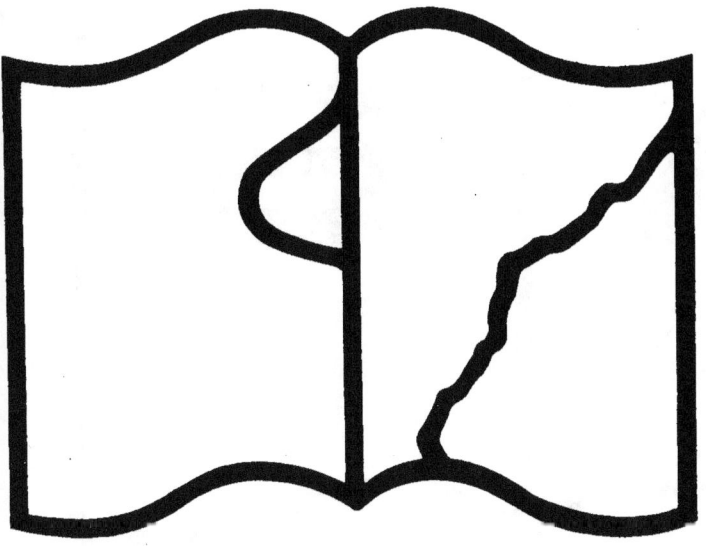

Texte détérioré — reliure défectueuse

NF Z 43-120-11

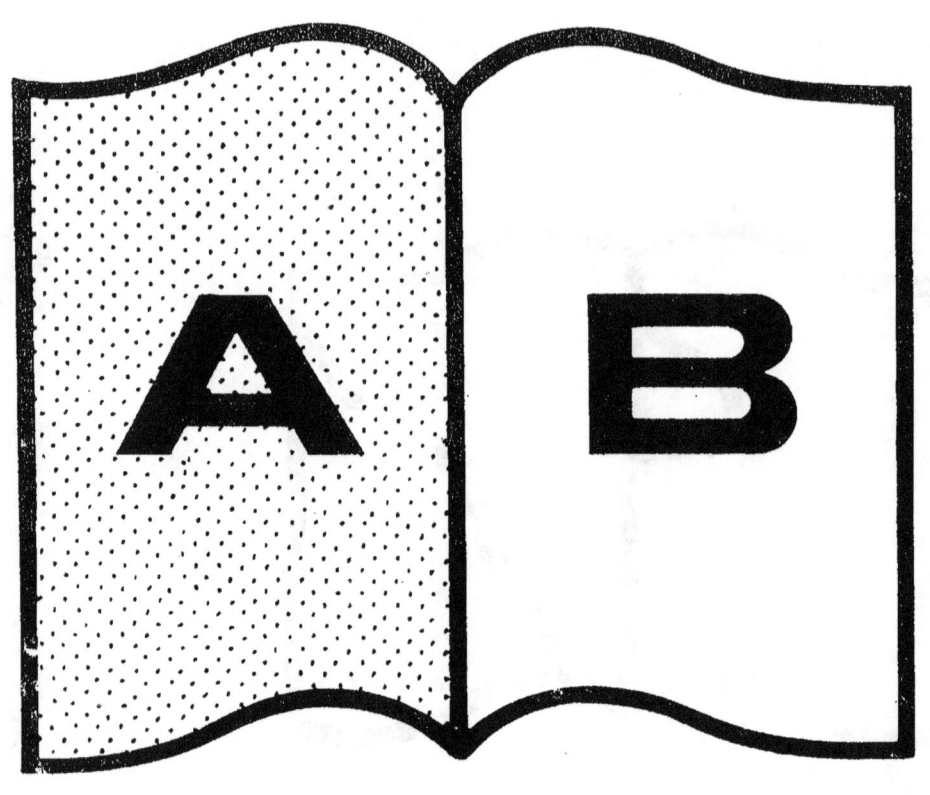

Contraste insuffisant

NF Z 43-120-14

www.ingramcontent.com/pod-product-compliance
Lightning Source LLC
Chambersburg PA
CBHW061427030726
47503CB00005B/1332